연緣, 모慕

조선 제일의 연예기획자 별감 이수민과
조선 제일의 예인 기녀 운향의 운명적인 만남
인연, 사랑

연모 緣慕

김찬웅
장편소설

차례

별의 인연 _ 7
다솜아, 서아야 _ 22
왕의 목을 취하리라 _ 35
검무, 왕에게 다가가는 한 걸음 _ 46
첫 만남 _ 55
상천루의 주인이 되려 합니다 _ 63
다솜에게 가는 길 _ 76
수민의 여인, 기녀 운향 _ 84
무과라도 보려는 것이냐 _ 91
닮은 얼굴, 그것도 인연 _ 100
이루어질 수 없는 꿈 _ 115
거기, 다솜이 있었다 _ 124
무과에 장원으로 뽑히다 _ 138
스승의 노림수 _ 151
그대는 나에게 다솜이오 _ 160

제가 운향에게 오겠습니다 _ 170
검은 옷, 검은 복면의 자객들 _ 180
월, 화, 수, 목, 금 _ 198
예인서당을 세울 터를 구하다 _ 206
팔도재주자랑대회를 열고자 한다 _ 217
서아야, 너를 살리고 싶어졌다 _ 227
저는 도련님에게 다솜입니다 _ 234
성황리에 대회를 마치다 _ 247
나를 위해 슬퍼하지 마라 _ 262
네 곁에 수민이 있어 든든하다 _ 270
다솜도 기억하고 있었구나, 나를! _ 282
또 다른 인연을 향해 _ 295

작가의 말 _ 308
참고 문헌 _ 310

별의 인연

　국왕이 친견하는 연희였다. 장악원에서 파견 나온 악공과 악생 등을 포함한 공연단의 규모는 전례를 찾아보기 힘들 만큼 컸다. 백성 대다수가 풍문으로만 들어 아는 조선의 이름난 예인과 재주꾼도 여럿 참여했다.

　아홉 해 만에 맞이한 대풍년이었다. 임금의 뜻에 따라 우러러 하늘에 감사하고, 아래로는 백성들의 노고를 위로하기 위하여 준비한 행사였다. 한양의 주막들은 국왕이 참석한다는 소식을 듣고 조선 팔도에서 몰려든 손님들로 북적거렸다. 저잣거리에도 인파가 넘쳐 상인들의 입가에는 웃음이 떠나질 않았다. 사람들은 먼동이 들 무렵부터 망원정 앞 백사장에 나와 좀 더 공연을 잘 볼 수 있는 자리를 차지하고자 다툼을 벌였다.

　이번 행사를 기획한 사람은 별감 이수민이었다. 해당화 열매같이 붉은빛 옷을 입은 수민은 임금의 명을 받고 동무들과 함께 망원정을 내려왔다. 그는 눈으로 자신을 좇고 있는 장악원 제조에게, 제조는 악공들과 악생들에게 손짓으로 악기를 연주하라는 신호를 보냈다. 곧바로 서로 다른 악기가 어우러져 내는 듣기 좋은 소리가 흘러나왔다.

이에 맞춰 먼저 판을 벌인 것은 공연장 가까운 장막 안에 있다가 우르르 뛰쳐나온 광대 무리였다. 그들 가운데 한 패거리는 구경꾼들 앞을 돌아다니며 쉴 새 없이 땅재주를 넘었고, 다른 패거리는 아슬아슬한 줄타기에 이어 접시돌리기 묘기를 선보여 분위기를 띄웠다.

광대 무리가 물러나자 화려한 옷을 입은 아름다운 여기女妓*들이 등장했다. 그네들은 나비의 날갯짓같이 하늘하늘하면서도 어김없이 동작이 들어맞는 군무를 춰서 남정네들의 눈을 호사시켰다. 나이 지긋한 사내들마저 연신 침을 삼키며 홀린 듯 춤판을 바라보았다. 사내들에게 여기들은 나무꾼이 옷을 훔쳐 하늘로 올라가지 못하게 만든 선녀와 다를 바 없었다.

여기들이 한껏 장내를 달구고 물러난 자리는 재주꾼들이 채웠다. 재주꾼들은 아기 반닫이보다 작은 함 속에 웅크리고 있다가 덮개를 밀치고 튀어나오는 묘기, 돌멩이를 콧속에 넣고는 화살같이 쏘는 묘기, 물구나무선 채 두 손으로 빠르게 걷다가 제자리

---

* 장악원 소속의 기녀로 악기를 연주하기보다는 주로 춤을 추었다.

에서 통통 튀어오르는 묘기 등을 선보여 구경꾼들의 찬탄을 자아냈다. 신기한 재주가 펼쳐질 때마다 구경꾼들 사이에서 웃음과 환호성과 함께 우레 같은 박수가 터져 나왔다.

풍요로운 가을 한낮이었다. 높은 하늘에는 구름 한 점 없었다. 햇빛은 티 없이 맑았고, 아리수(한강)에서 불어오는 바람은 시원했다.

놀음을 마치고 몸을 빼는 재주꾼들과 엇갈려 가기歌妓와 가객歌客이 모습을 보였다. 가기들은 청아한 목소리로, 가객들은 한 서린 애끓는 음성으로 사람들의 마음을 뒤흔들었다. 공연은 노래를 끝낸 가인들이 채 사라지기도 전에 사당패가 몰려나와 한바탕 신명 나게 놀면서 절정으로 치달았다.

수민은 천천히 장막 앞에 나와 있는 다솜*에게로 다가갔다. 드디어 그녀가 공연장에 등장할 차례였다. 다솜의 검무가 연회의 마지막을 화려하게 장식할 터였다.

다솜은 인기척을 느끼고 자신을 향해 다가오는 수민을 쳐다보았다. 두 사람의 눈이 마주쳤다.

"아!"

수민은 자기도 모르게 탄성을 토했다. 다솜은 언제 봐도 눈부시도록 아름다웠다. 온종일 보고 있어도 더 보고 싶을 만큼 고왔다.

---

* 사랑의 옛말

수민은 잘하라는 의미로 다솜에게 고개를 끄덕여 보였다. 뭔가 느낌이 싸했다. 다솜은 묘한 눈빛으로 수민을 쳐다보기만 할 뿐 공연장으로 나갈 채비를 하지 않았다. 사당패의 놀이판은 곧 끝이 날 터였다.

　수민은 다솜의 검은 눈망울을 유심히 들여다보았다. 그녀의 눈에 담겨 있는 건 공연을 잘 치르겠다는 의지가 아니었다. 망설임이었다. 숨 막힐 정도로 몰려든 사람들 앞에서 검무를 추기가 저어된 걸까? 아닐 것이다. 누가 뭐라던 늘 당당하게, 자신 있게 행동했던 다솜이었다. 더군다나 다솜은 자신의 입으로 임금을 모신 자리에서 검무를 추고 싶다는 말을 하지 않았던가.

　한데 어찌 된 일인지 다솜은 망설이고 있었다. 분명했다. 수민에게 눈짓으로 '속히 나를 데리고 여기서 도망쳐 달라'는 신호를 보내고 있었다.

　'…저 모습, 언젠가 본 적이 있는데… 맞아!'

　수민은 다솜을 처음 만났던 당시를 떠올렸다.

　그날 수민은 답답한 심사를 풀기 위해 어린 시절 한 스승 밑에서 학문을 닦은 동문이자 오랜 친구인 남두진, 박준영, 양현성과 함께 상천루에서 밤늦게까지 술을 마셨다. 그네들은 양반의 자손이었으나 양반이 아니었다. 학식이 아무리 뛰어나도 벼슬길에 오르지 못하는 서얼이었다. 더군다나 수민을 제외한 셋은 자신들에게 생명을 준 아버지가 기사년己巳年(1689)에 귀양을 가서 돌아오지 않거나 목숨을 잃는 바람에 궁핍한 생활을 이어 가야만 했다.

그나마 그들이 당일처럼 기루의 손님방에 자리 잡고 앉아 기녀들이 연주하는 음악을 들으며 술로 갑갑한 속을 풀 수 있는 것은 모두 수민 덕분이었다. 수민의 외가는 한양에서 알아주는 부자였다. 수민은 자신이 태어나기 전에 돌아가신 외할아버지가 청나라와의 교역으로 큰돈을 벌었다는 얘기를 전해 들었다. 할아버지 상단을 물려받은 수민의 외삼촌은 열다섯 해 전 무역업을 접고 선전(비단 가게)을 인수하여 운영하던 차에 대행수에 선출되어 육주비전(육의전)을 관리하고 있었다.

"적서를 차별하는 나라는 세상천지에 조선밖에 없을 걸세."

술에 취하자 계집애같이 예쁘장하게 생긴 남두진이 혀 꼬부라진 소리를 냈다. 그는 기사년 중양仲陽(음력 2월)에 후궁 소의 장씨(장희빈)가 낳은 왕자를 원자로 삼으려는 임금에게 반기를 들었다가 함경도로 유배되어 그곳에서 세상을 떠난 전 이조 판서의 얼자였다. 당시 왕 이순은 남두진의 아비뿐만 아니라 심기를 거스르는 송시열, 김수항 등 서인을 모두 내쫓고 그 빈 자리를 남인으로 채웠다.*

---

* 역사에서는 이 사건을 기사년에 일어났다 하여 기사환국己巳換局이라 한다.

"이게 뭐란 말인가. 참으로 기막힌 신세 아닌가. 그림자 같은, 아니 형벌과도 같은 삶을 살아가는 우리가 무얼 할 수 있겠나. 그저 술이나 마시며 허망한 세월을 한탄하는 수밖에."

"언젠가는 서얼도 과거를 볼 수 있는 날이 오겠지. 우리 대에는 그저 꿈일 뿐일 테지만. 그간 우리와 같은 처지의 유생들이 서얼도 관직에 나아갈 수 있도록 해 달라는 상소문을 얼마나 많이 올렸는가. 한데도 조정은 문자 그대로 요지부동 아닌가."

수민이 화답했다. 기사환국 당시 도승지였던 수민의 아버지 이세벽 또한 서인 노론의 영수인 송시열을 유배 보내는 일에 반대하다 파직을 당했다.

"아무리 두드려도 열리지 않는다면 어쩔 수 없지 않나. 문을 부수고 들어가야지."

구석진 곳에 앉아 묵묵히 술만 들이켜던 박준영이 마침내 입을 열었다. 덩치가 우람하고 험상궂게 생긴 준영은 기사년 중려仲呂(음력 4월)에 임금이 중전 민씨(인현왕후)를 폐하려 하자 이를 강력히 반대하는 상소문을 올렸다가 모진 고문을 당한 뒤에 죽은 전 예조 참의의 서자였다.

"자, 자 그만들 하시고 한 잔 하세. 시름을 덜기 위해 자리한 것이지 속병을 키우려고 모인 건 아니지 않은가."

키가 크고 살집이 실팍한 양현성이 모두의 잔에 술을 따르며 말했다. 병조 판서였던 현성의 아버지 역시 기사환국 때 관직을 잃고 유배를 떠났다. 그는 다행히 목숨을 잃지는 않았으나 여태껏 한양으로 돌아오지 못하고 있었다.

"내 엊저녁에 재미난 시를 하나 읽었네. 들어 볼 텐가?"

남두진이 자신의 한탄으로 비롯된 침울한 분위기를 바꾸려는 양 목소리를 높였다.

인가소아내박조隣家小兒來撲棗하니
노옹출문구소아老翁出門驅小兒라
소아환향노옹도小兒還向老翁道하니
불급명년조숙시不及明年棗熟時라

이웃집 어린아이가 와서 대추를 따니
할아버지 문을 나서서 아이를 내쫓네
아이가 할아버지를 향해 돌아서며 외치기를
내년 대추 익을 때까지 사시지도 못할 텐데

"어떤가? 재미있지 않은가? 손곡 이달 선생의 「박조요撲棗謠(대추따기)」라네."

남두진은 손곡의 시를 빌려 서인을 비판하고 있었다. 서인은 남인을 몰아내고 정권을 잡은 경신년庚申年(1680)*에 소론과 노론으로 나뉘어 다툼을 벌이다 기사년에 이르러 다시 남인에게 정권을 내주고 말았다. 남두진은 아이를 소론에, 할아버지를 노론에 비유한 것이다.

"사람 참 싱겁기는."

양현성이 스스로 잔을 채우고 비웠다. 네가 무슨 얘기를 하려는지 잘 안다만 우리 같은 서얼과는 상관없는 일 아니냐는 몸짓이었다. 남두진은 멈칫멈칫 뭔가를 얘기하려다 말고 고개를 들어 공허한 웃음을 허공에 뿌렸다. 박준영은 또다시 입을 닫아건 채 아무 말도 하지 않았다. 어색한 침묵이 방 안의 공기를 탁하게 했다.

수민은 천천히 일어서서 방문을 열고 밖으로 나왔다.

손곡은 『홍길동전』을 쓴 허균과 여덟 살 어린 나이에 「광한전백옥루상량문廣寒殿白玉樓上樑文」이라는 한시를 지어 세상을 깜짝 놀라게 했던 천재 여류 시인 허초희(허난설헌)의 스승이었다. 그는 관기의 몸에서 태어난 탓에 과거를 볼 생각은 애당초 하지 않았고, 잠시 한직에 머무른 적도 있으나 반평생을 바람처럼 조선 땅 이곳저곳을 떠돌며 지냈다. 그나마 시름을 덜어 줄 술이 있어서, 속내를 표현할 시가 있어서 참혹한 시간을 견디낼 수 있었으리라.

수민은 마당 한가운데로 걸어 나와 하늘을 올려다보았다. 하

---

* 이 일을 역사에서는 경신대출척庚申大黜陟 또는 경신환국庚申換局이라 한다.

현下弦*이어서 그리 밝지 않은 달을 대신해 수많은 별이 경쟁하듯 반짝이고 있었다.

손곡이 적자였다면, 그랬다면 역사에 남을, 저 별과 같이 빛나는 사람이 되었을까.

수민은 스스로에게 물었다. 그러다 질문의 내용이 한심하게 느껴져 쓴웃음을 지었다. 역사에 '만약'은 없었다.

수민은 문득 재능 못지않게 외모 또한 뛰어났다던 허난설헌이 보고 싶어졌다. 멍청한 남편은 아내에게 열등감을 느껴 바깥으로 나돌고, 그로 인해 시어머니의 미움을 톡톡히 샀던 허난설헌. 어린 딸과 아들을 먼저 보내고, 배 속의 아이까지 잃는 아픔을 겪은 허난설헌. 책과 한시로 설움과 슬픔을 달래며 구렁텅이 삶을 살아가던 그녀는 시름시름 앓다가 스물일곱의 나이에 자신 같은 불행한 여인이 다시는 이 땅에 태어나지 않게 해 달라는 유언을 남기고 죽었다. 참으로 안타까운 일이었다.

한편 수민의 어머니는 그가 세 살 되던 해 느닷없이 찾아온 병마를 이기지 못하고 유명을 달리했다. 스물다섯, 허난설헌보다 두 살 어린 나이였다. 그러나 부군이 지극정성으로 마지막 숨을 거두는 순간까지 병구완을 했다고 하니 허난설헌같이 불우하게 살다 가시지는 않은 듯했다.

---

* 음력 매달 22~23일에 나타나는 달의 형태. 활 모양의 현弦을 엎어 놓은 것 같은 모양

수민은 아버지보다 어머니가 더 원망스러웠다. 일찍 세상을 떠나신 것도, 명문가의 자식과 혼인하신 것도. 어머니가 신분이 비슷한 사내와 결혼했다면 수민 역시 시전 상인이 되어 조선 최고의 거상이 되겠다는 목표를 세우고 하루하루를 열심히 살았을지도 몰랐다.

　…저 하늘에는 손곡도 있고, 허난설헌도 있고, 어머니도 계시겠지. 그분들은 별이 되어 가까이 지내며 서로를 위로해 주고 있을까. 비록 살았던 시대는 달라도 비슷한 나이에 병을 얻어 돌아가신 어머니와 허난설헌이 만난다면 무슨 얘기를 주고받을까?

　수민은 하늘에 붙박은 시선을 거두고 뒤뜰을 향해 걸어갔다. 워낙 어렸을 때 돌아가셔서 수민은 어머니의 얼굴을 기억하지 못했다. 그것도 원망스러웠다. 아버지를 아버지라 부르지 못하는 신세였다. 어머니는 아예 부를 수조차 없었다. 그 또한 원망스러웠다.

　뒤뜰로 들어선 수민은 우뚝 걸음을 멈추었다. 앞에 사람이 있었다. 수민은 조심스레 어두운 곳에 서 있는 정체 모를 자에게 다가가며 물었다.

　"거기 누군가?"

　상대는 아무 대답도 하지 않았다.

　"누구냐 묻질 않는가?"

　"더는 오지 마십시오."

그제야 상대가 대꾸했다. 서늘한 목소리였다. 여인의 것이었다. 수민은 더더욱 호기심이 일어 걸음을 멈추지 않았다. 그러자 상대가 다가오는 수민에게 느닷없이 칼을 뻗었다. 칼끝에 살기가 서려 있었다.

"무슨 짓이냐!"

깜짝 놀란 수민은 한 걸음 뒤로 물러서서 방어 자세를 취했다. 어린 시절부터 외삼촌에게 권술과 활쏘기, 말타기와 검술 등을 배워 익힌 수민이었다. 건강과 호신에 중점을 두고 훈련했던 터라 실력이 아주 뛰어난 편은 아니었으나 자기 몸 하나쯤은 충분히 지킬 수 있었다. 게다가 아무리 검을 손에 쥐었다 해도 상대는 아녀자였다.

"음성 낮추십시오. 저야말로 여쭙고 싶습니다. 저에게 왜 이러십니까?"

"뭐라?"

수민은 앞에 있는 상대를 뚫어져라 쳐다보았다. 달빛은 흐렸고, 살짝 이마를 숙이고 있어서 얼굴이 잘 보이지 않았다. 다만 기녀의 옷차림을 하고 있음은 확실히 인지할 수 있었다.

"네가 뭘 오해한 모양이로구나. 나는 여기 손님이다. 어서 칼을 거두어라."

"그 말을 제가 어찌 믿습니까? 소란 피우기 싫으니 손님이시면 돌아가십시오."

기녀가 다부지게 말했다. 칼을 거둘 생각이 없는 듯했다.

"이거 참. 그래, 알았다."

수민은 기녀와 더 다투기 싫어 몸을 돌리려 했다. 그때였다. 하늘에서 유성流星 하나가 아주 길게, 선명한 선을 그으며 땅으로 내려왔다. 기녀가 문득 고개를 들어 떨어지는 별똥별을 바라보았다. 곧이어 또 다른 별똥별이 낙하하더니 한순간 우르르 소낙비같이 쏟아졌다. 그제야 수민은 기녀의 얼굴을 제대로 볼 수 있었다.

위험하다!

수민은 생각했다. 느닷없이 누군가에게 급소를 찔린 것마냥 숨이 턱 막히고, 인적 없는 밤길에 사나운 들짐승을 마주친 양 온몸에 소름이 돋았다. 무어라 표현할 수 없는 용모였다. 아름답다는 말로는 부족했다.

수민은 긴장을 풀기 위해 심호흡을 했다. 기녀가 칼을 내리고 돌아섰다.

"잠깐 멈추어라."

수민은 빠르게 기녀를 막아섰다.

"밤이 깊었습니다. 비켜 주십시오."

또다시 칼을 뺄 줄 알았던 기녀가 나직이 말했다. 처음의 거친 기운은 느껴지지 않았다.

"이름을… 네 이름을 물어봐도 되겠느냐?"

수민이 용기를 내서 물었다. 기녀가 알 수 없는 표정으로 턱을 좌우로 흔들었다.

"부탁이다. 이름을 알려 다오."

수민은 어린아이같이 떼를 썼다. 기녀가 수민을 올려다보았다. 묘한 눈빛이었다. 수민이 다가오는 것을 거부하는 듯하면서도 어서 나를 데리고 이곳에서 도망쳐 달라고 애원하는 듯 보이기도 했다. 그 눈빛 속에 처연한 슬픔이 옅은 안개처럼 깔려 있어 수민의 가슴을 아리게 했다.

수민은 문득 예전에 그녀를 본 적 있다는 느낌을 받았다.

착각일까? 아니, 실제로 보았다면 언제, 어디서일까?

"아직 이름이 없어 알려 드릴 수 없습니다."

기녀가 시선을 수민의 가슴께로 내렸다. 목소리에서도 슬픔이 묻어났다.

"내가, 내가 너에게 이름을 지어 주어도 되겠느냐?"

수민은 말을 하면서 스스로 놀랐다. 전혀 생각지도 않았던 내용이어서였다. 기녀는 수민이 자신을 기롱한다 여겼는지 눈살을 찌푸렸다.

"오해는 마라. 너를 놀리려는 게 아니다. 참말이다."

수민이 손사래를 쳤다.

"나를 위해서다. 내가 원해서다. 너는 개의치 않아도 좋다. 나만의 이름이어도 상관없다."

그렇게 내뱉고 나서야 수민은 이름을 지어 주겠다는 얘기가 머릿속에는 없었어도 마음속에는 있었음을 알았다.

"나는 앞으로 너를 다솜이라 부를 것이다."

수민은 기녀가 거절의 뜻을 내비칠까 염려되어 재빨리 말을 매듭지었다.

"…다솜."

기녀가 천천히 되뇌었다. 아버지가 지어 준 기녀의 이름은 서아였다. 오서아.

"마음에… 드는 게냐?"

수민은 기녀가 동의의 답은 내놓지 않아도 고개 정도는 까닥이기를 기대했다. 그러나 기녀의 태도에는 아무런 변화가 없었다. 그래도 그다지 싫지만은 않은 기색이 느껴져 수민은 안심이 되었다.

"그럼."

서아가 수민에게 살짝 허리를 숙여 보이고 돌아섰다.

"나는 수민이라 한다. 이수민. 잊지 말거라."

수민은 기루 안채 쪽으로 걸어가는 기녀를 향해 크게 소리쳤다. 조금이라도 더 그녀와 함께 있고 싶었다. 한데 그녀의 걸음을 묶어 둘 방도가 수민에게는 없었다.

기녀의 뒷모습은 서서히 어둠 속으로 스며들어 더는 보이지 않았다. 수민은 기녀가 사라진 곳에서 시선을 거두지 않았다. 그녀가 다시 나타날 것만 같아서였다. 때마침 우르르 떨어져 기녀의 얼굴을 볼 수 있게 해 준 유성이 고마웠다.

  그것이 시작이었다.

다솜아, 서아야

 그날 저녁 친구들과 헤어져 집에 돌아온 수민은 밤새 잠을 이루지 못했다. 술을 꽤 마시긴 했으나 취한 건 아니었다. 슬그머니 몸을 감싸 오던 취기는 기녀의 얼굴을 보는 순간 선불 맞은 날짐승마냥 멀리 달아나 버렸다.
 …다솜.
 수민이 기녀에게 지어 준 이름이었다. 왜 느닷없이 그 단어가 떠올랐는지, 수민은 알 수 없었다.
 어머니에 대한 마음은 원망이 아니라 짙은 그리움이었던 걸까?…이런 한심한.
 수민은 한 번도 보지 못한 어머니의 모용貌容을 다솜에게서 찾으려 한다는 사실을 깨닫고 씁쓸하게 웃었다. 어쨌든 다시 만나고 싶었다. 궁금했다.
 나이는 몇일까? 열다섯이나 여섯쯤 되지 않았을까? 칼을 쥐고 무엇을 하고 있었던 걸까? 검무를 익히고 있었던 걸까? 허면 연습 중이었을 텐데 어째서 굳이 진검을 택했을까? 배운 지 얼마 안 되었다면 실수로 스스로를 벨 수도 있지 않은가? 그만큼 자신 있다는 걸까?

수민은 다시 한번 다솜을 떠올려 보았다. 분명 어디선가 마주친 얼굴이었다. 눈에 익었다. 수민은 천천히 기억을 더듬어 보았다. 그러나 끝내 알아내지 못했다. 답답했다. 도대체 언제, 어디서 본 것일까.

어느덧 새벽이 되었다. 수민은 훌쩍 자리에서 일어났다. 싱숭생숭해서 도무지 잠을 잘 수 없었다. 수민은 식사도 제대로 하지 않은 채 처음으로 남의 집에 물건을 훔치러 들어온 어설픈 도적처럼 온종일 집 안을 서성거렸다. 그러다 어둠이 내릴 무렵 지난밤 다솜을 만났던 기루를 다시 찾아갔다.

"어머, 금일은 혼자시네요. 다른 분들은 안 오시나요?"

분홍색 짧은 저고리에 비단 치마를 곱게 차려입은 기녀가 반색하며 수민을 맞이했다. 아직 이른 시간이어서인지 손님은 많지 않았다.

"나를 아는가?"

수민이 기녀에게 물었다.

"그럼요. 여러 번 오셨잖아요."

기녀가 눈웃음을 치며 답했다.

"그렇군. 보다시피 나 혼자라 소란스럽지 않은 곳에서 마셨으면 하는데 그럴 수 있겠나?"

"암요. 염려 놓으시고 저를 따라오시어요. 참, 저는 연실이라 합니다."

연실이 콧소리를 섞어 말하고는 사뿐히 발을 돌려 걸어갔다. 수민은 연실을 따라 그녀가 안내하는 객실로 들어갔다. 아담하고 조용한 곳이었다.

"에서 편히 쉬고 계세요. 곧 술상 봐 올게요."

"잠깐만."

수민이 방을 나가려는 연실을 불러 세웠다.

"왜 그러시죠?"

"궁금한 게 있어서… 뭐 좀 물어봐도 되겠는가?"

"뭔데요?"

연실은 수민이 자신을 유혹하려는 줄 알고 그의 곁으로 바싹 다가섰다. 연실의 몸에서 야릇한 냄새가 풍겨 왔다. 수민은 슬쩍 그녀에게서 한 걸음 떨어졌다.

"이곳에 새로 들어온 기녀, 아니 검무를 추는 기녀가 있는가?"

수민은 연실을 보지도 않고 물었다.

"그런 건 어찌 여쭈시나요?"

살가웠던 연실의 어투가 돌연 냉랭해졌다.

"기찰 나온 것은 아니니 오해하진 말게. 자세한 사정은 밝히기 어려우나 확인할 부분이 있어서 그런다네. 자네 신변에 해가 되는 일은 결코 일어나지 않을 테니 안심하게."

연실의 뾰족한 반응에 내심 당황한 수민이 달래듯 말했다.

"새로 들어온 기녀도, 검무를 추는 기녀도 없어요."

그래도 연실은 무뚝뚝하게 대거리했다.

"확실한가?"

"물론이죠. 이곳에 기녀가 몇이나 된다고요."

"엊저녁에 왔다면 모를 수도 있지 않나?"

"뭐, 그렇긴 합니다만…."

연실이 늦도록 손님 시중을 들다가 지쳐서 잠들었다면 밤중에 누가 왔는지 알 수 없을 터였다.

"술상 들여오는 길에 행수도 좀 불러 주게나."

수민은 혹 행수 기녀라면 다솜의 존재를 인지하고 있을지도 모른다는 생각에 연실에게 일렀다.

"행수 언니는 왜요? 손님 맞을 채비하느라 부산하실 텐데요."

"걱정 말게. 오래 붙잡지 않을 걸세."

수민은 슬그머니 소맷부리 안에서 동화銅貨 몇 닢을 꺼내 불퉁한 태도로 일관하는 연실에게 건넸다. 그제야 연실의 눈이 반짝 빛났다.

"이러시면 제가 송구해서…."

연실이 허리를 비틀며 사양하는 척했다.

"괜찮네. 어서 받게."

수민이 연실의 손에 돈을 쥐어 주었다. 연실은 어쩔 수 없다는 듯 받아 챙겼다.

"잠깐만 기다리셔요. 금방 모셔올게요."

연실이 간드러진 소리를 냈다.

수민은 다솜이 어쩌다 기녀가 되었는지, 자세한 내막은 알 수 없었다. 그러나 간밤에 불안한 눈빛을 보인 까닭은 짐작할 수 있었다. 다솜은 어느 관청에 종으로 있다가 거간꾼의 눈에 띄었거나 혹은 지독히 가난한 부모가 돈을 받고 팔아넘기는 바람에 기녀가 되었을지 모른다. 어쨌든 그리하여 낯선 곳, 그것도 기루에서 사내들에게 웃음을 팔며 살아야 하는 자신의 처지가 못마땅하고 서러웠을 터. 어디로든 도망치고 싶었을 것이다.

수민은 딱한 상황에 놓인 다솜을 곁에서 지켜 주고, 보살펴 주고 싶어졌다. 어쩌면 어머니에 대한 그리움을 다솜을 통해 풀려는 건지도 모른다는 생각도 얼핏 들었다.

잠시 후 방 안에 술상이 차려졌다. 이어 연실이 제법 나이 들어 보이는, 농염한 자태의 기녀와 함께 들어왔다.

"그쪽이 이곳 행수요?"

수민이 나이 든 기녀에게 물었다.

"급하기도 하셔라. 네, 제가 행수 매월입니다."

매월이 여유로이 답하고 수민에게 사뿐히 인사를 올렸다. 그러고 나서 권했다.

"앉아서 대화 나누시지요."

수민은 순순히 매월이 하라는 대로 했다. 그의 오른편에 매월이, 왼편에 연실이 자리 잡았다.

"연실이한테 엊저녁에 들어온 기녀가 있는지 물으셨다 들었습니다."

매월이 곧장 본론으로 들어갔다.

"맞소."

수민은 짧게 답했다. 매월의 입에서 원하는 얘기가 나오리라는 느낌이 왔다. 수민의 예감은 빗나가지 않았다.

"그 아이는 무슨 용무로 찾으시는지요?"

"확인할 게 있어서 그러오. 허니 행수가 그 아이를 이 방으로 데려와 주면 고맙겠소"

"죄송합니다만 지금은 여기 없습니다."

"뭐라? 없어? 대체 하룻밤 사이에 어디로 갔다는 게요?"

수민은 몹시 실망하여 언성을 높였다.

"혹시 병에 걸린 거요? 아니면 달아난…."

"잠깐만요."

매월이 배시시 웃으며 수민의 말을 잘랐다.

"이번에는 제가 여쭙겠습니다. 그 아이와는 어떤 사이시기에 제가 답을 할 틈을 주지 않고 다그치듯 물으시는 겁니까?"

"친한 친구의 부탁을 받았소. 자기 누이가 검계劍契*로 보이는 사내들에게 보쌈을 당해 끌려갔는데 기방으로 팔려 간 듯하니 알아봐 달라고 하더군. 하여 이렇게 찾아다니는 중이라오."

수민은 곧이곧대로 얘기할 수 없어 거짓을 늘어놓았다. 매월은 수민의 속이 훤히 들여다보이는지 묘한 미소를 지었다.

"허면 그 아인 분명 친구 분 누이가 아닐 거예요."

"어찌 그리 장담하는 게요?"

"루주께서 그 아이 검무 추는 모습을 보더니 더 배워 오라고 서도(평양)로 돌려보냈거든요."

"…허… 그래."

수민은 아쉬움을 삼켰다. 그래도 어쨌든 후일의 만남을 기대할 수 있어 한편으로는 마음이 놓였다.

"서도에서 왔다면 내 친구 누이는 아닌 모양이군."

매월이 대답 대신 미소를 보였다. 수민은 소맷부리 안에서 동화 스무 닢을 묶은 꾸러미를 꺼내 매월에게 내밀고 일어섰다.

"나는 이만 가 봐야겠소. 알다시피 찾을 사람이 있어서. 술은 다음에 먹도록 하지."

"술값이라면 너무 많습니다."

---

* '칼을 차고 다니는 모임'이라는 뜻의 조선 후기 폭력 조직

수민이 내민 돈을 보고 눈이 휘둥그레진 매월이 그를 따라 일어섰다. 연실도 일어났다.

"받아 두시오. 친절히 대해 준 보답이오. 고맙소."

수민은 방문 쪽으로 걸어가다 문득 떠오르는 바가 있어 매월을 돌아보았다.

"하나만 더 물어보겠소. 그 아이, 올해 몇이오?"

"그것까지야 제가 어찌 알겠습니까."

"모른다?"

"얼핏 듣기로는 열여섯이라든가… 정확한 건 아닙니다."

수민은 자신의 짐작이 얼추 들어맞자 더 묻지 않았다.

"허면 내 친구 누이는 확실히 아닌 것 같군."

수민은 미련 없이 방을 나왔다. 매월이 이르기를 다솜은 검무를 더 배우러 서도로 돌아갔다고 했다. 그 얘기는 곧 다솜이 언젠가는 다시 상천루에 온다는 것을 의미했다. 아무리 기다려도 오지 않으면 직접 서도로 달려가 일대의 기루를 모두 뒤져서라도 다솜을 찾아내면 될 터였다.

기분이 좋아진 수민은 활기차게 기루를 나섰다. 아무런 의욕 없이 풀벌레마냥 살아가던 수민에게 이제 뚜렷한 목표가 생긴 것이다. 그것은 바로 다솜이었다.

수민을 따라 방을 나온 매월은 기루를 나서는 그의 뒷모습을 잠시 바라보다 천천히 뒤뜰로 걸음을 옮겼다. 기루에서 일하는 하인 한 명이 기척 없이 매월을 쫓았다. 어깨가 구부정한 하인은 인적이 없는 곳에 다다르자 헛기침을 하여 매월의 발을 멈춰 세웠다.

"이르신 대로 하였습니다."

매월이 곧바로 돌아서서 하인에게 공손히 아뢰었다.

"그 사내는 누구라던가?"

하인이 묵직한 음성으로 물었다. 행수 기녀 매월은 허드렛일을 하는 하인에게 존대를 하고, 옷차림이 허름한 하인은 매월에게 하대를 했다. 속사정을 모르는 사람이 보기엔 참으로 이상한 광경이 아닐 수 없었다.

"연실에게 물으니 전 도승지의 서자 이수민이라 하더군요. 어울리는 친구 모두 부친이 기사년에 귀양 가거나 죽임을 당한 명문가의 서얼이랍니다. 어머니는 육주비전 대행수 정인석의 누이로 오래전에 죽었다 하고요."

"그래?"

하인의 얼굴에 반가운 기색이 빠르게 떠올랐다 사라졌다.

"한데 연실이 말을 믿을 수 있겠는가?"

"자기 손님으로 삼으려고 뒷조사를 했던 모양이에요. 입이 가벼워서 탈이지 듣는 귀가 크고, 한 번 찍은 손님은 놓치는 법이 없답니다."

"알았네. 바쁜 시각이라 찾는 사람이 많을 터이니 얼른 가 보시게."

"더 분부하실 건 없으신지요?"

"내가 달리 이를 때까지 그 아인 서도에 있는 걸세."

"그야 여부가 있겠습니까."

말을 마친 매월은 적절한 보상을 기대하는 눈빛으로 하인을 바라보았다.

"삼경(밤 11~1시) 초에 들르도록 하지."

"주안상 봐 놓고 기다리겠습니다."

하인에게 원하는 답을 받은 매월이 활짝 웃으며 종종걸음으로 사라졌다. 하인은 빠르게 주위를 훑어보았다. 주변엔 아무도 없었다. 하인은 천천히 안채로 향했다.

통행 금지를 알리는 종(인경)이 스물여덟 번 울렸다. 이제 곧 도성의 사대문이 닫히고, 순라군들이 순찰을 돌 터였다.

뒤뜰에서 검술 연습을 하는 다솜을 무심히 지켜보던 하인은 삼경이 시작될 무렵 안뜰로 나왔다. 손님이 썰물같이 빠져나간 기루는 물속마냥 조용했다. 하인은 훌쩍 담을 뛰어넘어 근처에 있는 매월의 집으로 갔다. 매월은 방 안에 술상을 차려 놓고 하인을 기다리고 있었다.

"늦으셨습니다."

하인이 방문을 열고 들어서자 매월이 짐짓 타박을 놓았다. 그가 오기만을 고대한 듯했다. 하인은 술상 앞에 앉아 은은하게 속이 비치는 얇은 저고리와 치마를 입은 매월을 물끄러미 쳐다보았다. 곱게 단장한 매월의 얼굴이 은은한 홍조를 띠었다. 어서 빨리 하인이 자신의 몸속으로 들어오기를 바라는 눈치였다.

"서방님께서 좋아하시는 화주입니다."

매월이 교태롭게 웃으며 하인의 잔에 가득 술을 따랐다.

"필요 없네."

하인은 잔을 치우고 술병을 들어 벌컥벌컥 들이켰다. 술 한 병이 금방 바닥났다. 이윽고 불같이 뜨거운 기운이 거칠게 그의 온몸에 퍼졌다. 매월은 서둘러 술상을 옮기고 옷을 벗었다. 하인도 옷가지를 벗어 던지고 매월을 끌어안아 요에 눕혔다.

"서두르지 마셔요. 제가 어딜 가나요."

매월이 뜨거운 입김을 하인의 귀에 불어넣었다. 하인은 들끓는 열기를 식히기 위해 정신없이 매월을 탐했다. 매월은 숨이 막히는지 거친 신음을 연거푸 토해 냈다. 신음은 차츰 울음으로 변했다. 끊어질 듯 이어지는 고양이 울음 같은 소리가 풀무라도 되는 양 하인은 더 빨리 허리를 앞뒤로 움직였다. 그러다 한순간 아득한 쾌감을 느끼고 매월에게서 떨어졌다.

매월은 누워 있는 하인의 가슴팍에 오른팔을 얹고 무어라 중얼대다 잠이 들었다. 하인은 매월을 바로 눕히고 일어서서 옷을 입었다. 밖에서 딱따기 치는 소리가 들려왔다. 순라군들이 집 근처를 지나가는 모양이었다. 하인은 그 소리가 멀어지기까지 가만히 서 있다가 매월의 몸에 이불을 덮어 주고 방을 나왔다. 새벽바람이 시원했다.

하인은 기루로 돌아오자마자 뒤뜰로 갔다. 서아는 여전히 검술 연습을 하고 있었다.

저 아이를 만난 지도 벌써 네 해가 지났구나.

하인은 주먹만 한 돌멩이를 집어 서아에게 던졌다. 서아가 재빨리 몸을 틀어 돌멩이를 피했다. 하인은 두 발을 빠르게 움직여 물 흐르듯 나아가 서아 앞에 섰다.

"보았느냐?"

"네. 스승님."

서아가 공손히 하인에게 허리를 숙였다.

"너는 보법이 아직 자재로운 수준에 이르지 못하였거니와 검을 휘두를 때의 힘도 부족하다. 복기服氣*는 일러 준 대로 매일 하고 있겠지?"

"네. 거르는 날 없이 하고 있습니다."

"어디 검을 줘 보거라."

서아는 하인이 시키는 대로 했다. 하인은 서아가 내미는 검을

---

* 도가양생법의 하나로 만물 생성의 근원이 되는 기를 몸 안으로 받아들이는 호흡법

받아 들고 말했다.

"누차 가르쳐서 익히 알고 있을 터, 검세는 부드러운 듯 날카롭고 약한 듯 강해야 한다. 또한 적의 목을 칠 때는 망설이지 말고 단숨에 베어야 한다."

하인은 잠시 숨을 고른 뒤 검술 시범을 보였다. 하인의 동작은 깃털같이 가벼웠고, 검세는 분홍빛 꽃잎이 허공에 흩날리듯 화려했다.

"명일부터는 쌍검술도 같이 전수하려 한다. 따라올 수 있겠느냐?"

하인이 훌쩍 칼을 거두고 서아에게 물었다.

"네. 심려 끼치지 않도록 더 열심히 하겠습니다."

"그래. 금일은 이만 들어가 쉬거라."

하인이 검을 서아에게 돌려주었다. 검을 받아든 서아는 하인에게 허리 숙여 인사하고 자신의 처서로 향했다. 하인은 우두커니 서서 서아의 가냘픈 뒷모습을 바라보았다.

지난밤 서아와 수민이 마주 서 있는 장면을 목격한 하인은 수민이 다시 상천루를 찾아올 거라 여겼다. 하여 매월에게 혹 수민이 와서 서아에 대해 묻거든 서도에 검무를 배우러 갔다고 대답하라 일러두었다. 어쩐지 두 사람을 만나게 하고 싶지 않았다. 당분간 만이라도. 어째서 그런 마음이 드는 건지는 알 수 없었다.

왕의 목을 취하리라

하인은 현종 말년에 훈련도감 국별장局別將을 지낸 권익성의 아들 권치운이었다. 권익성은 현종이 승하한 그해 양월良月(음력 10월) 집 근처 야산에서 변사체로 발견되었다. 치운은 훗날 우연치 않게 몸 여기저기 남아 있는 칼자국으로 보아 권익성이 누군가에 의해 살해된 것이 분명하다는 소리를 들었다. 전혀 예상치 못한 일이었다. 권익성은 조선 제일까지는 아니었으나 궁중의 무관 중에서는 첫손가락에 꼽힐 만큼 뛰어난 무술 실력을 지니고 있었다. 치운도 알고 있었고, 자랑스러워했던 사실이었다.

권익성의 죽음을 가장 슬퍼한 사람은 예조참판 김수항이었다. 그는 무인으로서의 자질이 뛰어났을 뿐만 아니라 성품 또한 강직한 권익성을 동생처럼 아꼈다.

김수항은 권익성이 자신과 가깝게 지낸다 하여 일부 남인에게 배척 당했음을 인지하고 있었다. 어쩌면 그로 인해 권익성이 남인의 사주를 받은 자객에게 소중한 목숨을 빼앗겼을지 모른다는 생각이 들어 김수항은 마음이 편치 않았다. 하지만 김수항이 하루아침에 가장을 잃고 살길이 막막해진 권치운 모자를 식솔로 거둔 까닭은 죄책감을 떨쳐 버리기 위해서가 아니었다. 권익성의 아들을 정성껏 돌봐 훌륭한 인재로 키워 내기 위함이었다. 김수항은 그것이 벗에 대한 진정한 도리라 여겼다.

그러나 김수항은 치운을 제대로 돌볼 수 없었다. 형을 대신해 좌의정이 된 그 역시 남인의 무고로 귀양을 가게 된 탓이었다. 김수항은 유배지인 영암으로 떠나는 날 부인에게 어린 치운을 잘 보살펴 주라고 거듭 당부했다. 큰아들 김창집을 따로 불러 치운을 문하에 두고 글을 가르치라는 엄명을 내리기도 했다.

한데 치운은 학문을 익혀 벼슬길에 오르는 데에는 통 관심이 없었다. 치운이 아버지로부터 물려받은 재능은 문장이 아니라 무예였다.

무오년戊午年(1678) 철원으로 이배된 김수항은 서인이 정권을 잡은 경신년에 영중추부사가 되어 한양으로 돌아왔다. 그 얼마 후, 지아비의 갑작스러운 죽음으로 속병을 얻어 시름시름 앓던 치운의 어머니가 급기야 세상을 떠나고 말았다.

치운은 모친상을 치르고 나서 김수항을 찾아갔다. 기승을 부리던 무더위도 어느덧 물러나고 조석으로 선선한 바람이 불기 시작할 즈음이었다.

"대감마님, 저 치운입니다. 잠시 들어가도 되겠습니까?"

치운은 김수항의 방문 앞에 서서 공손히 아뢰었다.

"오냐. 들어오너라."

어린 시절 들었던 다정한 음성이 방문 저편에서 흘러나왔다. 치운은 조심스럽게 문을 열고 들어갔다. 김수항은 읽던 책자를 덮고 치운을 쳐다보았다. 치운은 대뜸 김수항에게 큰절을 올렸다.

"대감마님, 저도 이제 떠나야 할 때가 된 듯합니다. 부친과의 작은 인연 하나로 그간 우리 모자를 식솔과 다름없이 돌봐 주셔서 감사합니다."

"느닷없이 왜 이러느냐? 내가 돌아온 지 얼마나 되었다고… 나에게 무슨 섭섭한 일이라도 있는 게냐?"

김수항은 생각지 못한 말이 치운의 입에서 튀어나오자 당혹스러운 표정을 감추지 못했다.

"아닙니다. 섭섭하다니요. 제가 혹여 그런 마음을 한 올이라도 가졌다면 당장이라도 벼락을 맞을 것입니다. 아비 잃은 저를 이만큼 키워 주신 분이 바로 대감마님이십니다. 그 은혜를 어찌 잊을 수 있겠습니까."

"은혜라니. 당치 않다. 내가 너에게 해 준 게 무에 있다고."

"저는 정경부인 마님과 창집 도련님에게도 분에 넘치는 온정을 받았습니다. 모두 다 대감마님 덕분입니다."

"허면 두말 말고 내 집에 있거라. 여섯 해를 떨어져 지냈다. 그간 아무것도 해 주지 못해 안타까워했을 내 속도 좀 헤아려 주렴. 더군다나 얼마 전에 어미마저 잃은 네가 아니냐. 내 눈에 보이지 않는 곳에 두고 싶지 않구나."

"대감마님께서는 정경부인 마님과 창집 도련님에게 서찰을 보내실 때 잊지 않으시고 저에게도 보내 주셨습니다. 저같이 하찮은 놈에게도 관심과 동정을 보이셨습니다. 서찰에 담긴 마님의 배려를 읽지 못한다면 어찌 사람의 자식이라 할 수 있겠습니까. 비록 몸은 떨어져 있었으나 저는 한 번도 대감마님이 멀리 계시다는 생각을 해 본 적이 없습니다. 대감마님은 늘 제 곁에 계셨습니다."

치운은 감정이 복받쳐 말을 멈추었다. 잠시 숨을 고르며 마음을 가라앉히고 다시 입을 열었다.

"저에게 대감마님은 친아버님이나 마찬가지십니다. 제가 세상 누구보다 존경하는 분이 바로 마님이십니다. 저는 머리가 아둔하고 학문에는 뜻이 없어 여기 계속 있으면 마님의 심기를 어지럽히기만 할 것입니다. 바라옵건대 제 청을 들어주십시오. 대감마님께 실망을 드리고 싶지 않아 올리는 청이옵니다. 제가 원하는 바는 조선 제일의 무인으로부터 무예를 배우고 돌아와 마님을 지키는 호위가 되는 것입니다. 부디 허락하여 주십시오."

치운은 간절한 눈빛으로 김수항을 쳐다보았다. 주변에서는 김수항이 머지않아 일인지하 만인지상의 자리인 영의정에 오를 거라고들 했다. 그러나 마냥 기뻐할 일만은 아니었다. 지금도 남인의 표적이 되어 있는데 영의정이 되면 더 많은 자가 목숨을 노릴 터였다. 치운은 그들로부터 김수항을 지켜 주고 싶었다. 진심이었다.

"…네 아비를 많이 닮았구나."

김수항이 무겁게 고개를 끄덕였다.

"네 뜻이 정 그러하다면 어쩔 수 없지. 어디 한번 네가 하고 싶은 대로 해 보거라."

"감사합니다, 대감마님. 소인, 꼭 다시 돌아와 마님을 지킬 것입니다."

"허허, 녀석도 참."

김수항은 치운이 기특한지 가까이 오게 하고는 머리를 쓰다듬어 주었다. 참으로 따뜻한 손길이라고, 치운은 생각했다.

"내 서찰을 써 줄 터이니 지리산 화엄사에 가서 천광대사를 만나거라. 겉으로는 나이 들고 무력한 승려같이 보여도 조선 땅에서는 대적할 자가 없을 만큼 무예가 뛰어난 어른이시다."

김수항은 치운의 머리를 쓰다듬던 손으로 종이를 펼치고 붓을 들었다.

다음 날 치운은 김수항 부부와 김창집에게 하직 인사를 올리고 지리산으로 향했다. 김수항이 써 준 서찰은 등에 멘 봇짐이 아니라 옷섶에 넣어 두었다. 서찰을 잃어버리면 무예를 배울 수 없을지도 모른다는 생각이 든 까닭이었다.

꼬박 나흘을 걸어 도착한 화엄사에는, 그러나 천광대사가 없었다. 치운은 인자하게 생긴 중년의 스님이 법당에서 나오는 것을 보고 재빨리 그에게 다가갔다.

"혹 천광대사께서 어디 계신지 알 수 있습니까?"

치운은 합장을 한 채 스님에게 물었다.

"대사께서는 절 뒤쪽에 있는 동굴 안에서 면벽 수행을 하고 계십니다."

스님은 치운에게 천광대사를 찾는 연유를 따져 묻지 않고 친절히 알려 주었다.

"감사합니다, 스님. 성불하십시오."

치운은 스님에게 인사하고 그가 일러 준 동굴로 천광대사를 찾아갔다. 하지만 스님의 말과는 달리 천광대사는 동굴 바닥에 누워 쿨쿨 잠을 자고 있었다. 치운은 조심스럽게 천광대사 옆으로 다가가 무릎을 꿇었다. 슬그머니 손을 뻗어 대사의 팔을 잡고 흔들었다. 천광대사가 미간을 찌푸리며 눈을 떴다. 몸을 일으켜 주위를 살폈다. 오른편에 처음 보는 아이가 앉아 있었다.

"내 단잠을 깨운 놈이 바로 너냐?"

천광대사가 벌컥 화를 냈다.

"송구합니다, 대사님."

"송구고 자시고, 뭐 하는 녀석이기에 곤히 자는 중을 깨우는 것이냐!"

"한양의 김수항 대감이 보내서 온 권치운이라 합니다."

치운은 넙죽 엎드려 천광대사에게 절을 올리고 옷섶에서 서찰을 꺼내 건넸다.

"대감마님께서 대사님께 전하라 이르셨습니다."

"거참…."

천광대사는 성가시다는 표정으로 치운이 건네는 서찰을 받아서 읽었다. 그러더니 정색을 한 채 치운에게 물었다.

"네가 익성이 아들이냐?"

"네. 맞습니다."

"…많이 닮았구나."

천광대사는 고개를 주억거리며 혼잣말하듯 중얼거렸다.

그날부터 치운은 천광대사와 더불어 생활했다. 천광대사는 치운을 절 위쪽에 있는 암자로 데려갔다. 대사는 아무런 지시도 하지 않았으나 치운은 매일 새벽같이 일어나서 암자를 청소하고 빨래를 하고 밥을 지었다. 끼니때가 되면 지어 놓은 밥을 그릇에 담아 절에서 가져다주는 찬과 함께 천광대사에게 올렸다. 깊은 산속이라 암자 앞마당으로 끊임없이 나뭇잎이 떨어져 내려 치운은 낙엽을 쓸고 또 쓸어야 했다.

계절이 겨울로 바뀐 뒤로는 암자 일이 더욱 힘들어졌다. 치운은 허벅지까지 쌓인 눈을 헤치고 계곡으로 가서 두꺼운 얼음을 깨고 빨래를 해야 했다. 땔감으로 쓸 나무를 구해 오는 것도 온전히 치운의 몫이었다. 그로 인해 손등이 트고 아물기를 되풀이했다. 손발이 동상에 걸리지 않은 게 다행일 지경이었다. 그래도 치운은 불평 한마디 하지 않았다. 이만한 고통을 이겨 내지 못한다면 무예를 배울 자격이 없다고 여겼다.

그렇게 반년쯤 지난 어느 봄날이었다. 천광대사가 방문을 열고 나와 치운을 불렀다. 치운은 조반 설거지를 마치고 뒤꼍에 가서 장작을 패고 있었다.

"치운아, 이제 그만하고 마당으로 나오너라."

천광대사의 그 말이 치운의 귀에는 부처님 말씀처럼 들렸다. 치운은 냉큼 도끼를 그루터기에 박아 놓고 대사에게 달려갔다.

"검술을 배우고 싶다 하였느냐? 잘 보거라."

천광대사가 검을 들고 서서히 몸을 움직였다. 대사의 움직임은 때로는 눈에 보이지 않을 정도로 빨랐고, 때로는 하품이 나올 만큼 느렸다. 대사는 치켜든 검을 채찍같이, 깃발같이 휘둘렀다. 그럴 때마다 치운은 차갑고 매서운 기운이 어깨며, 가슴이며, 목 따위를 뚫을 듯 훑고 지나감을 느꼈다. 온몸에 소름이 돋았다. 분분히 흩어져 내리는 꽃잎들은 대사가 쥔 칼에 닿자마자 정확히 두 동강 났다. 흰 눈이 펑펑 쏟아지는 날 아름다운 무희가 춤을 추는 광경을 목도한 기분이었다.

"권가의 핏줄이라 다르구나."

문득 천광대사가 동작을 멈추고 말했다.

"아주 오래전 친우의 간곡한 청으로 그가 보낸 아이 몇을 가르친 적이 있다. 근골이 범상치 않고 자질도 뛰어난 아이들이었지. 한데 그 아이들 중 누구도 네놈같이 내 칼 기운을 버텨 내진 못하였다. 아, 오해하진 마라. 그중에 네 아비는 없었다. 네 아비는 열두 해 전인가 김수항 대감이 데려와서 소개하기에 武에 관해 몇 가지 문답을 나누었을 뿐이다. 각설하고 방에 들어가면 경전과 병법서가 있을 터이니 금일부터 그것들을 읽도록 해라."

치운은 그제야 천광대사가 아버지를 어찌 아는지 알 수 있었다. 대사가 언급한 아이들은 누군지, 지금은 어디서 무얼 하는지도 알고 싶었다. 족보상 엄연히 본인의 사형인 까닭이었다. 그러나 묻지 않았다. 물어도 알려 주지 않을 터였다.

치운은 궁금증을 접고 천광대사의 지시를 충실히 이행했다. 밤늦게까지 경전과 병법서를 읽었고, 낮에는 부지런히 검술을 배우고 익혔다. 천광대사는 치운에게 검을 휘두르며 정확하고 날렵하게 엄지발가락으로만 땅을 디디는 법, 공중을 날면서 바람을 가르며 검을 쓰는 법 등을 알려 주었다.

출중한 무인의 피를 이어받은 치운의 검술 실력은 하루가 다르게 늘었다. 천광대사는 치운의 무예가 어느 정도 경지에 오르자 검을 양손에 하나씩 쥐고 자유자재로 쓸 수 있도록 훈련시켰고, 기를 운용하여 멀리 떨어져 있는 적을 향해 검을 날리는 비법에 이어 검을 휘두르다 허공으로 치솟아 표창 같은 암기를 날리는 수법도 가르쳤다. 그러다 혼잣말하듯 내뱉었다.

"네놈에게 이런 것까지 전수하게 될 줄은 몰랐구나."

치운은 그 말을 듣고 스승님이 오래전 문하에 두었던 아이들에게는 암기술을 가르치지 않았을지도 모른다는 생각을 했다.

치운은 그때 익힌 쌍검술을 명일부터 본격적으로 서아에게 가르칠 작정이었다. 치운이 노리는 것은 임금의 목이었다. 그가 마음속 깊이 존경하고 따랐던 김수항에게 사약을 내린 장본인이 바로 임금이었다. 자신의 심기를 거스른다는 연유로 평생 충성을 다한 신하를 주검으로 만드는 건 임금의 도리가 아니었다. 인간으로서의 도리는 더더욱 아니었다.

김수항 대감이 어떤 분인가.

김수항은 무예를 익히고 돌아온 치운을 내금위 군관으로 천거하려 했다. 하지만 치운은 극구 사양하고 그림자마냥 김수항을 따라다니며 보호했다.

김수항의 삶은 고단하기 짝이 없었다. 임자년壬子年(1672) 우의정에 발탁된 김수항은 한 달 후 좌의정으로 승진해 세자부世子傅를 겸하였으나 남인을 탄핵한 대간을 변호하다 판중추부사로 좌

천되었고, 사은사로 청나라에 다녀왔다. 이후 갑인년甲寅年(1674)에 예송논쟁에서 패하여 쫓겨난 형 영의정 김수홍 대신 다시 좌의정에 임명되었는데 궁녀들과 추문이 있는 종실의 처벌을 주장하다 남인의 미움을 사서 영암으로 귀양을 가게 되었다.

무오년 철원으로 이배된 김수항은 두 해 후 유배에서 풀려나 영중추부사가 되었고, 곧이어 영의정에 올라 아홉 해 동안 임금과 나라를 위해 일했다. 아마도 이 기간이 김수항의 생애에서 가장 평온한 시기였을 터였다.

안타깝게도 김수항은 기사년에 이르러 재집권한 남인에 의해 또다시 진도로 유배를 떠나게 되었고, 마침내 그곳에서 사약을 받고 말았다. 한 나라의 재상에서 한순간 죄인이 되고, 죄인의 신분에서 다시 재상이 되기를 반복하던 삶이 마침표를 찍는 순간이었다.

김수항은 그래도 임금을 원망하지 않고 참담한 어명을 온순히 받들었다. 그가 사약을 마시기 전에 자식들에게 남긴 말은 '언제나 겸손히 사양하고 물러날 마음 자세를 지녀라. 집안에 책 읽는 자손이 끊이지 않도록 하라'는 것이었다. 억울한 죽음에 대한 복수 따위는 입에 올리지 않았다.

그런 분을 가차 없이 죽이다니!

치운은 불길같이 치솟는 분노에 휩싸여 맹세하고 또 맹세했다.

내 기필코, 왕의 목을 취하리라!

검무, 왕에게 다가가는 한 걸음

 치운은 김수항 대감을 먼저 하늘로 떠나보내고 한동안 술독에 빠져 지냈다. 시간이 어디서 어디로, 어떻게 흘러가는지 도무지 알 수 없었다. 문득 깨어나 보면 한밤중이었고, 새벽이었고, 대낮이었다.

 그러던 어느 날이었다. 술기운과 함께 술도 떨어지자 치운은 지게에 빈 술동이를 올려놓고 끈으로 묶었다. 지게를 지고 술도가로 향했다.

 "벌써 다 드셨습니까?"

 술도가 점원들이 마당으로 들어서는 치운을 반갑게 맞이했다. 하루건너 술을 사러 오는 치운은 그들에게 귀한 손님이었다.

 "지금 마시는 것도 같이 계산하시오."

 치운은 자신과 또래로 보이는 점원이 술동이를 채우는 동안 바가지로 술독에서 술을 퍼서 들이켰다.

"다 되었습니다."

이윽고 점원이 치운에게 지게를 건넸다.

"옜소."

치운은 허리춤에 매어 둔 전대를 풀어 술값을 치르고 지게를 졌다. 올 때와는 달리 무게감이 느껴졌다. 치운은 비틀비틀 술도가를 나와 집을 향해 걸어갔다. 맞은편에서 무뢰한 몇이 큰소리로 뭐라 뭐라 떠들며 다가오는 모습이 보였다. 치운은 그들의 움직임을 보고 일부러 몸을 부딪쳐 오리라는 것을 알았으나 구태여 피하지 않았다.

"이놈이 눈뜬장님이야 뭐야?"

치운과 어깨를 부딪친 사내가 다짜고짜 주먹을 날렸다. 아무리 취했어도 충분히 피하거나 막을 수 있는 공격이었다. 하지만 치운은 피하지도 막지도 않았다. 스승인 천광대사를 제외하고 누군가에게 얻어터지기는 처음이었다.

턱을 맞은 치운이 지게와 함께 넘어지자 무뢰한들이 한꺼번에 달려들어 치운에게 뭇매를 놓았다. 술동이는 이미 깨져서 피 같은 술을 흘리고 있었다. 치운은 바닥에 드러누워 온몸에 단비처럼 쏟아지는 무뢰한들의 발길질과 주먹질을 즐겼다. 시원했다.

잠시 후 무뢰한 가운데 한 명이 죽은 듯 움직이지 않는 치운의 허리춤에 매인 전대를 끌러 품에 안고 달아났다. 나머지도 그자를 따라갔다.

그날 무뢰배에게 매타작을 당하면서 치운은 이렇게 살다 죽을 수는 없다는 생각을 했다. 어차피 김수항 대감께 바치기로 작정한 목숨이었다. 대감의 복수를 한 뒤에 죽어도 늦지 않았다.

창집 도련님은 대감마님께서 남기신 유언을 충실히 받들 터. 임금에 대한 노여움이 산같이 크다 해도 전혀 내색하지 않을 것이다. 하여 내가 한다. 도련님을 대신해!

치운이 노리는 복수의 대상은 남인의 무리가 아니었다. 임금이었다. 임금은 서인의 세가 커지면 남인을 부추겨 서인을 몰아내고, 그로 인해 남인의 세가 커지면 서인을 부추겨 남인을 내쫓았다.

그 와중에 죄 없는 사람이 얼마나 많이 죽었는가. 임금은 서인이든 남인이든 필요하다 여겨지면 언제든 이용하고 버릴 수 있는 교활한 인간이다. 어쩌면 임금이 남인을 사주해 아버지를 죽였을지도 모른다. 모든 환국의 수괴인 임금을 없애야 억울하게 목숨을 잃는 사람이 더는 나오지 않을 것이다.

치운은 당장 대궐로 쳐들어가 임금의 목을 베고 나서 자진하고 싶었다. 하지만 참았다. 이는 성공할 공산이 아예 없는 일이었다. 임금을 호위하는 금위군이나 무예별감 중에는 무술이 뛰어난 자가 많았다. 물론 치운이 두려워하는 건 그들이 아니었다. 그네들의 무공이야 치운보다 몇 수 아래였다. 마음에 걸리는 자들은 따로 있었다.

떠도는 소문에 의하면 세상에 드러나지 않은 호위 무사 몇이 열두 시진時辰(2시간) 내내 비밀리에 임금을 지킨다고 했다. 누군가는 그들의 수가 셋이라 했고, 다섯이라 했고, 일곱이라 했다. 몇인지는 정확히 몰라도 어쨌든 모두 무공의 깊이를 알 수 없을 만큼 고수인 것만은 틀림없다고 했다. 한 나라의 임금이었다. 더군다나 의심이 하늘을 찌르는 위인이 바로 임금이었다. 당연히 자신의 주변에 그 정도 보호막쯤은 쳐 놓았을 터였다.

치운은 김수항 대감이 물려준 집과 토지를 팔아 금전을 마련하고, 세상이 어떻게 돌아가는지 살피기 위해 상천루를 들락거리기 시작했다. 매월은 그 무렵 만난 기녀였다.

양반 가운데서도 문관은 기방 출입이 금지되어 있었다. 따라서 기방을 찾는 이들은 무관 아니면 각 궁전의 별감이나 서리胥吏*, 사령使令**, 나장羅將*** 등 직책이 낮은 자였다. 하지만 어쨌거나 그들도 대궐 안에서 근무하기는 매한가지였다. 특히 임금을 가까이에서 모시는 대전별감, 어명과 관련한 일을 하는 무예청 별감, 국왕 직속 특별 사법 관아인 의금부의 나장 등은 조정이

---

* 관아에 속하여 말단 행정 실무에 종사하던 벼슬아치 밑에서 일을 보던 구실아치
** 각 관아에서 관리들의 업무를 보조하던 하급 실무자
*** 죄인을 문초할 때에 매질하는 일과 귀양 가는 죄인을 압송하는 일을 맡아보던 의금부 소속 하급 관리

돌아가는 판세를 읽고 있었다.

치운은 처음에는 손님들이 좋아하는 나이 어린 기녀를 포섭하려 했다. 구실아치들이 술자리에서 떠드는 이야기를 귀에 담아 두었다가 전해 줄 사람이 필요해서였다. 하지만 그녀들은 찾는 손님이 많아 항시 바빴고, 콧대가 높아 환심을 사기 어려웠다. 사내들이 떠드는 얘기에는 별 관심이 없어서 원하는 정보도 쉬이 얻을 수 없을 듯했다.

반면에 매월은 피는 꽃이라기보다는 지는 꽃이어서 쉽게 접근할 수 있었다. 행수 기녀라 자유로이 이 방 저 방 들락거릴 수 있다는 것도 강점이었다. 어느 방의 어떤 손님들이 무슨 소리를 지껄이는지 귀동냥해서 물어다 줄 수 있는 까닭이었다.

그러나 열두 살 되던 해부터 검술을 익히고 장성하여 귀환해서는 김수항 대감을 보호하는 데에만 전념했던 치운은 여자의 마음을 얻는 방도를 몰랐다. 그가 할 수 있는 거라고는 단지 매월에게 다가갈 기회가 오기만을 엿보는 것뿐이었다.

그렇게 두 달쯤 흘렀을까. 매월이 서둘러 객실을 나와 마당으로 내려서다 발을 헛디뎌 넘어지는 일이 벌어졌다. 치운에게는 더할 나위 없는 호기였다. 치운은 재빨리 매월에게 달려갔다. 접질린 매월의 발목은 금세 부어올랐다. 매월은 계속해서 고통스러운 신음을 흘렸다. 치운은 잠시 매월의 발목을 만져 보는 척하다 슬쩍 손을 써서 어긋난 뼈를 맞춰 주었다. 붓기는 이내 가라앉았다. 매월의 입에서 더는 앓는 소리도 새어 나오지 않았다.

그날 밤 매월은 치운을 자신의 집으로 불러들여 그에게 술과 음식을 대접했고, 치운은 오랜 세월 무예를 연마하여 다져진 건장한 육체로 매월의 몸과 마음을 취했다.

중전 민씨가 곧 폐서인 될 거라는 소문이 퍼진 건 그로부터 한 달이 지난 뒤였다. 임금이 워낙 강력하게 원하는 바라고 했다. 형조판서를 지낸 전 사직司直* 오두인 등 86인이 중전의 폐위를 반대하는 상소문을 올렸으나 아무 소용없었다. 도리어 임금은 크게 분노하여 신하들을 다그쳤다.

"과인이 죄 없는 사람을 폐출한다는 게냐? 그게 말이나 되는 소리냐? 이럴 바에야 차라리 과인을 폐위하는 편이 낫지 않겠느냐?"

이는 곧 폐비에 반대하는 신하는 역적으로 여기겠다는 뜻이었다. 임금은 본을 보이듯 직접 나서서 한밤중에 오두인을 비롯한 주동자들을 문책하고, 모진 고문을 가한 후 귀양 보냈다. 뒤이어 마침내 자신의 아내인 왕비를 궐에서 내쫓고 말았다. 날이 더워지기 시작하는 중하仲夏(음력 5월) 초에 벌어진 사태였다.

그때부터 치운은 승려로 변장하고 유배를 떠난 사람들의 집안을 살피기 시작했다. 그는 여러 날에 걸쳐 세밀히 조사한 끝에 의

---

* 오위五衛에 속한 정오품 군직軍職

주로 귀양 가던 도중 파주에서 숨을 거둔 오두인에게 아직 어린 여식이 있다는 사실을 알아냈다. 어머니도 화병으로 세상을 떠나 아이는 이제 혈혈단신이 되었다고 했다. 아이를 맡아 키워 줄 친척 하나 없다고 했다.

치운은 이번에는 양반 복장을 하고 아이를 찾아갔다. 아이는 마침 대문 앞에 나와 있었다. 누군가를 기다리는 모습이었다. 아이를 시중드는 여종은 보이지 않았다. 집안 노비들도 혼자 남은 아이를 무시하고 방치하는 걸까.

"네가 두인 형님 여식이냐."

치운은 아이에게 다가가 반갑게 말을 건넸다. 자세히 보니 놀랄 만큼 아름다운 아이였다. 백옥같이 흰 피부에 두 눈은 세상을 다 담을 듯 크고 맑았다. 콧날은 하늘을 향해 단아하게 솟아 있고 그 밑의 입술은 저녁노을마냥 붉었다.

"저를 아십니까?"

아이가 치운을 바라보았다. 아이의 수려한 눈망울에 두려움이 담겨 있었다.

"서아야, 겁먹지 말거라. 그간 왕래가 뜸했던 탓에 잘 모를 테지만 나는 네 아버님의 육촌 동생 오치운이라 한다."

치운은 최대한 부드럽게 말했다. 아이는 사내가 자신의 이름을 알고 있음에 조금은 안심이 되는 모양이었다. 눈망울에 담겨 있는 두려움의 빛이 살짝 옅어졌다.

"달포 전 용무가 있어 남원에 내려갔다가 소식 듣고 부랴부랴 올라오는 길이다. 그간 마음고생이 얼마나 심했겠느냐. 앞으로는 내가 너를 맡을 터이니 안심하거라."

"저를 거두시겠다는 말씀이신가요?"

서아가 조심스럽게 물었다.

"당연히 내가 해야 할 일이다. 네가 피붙이가 있길 하냐, 가까운 친척이 있길 하냐. 나를 믿고 어서 짐을 챙겨 나오너라. 여기 더 머무르기 싫구나."

치운이 시원시원하게 답했다.

"…네. 이르신 대로 하겠습니다."

잠시 망설이던 서아는 집 안으로 들어가 짐을 챙겨 나왔다. 서아가 든 보따리는 옷가지만 몇 개 들어 있는 듯 가벼워 보였다. 안쓰러웠다. 그러나 치운은 모른 척 앞서 걸어갔다. 일각(15분)쯤 지나자 괴나리봇짐을 짊어진 키 큰 도령이 길모퉁이를 돌아 치운을 향해 다가왔다. 서아는 쉬이 발길이 떨어지지 않는지 치운을 따라오다 몇 번이나 멈춰 서서 집 쪽을 돌아보았다. 치운 곁을 막 지나쳐 간 도령의 발소리가 뚝 끊겼다. 치운은 도령이 걸음을 멈추고 서아를 쳐다보고 있음을 눈치챘다. 그 누구든 서아를 마주하고 내처 지나칠 수는 없을 터였다.

치운은 서아가 품고 있는 슬픔과 설움이 느껴져 마음을 다잡았다. 허튼 인정 따위는 버리는 게 상책이었다. 치운은 서아를 살수로 만들 작정이었다. 임금으로 인해 소중한 부모를 잃은 아이였다. 그 원한을 이용하여 서아에게 검술과 검무를 가르친 뒤 그녀로 하여금 임금을 죽이도록 만들 심산이었다.

서아는 여자아이였다. 이대로 자란다면 강가에 앉아 빨래하고 있는데 물속의 물고기가 넋을 잃은 채 바라보다 헤엄치는 법을 잊어버려 강바닥으로 가라앉았다는 전설의 주인공, 서시의 미모를 뛰어넘을 아이였다. 그래서 가능한 계책이었다.

김수항 대감의 호위 무사였던 치운은 검무에 대해 잘 알았다. 대신들 술자리에 빠지지 않고 등장하는 여인이 바로 검무를 잘 추는 기녀였다. 치운은 춤이 펼쳐질 때마다 긴장의 끈을 바싹 당기고 기녀들의 움직임을 세밀히 살폈다. 그녀들의 손에는 칼이 쥐어져 있었고, 따라서 언제 어떻게 김수항 대감을 해코지할지 몰랐다. 그러다 보니 춤 동작 하나하나가 치운의 눈과 머리에 못처럼 박히게 되었다.

서아를 조선 제일의 기녀로, 검무의 일인자로 만들면 당연히 진연進宴*에 불려 갈 수 있을 터. 그 자리에서 서아가 나 대신 못나고 못된 임금을 벌할 것이다!

치운은 김수항 어르신의 은혜를 갚을 방도는 그 길밖에 없다고 생각했다.

---

* 나라에 좋은 일이 있을 때 궁궐 안에서 벌이는 잔치

첫 만남

 방에 들어온 서아는 검을 내려놓고 길게 누웠다. 고단했다. 명일부터 본격적으로 쌍검술을 익혀야 하는데 가르침을 잘 따를 수 있을지 걱정되었다. 치운은 까다롭고 엄한 스승이었다. 실전용 검법이 아닌 검무를 가르칠 때조차 빈틈이 보이면 가차 없이 지적하고 꾸짖었다.

 서아는 문득 실수를 저지르는 찰나마다 자신을 매섭게 노려보던 치운의 눈빛을 떠올렸다. 그러나 어찌 된 일인지 치운의 얼굴은 금세 흐려지고 그 위로 지난밤 마주쳤던 남자의 얼굴이 선명하게 나타났다. 명문가의 자제인 양 귀티가 흐르는 용모였다.

 …이수민.

 남자가 밝힌 자신의 성명이었다. 짙은 눈썹 아래 자리한 맑은 두 눈이 유난히 슬퍼 보이는 사내. 어디선가 본 적 있는 듯 낯설게 느껴지지 않는 사람. 그는 무슨 연유로 내게 이름을 지어 준 걸까. 그것도 다솜이라는 이름을. 나를 연모하는 마음이 싹텄음을 알리고자 함이었을까.

서아는 심장이 두근거려 몸을 뒤척였다. 수민을 떠올리면 궁금한 것들이 생겨났고, 현실에서는 절대 일어나지 않을, 이를테면 두 사람이 서로 손을 맞잡고 하얀 달빛을 받으며 화사한 꽃밭을 거니는 장면이 눈앞에 펼쳐졌다.

"안 돼!"

서아는 벌떡 일어나 세차게 고개를 흔들었다. 머릿속에서 점점 커져 가는 수민의 형상을 떨쳐 버리기 위해서였다. 남자에게 관심을 둘 처지가 아니었다. 원하던 바는 아니었으나 기녀로 살아갈 수밖에 없는 운명이었다. 기회가 와서 임금의 목을 베는 순간 자신의 목숨도 사라지게 되어 있음을 서아는 익히 알고 있었다.

…더는 아무 생각도 하지 말자.

서아는 길게 심호흡을 하고 다시 자리에 누워 눈을 감았다. 잠은 쉬이 오지 않았다. 붙잡았다 싶으면 달아났다. 그 끝에 이번에는 인자하게 미소 짓는 아버지와 어머니의 모습이 떠올랐다. 언제나 느닷없이 찾아와 가슴을 아프게 하는 얼굴들이었다. 몹시 그리웠다.

…아버지, 어머니…. 두 분은 함께 계시나요? 하늘에서 저를 내려다보고 계시나요?

서아는 두려웠다. 억울하게 돌아가신 아버지와 어머니의 복수를 하고 싶은 욕구는 있었다. 확실했다. 하지만 그 대상이 임금이라는 게 걸렸다. 스승 치운에게 검술과 검무를 배우고 익히던 어느 순간 이런 의문이 불쑥 솟구쳤다.

충정을 다해 임금을 모셨던 아버지가 지금의 내 모습을 보신다면, 과연 흡족해하실까?

서아는 치운이 아버지의 육촌 동생이 아니라는 것쯤은 애초부터 알고 있었다. 아버지가 살아 계실 당시 자주 드나들던 친척들도 혹여 자신들에게 애먼 불똥이라도 튈까 봐 발길을 끊은 지 오래였다. 노비들도 어린 서아를 얕잡아 보고 퉁명하게 대하거나 한껏 게으름을 피웠다. 이런 마당에 한 번도 보지 못한 먼 친척이 서아를 찾아올 턱이 없었다. 그래도 치운을 따라나선 것은 지독히 외로워서였다. 더는 부리던 노비들에게마저 무시당하고 싶지 않아서였다.

서아는 치운을 따라가다 몇 번이나 멈춰 서서 집을 돌아보았다. 그러다 문득 길을 가던 누군가가 발을 멈춘 채 자신을 살피고 있다는 느낌을 받았다. 서아는 시선을 돌려 그 누군가를 쳐다보았다. 서아의 느낌은 맞았다. 서아를 주시하고 있는 사람이 있었다. 키 큰 도령이었다. 그러나 솟구친 눈물로 인해 서아는 도령의 얼굴을 제대로 볼 수 없었다. 어쩐지 부끄러웠다. 서아는 고개를 푹 숙이고 서둘러 걸음을 옮겼다. 어차피 떠나야 할 집이었다. 서아는 그때 잠깐 마주쳤던 도령이 수민임을 여태껏 알지 못했다.

…아버지.

서아는 나직이 불러 보았다. 그녀의 아버지는 외동딸인 서아를 끔찍이 아꼈다. 앞에 앉혀 놓고 웃으며 "내 너를 보고 있으면 세상 근심이 모두 사라지는구나" 말하곤 했다. 서아의 어머니는 어떻게 해서든 집안의 대를 이를 사내아이를 낳으려 했으나 아버지는 아들에 연연하지 않았다.

서아는 아버지가 함부로 상소를 올릴 분이 아님을 확신했다. 아버지는 잘못을 저지른 하인도 금방 벌하지 않고 자초지종을 알아본 연후에 억울함이 없도록 처리했다. 그런 아버지가 임금의 심사를 어지럽힌 죄로 목숨을 잃고 말았다. 왕비를 내치려는 임금의 뜻에 반대하다 그리되었다 했다. 아버지가 돌아가시자 어머니도 시름시름 앓다가 훌쩍 세상을 떠났다. 임금으로 인해 서아의 집안은 하루아침에 풍비박산 나고 만 것이다.

서아는 만백성의 어버이라는 임금의 경솔한 처사에 분노를 느꼈다. 하지만 억울하게 죽은 아버지와 어머니를 위해 어리고 힘없는 계집이 할 수 있는 일은 아무것도 없었다.

치운은 함께 산 지 달포쯤 되었을 무렵 서아에게 자신의 신분과 그녀를 거둔 까닭을 밝히고 물었다.

"할 수 있겠느냐?"

당시만 해도 임금에게 깊은 원한을 품고 있던 서아는 망설임 없이 답했다.

"하겠어요."

그날부터 치운은 서아에게 검술과 검무를 가르치기 시작했다. 서아는 지난 3년 동안 비가 쏟아지든 바람이 거세게 불든 눈보라가 몰아치든 개의치 않고 하루도 빠짐없이 무예를 닦았다. 틈틈이 검무도 익혔다. 워낙 총명한 데다 임금에 대한 원망마저 뼈에 사무쳐 서아의 검술은 빠르게 늘었고, 어느덧 일급 무사 반열에 올랐다. 춤에는 더욱 탁월한 재능을 보여 검무는 이제는 경쟁자를 찾아보기 힘들 정도의 실력을 갖추었다. 그새 키도 자라고, 밋밋했던 가슴도 부풀어 올라 몸태만 보면 성숙한 여인과 다름없었다.

그러자 치운은 매월에게 부탁해 서아를 상천루로 들여보냈다. 그것이 사흘 전의 일이었다. 치운은 이미 한 해 전부터 상천루에서 하인으로 일하고 있었다.

…아버님, 어리석은 소녀를 용서하세요.

서아는 지금 자신의 꼬락서니가 아버지의 마음을 아프게 해도 어쩔 수 없다고 생각했다. 치운의 강요에 의해서가 아니라 스스로 선택한 길이었다.

…그러니 끝맺음을 할 사람도 나밖에 없지 않은가? 도망치고

싶어도 그럴 수 없지 않은가?

　서아는 애써 어머니와 아버지를 머릿속에서 내보내고 죽은 사람의 혼을 부르는 무녀처럼 잠을 불러들였다. 멀리서 통금이 해제되었음을 알리는 종소리가 들려왔다.

　서아는 인경이 울리기를 기다려 쌍검을 들고 뒤뜰로 나갔다. 서아와 수민이 마주 서 있는 장면을 목격한 치운이 서아에게 손님이 모두 돌아간 뒤에 훈련을 시작하라는 지시를 내린 까닭이었다.

　치운은 이미 와서 서아를 기다리고 있었다. 서아는 흐린 달빛 아래 나무마냥 서 있는 스승에게 다가가 예를 올리고 물었다.

"오래 기다리셨나요?"

"아니다. 나도 방금 왔다."

　치운이 손짓으로 검을 달라는 시늉을 했다. 서아는 공손히 쌍검을 내밀었다.

"잘 보거라."

　쌍검을 받아든 치운이 한 동작 한 동작 천천히 시범을 보이며 요결을 알려 주었다. 서아는 눈과 귀를 열고 스승의 가르침을 받아들였다.

"자, 이제 네가 해 보거라."

　시범을 마친 치운이 검을 서아에게 내주었다. 서아는 치운이 알려 준 대로 양손에 하나씩 검을 쥐고 회초리같이 날렵하게 몸을 움직였다. 놀랍게도 서아는 치운이 보여 준 동작을 거의 그대로 따라 했다.

치운은 생각했다.

서아의 실력은 아직 절정 수준에 이르지는 못했다. 그러나 2, 3년 더 꾸준히 갈고 닦으며 내공을 쌓는다면 조선 땅에서 서아를 이길 수 있는 자가 몇 안 될 것이다.

서아가 마지막으로 익힐 무예는 기를 운용하여 날린 검으로 먼 거리에 있는 적의 목을 꿰뚫는 어검술馭劍術이었다.

치운은 앞으로 3년 안에 반드시 어검술을 서아에게 전수하고야 말겠노라 다짐했다. 임금을 지키는 호위 무사들이 가까이 다가오는 서아를 얌전히 보고만 있지는 않을 테니까.

어쩌면 그 잘난 호위 무사들조차 서아의 미모에 눈길을 빼앗겨 잠시 책무를 방기할 수도 있다. 그들 역시 사내이므로. 하물며 술과 여자를 좋아하는 왈짜들이야 더 말해 무엇 하겠는가.

늙은 놈이든 젊은 놈이든 다들 눈이 멀지 않은 이상 서아를, 서아의 검무를 보고 놀라지 않을 수 없을 터. 반하지 않을 수 없을 터. 그들의 입이 서아의 이름을 임금의 귀에까지 들어가게 만들 것이다. 여자를 좋아하는 임금은 당연히 서아를 보고 싶어 할 테고, 그 궁금증이 서아를 진연에 부르도록 이끌 것이다.

연회에 참석한 모든 사내가 서아의 고혹적인 아름다움에, 화려한 검무에 취해 넋을 잃고 있을 때, 서아가 임금을 향해 몸을 날리며 화살 쏘듯 검을 던지면 충분히 임금의 목을 꿰뚫을 수 있다. 그걸로 끝이다. 그 이후는 생각할 필요가 없다.

   그러나 치운은 까맣게 모르고 있었다. 지난밤부터 서아의 마음속으로 서서히 누군가가 걸어 들어오고 있음을. 이는 서아조차도 아직 인지하지 못하고 있는 사실이었다.

상천루의 주인이 되려 합니다

수민은 상천루를 나오자마자 외삼촌을 찾아갔다. 정인석은 집무실에서 행수 몇 명과 함께 무언가를 논의하고 있었다.

"네가 여긴 어쩐 일이냐?"

정인석이 문을 열고 들어오는 수민을 놀란 표정으로 바라보았다. 수민이 그의 집무실에 온 것은 이번이 처음이었다.

"지나다가 들렀는데 손님들이 계시네요. 저는 밖에 나가 있을 테니 용무 마치시면 부르세요."

"그럴 거 없다. 이제 막 회의를 파하려던 참이었다."

정인석이 슬쩍 옆자리 행수에게 눈짓을 보냈다. 수민은 특별한 용무가 없는 한 자신을 찾아올 아이가 아니었다.

"우린 이만 나가서 탁주로 목이나 축이세."

정인석의 의중을 알아차린 행수가 일어서서 다른 행수들을 둘러보았다.

"그리하시죠. 금일은 삼거리 주막에 가서 단고기(개고기)를 안주로 실컷 마셔 봅시다."

다른 행수들도 장단 맞춰 우르르 일어섰다. 역시 시전에서 잔뼈가 굵은 사람들이라 눈치가 빨랐다.

"그럼 차후에 뵙겠습니다, 대행수 어른."

행수들이 정인석에게 인사를 하고 집무실을 나갔다. 정인석은 여종을 불러 차를 가져오라 이르고 자신의 옆자리를 손으로 툭툭 치며 살갑게 말했다.

"수민아, 거기 멀뚱히 서 있지 말고 여기 와 앉거라."

"예, 외삼촌."

수민은 순순히 정인석의 권유에 따랐다.

"오랜만에 보는구나. 끼니는 거르지 않고 다니는 것이냐?"

정인석은 눈으로 수민의 온몸을 어루만질 듯이 살폈다. 수민을 볼 때마다 젊은 나이에 세상을 뜬 누이가 떠올랐다. 그래서 가슴이 저렸다. 수민은 자랄수록 용모가 제 어미를 닮아 갔다. 인애仁愛. 이름미냥 어진 마음으로 사람을 귀애했던 아이였다.

"그럼요. 배곯는 일 없으니 염려 마세요."

잠시 후 여종이 들어와 두 사람 앞에 찻잔을 내려놓았다. 그러고도 여종은 수민을 슬쩍슬쩍 훔쳐볼 뿐 나갈 생각을 하지 않았다. 여종의 얼굴은 어느새 귓불까지 빨갛게 달아올라 있었다.

정인석은 어이가 없어 여종을 노려보며 헛기침을 몇 번 했다.

순간 정신이 든 여종이 고개를 돌려 정인석을 쳐다보았다. 두 사람의 시선이 딱 마주쳤다. 화들짝 놀란 여종은 어쩔 줄 몰라 하다 허둥지둥 집무실을 나갔다. 그러나 수민은 무심했다. 여종이 자신을 힐끔거리고 있었음을 전혀 눈치채지 못한 듯했다.

"그래, 내게 무슨 용무가 있어 어려운 걸음을 한 게냐."

정인석이 차를 한 모금 마시고 물었다. 그는 수민을 친자식보다 더 아꼈다. 수민의 어머니는 그에게 하나뿐인 누이였다. 정인석은 티 없이 맑고 고운 외모에 영특한 머리, 외모만큼이나 마음 씀씀이도 아름다웠던 누이를 누구보다 아끼고 사랑했다. 그런 누이가 남긴 유일한 자식이 바로 수민이었다.

"외삼촌에게 청을 드리고자 왔습니다."

"청을? 내게 말이냐? 허허, 이거 명일 아침에는 해가 어느 쪽에서 뜨는지 잘 살펴봐야겠구나."

정인석이 웃으며 농을 했다. 수민이 태어나서 처음으로 하는 부탁이었다.

"외삼촌, 제가 상천루를 인수할 수 있도록 도와주십시오."

수민은 곧장 본론으로 들어갔다. 외삼촌을 설득하기 위해 여러 말을 꾸며 내고 싶지 않았다.

"뭐라? 상천루? 저 앞 네거리에 있는 기루 말이냐?"

정인석은 상천루 주인 전 별감을 잘 알았다. 전 별감은 정인석이 어린 시절부터 함께했던 절친한 동무의 친동생이었다.

"맞습니다. 저도 이젠 뭔가 해 보고 싶습니다."

"그곳 주인과는 아는 사이더냐?"

정인석은 혹여 수민이 자신과 전 별감과의 관계를 알고 이러나 싶어 물었다.

"아니요. 일면식도 없습니다."

"그래…."

정인석이 고개를 주억거렸다. 수민은 거짓을 입에 담을 아이가 아니었다.

"너에게 뭔가 해 보겠다는 소리를 들으니 반갑기는 하다만 기루는 안 된다. 차라리 내 밑에서 장사를 배우거라."

"싫습니다. 술을 파는 것도 장사가 아닙니까? 한데 기루는 왜 안 된다 하시는 겁니까?"

"정말 몰라서 묻는 게냐? 네 아버지가 허락할 성싶으냐?"

"은인자중하고 계시는 분입니다. 외삼촌이 말씀하지 않으시면 알 길이 없으세요. 그분하고는 상관없는 일이기도 하고요."

"상관이 없다니? 어찌 되었든 네 아버님이시다. 그리고 기루는 아무나 할 수 없어. 기부妓夫가 되려면 일정한 자격을 갖추어야 한다."

"기부라니요? 그건 무엇이고, 또 어떤 자격을 갖추어야 한다는 겁니까?"

"기방을 운영하는 자를 일컬어 기부라고 한다. 기부는 각 궁전의 별감이나 사령, 의금부 나장, 포도청 포교 같은 관리나 궁방宮房*과 왕실 외척의 청지기만이 할 수 있도록 되어 있어. 세간에 왈짜라 불리는 패거리가 바로 그들이다."

수민은 적잖이 당황했다. 무심코 길을 걸어가다 기골이 장대한 괴한과 부딪친 느낌이었다.

내가 너무 쉽게 생각한 걸까?

수민은 돈이 있는 자는 누구나 기루를 운영할 수 있으리라 여겼다. 명백한 오산이었다. 현실은 그의 인식과 많은 차이가 있었다.

"달리 방도가 없겠습니까?"

수민이 처진 목소리로 물었다.

"없다."

정인석은 딱 잘라 답하고 되물었다.

"한데 느닷없이 기루를 인수하겠다는 까닭이 무엇이냐?"

"말씀드렸듯이 저도… 뭐든 하고 싶어서…."

수민은 속내를 그대로 내보일 수 없어서 말꼬리를 흐렸다. 정인석은 수민에게 뭔가 특별한 연유가 있음을 눈치챘으나 더 캐묻지 않았다.

"이제 어쩔 셈이냐. 내 밑에 들어와 일을 배워 보지 않겠느냐?"

---

* 궁실과 왕실에서 분가해 독립한 대원군·왕자군·공주·옹주가 살던 집을 통틀어 이름

상천루의 주인이 되려 합니다 · 67

정인석이 타이르듯 물었다.

"고민해 보겠습니다. 말미를 주십시오."

수민은 이쯤에서 물러나는 것이 좋겠다는 판단을 내리고 일어섰다. 순간 유성같이 머리를 스치는 생각이 있었다.

"그럼 제가 별감이나 사령이 되면 기부가 될 수 있겠네요?"

수민은 다시 자리에 앉았다.

"그렇긴 하지."

정인석은 의심스러운 눈초리로 수민을 훑어보았다.

"허면 다른 청을 올리겠습니다. 저를 별감이나 사령으로 만들어 주십시오. 그 정도 능력은 지니고 계시지 않습니까? 저를 위해서 해 주세요. 처음이자 마지막으로 드리는 부탁입니다."

"이런 답답한 녀석을 봤나. 네 아버님이 누구시냐? 비록 파직을 당하긴 하셨어도 언제 다시 벼슬길에 나아갈지 모르는 분이시다. 네가 천한 관리가 되어 조정 신료에게 무시당하는 모습을 본다면 얼마나 가슴 아파하시겠느냐? 나 또한 마찬가지다. 하나밖에 없는 조카가 왈짜들과 몰려다니면서 술과 여자에 취해 방탕하게 살아가는 꼴은 보고 싶지 않다."

정인석은 단호하게 내뱉고 더는 말을 섞고 싶지 않다는 표시로 등을 돌렸다.

"외삼촌, 저를 믿어 주십시오. 왈패와 어울리는 일은 결단코 없을 겁니다. 뿐만 아니라 그분 눈에 띄거나 그분 귀에 제 이야기가 들어가지 않도록 행동거지를 조심, 또 조심하겠습니다. 외삼촌만 모른 척하신다면 그분은 저에 대해서 내내 아무것도 모르실 거예요."

"나만 입을 다문다고 감추어지겠느냐. 세상에 비밀이란 없어. 언젠가는 네 아버님도 반드시 알게 될 거야."

수민의 아버지 이세벽은 이따금 사람을 보내 정인석을 따로 마련해 둔 안가로 불렀고, 정인석과 함께 술을 마시며 그를 통해 수민의 근황을 전해 듣고는 했다.

"그러기 전에 스스로 그만두겠습니다."

"뭐라? 스스로 그만둬?"

정인석이 슬그머니 수민 쪽으로 돌아앉았다.

"좋다. 네가 기부가 되고자 하는 참 연유가 무엇이냐? 속시원히 털어놓거라. 듣고 나서 가부를 따져 볼 터이니."

"…지켜 주고 싶은 사람이 생겼습니다."

수민은 떨리는 목소리로 진심을 전했다. 다솜의 얼굴이 떠오를 때마다 이상하게 설레었다. 심장이 빨리 뛰었다.

"며칠 전 상천루에 들어왔다 합니다. 기녀인지 아닌지는 모르겠으나 기루에 머무르는 한 결국 기생이 될 수밖에 없겠지요. 도와주세요, 외삼촌. 조선 땅에서 저 같은 놈이 할 수 있는 일이 뭐가 있겠습니까? 비슷한 신분의 친구들과 공연히 술이나 퍼마시고 무의미한 불평과 원망을 토해 내는 짓거리도 이제 더는 하기 싫습니다. 지쳤어요. 비록 사람대접은 못 받아도 사람답게 살고 싶습니다."

"도대체 누가 널 사람대접하지 않는다는 게냐?"

정인석은 버럭 화를 내며 수민을 노려보았다.

"죄송해요, 외삼촌. 제 얘기가 거슬렸다면 사죄드리겠습니다."

"왜 하필 그런 아이를 마음에 둔 건지…."

정인석은 수민에게서 시선을 거두고 혼잣말하듯 중얼거렸다. 잠시 어색한 침묵이 흘렀다.

"그렇다고 꼭 기루를 운영할 필요는 없지 않느냐. 그 아이를 곁에 두는 게 목적이라면 첩으로 들이면 될 것 아니냐."

이윽고 정인석이 다시 수민을 쳐다보았다.

"첩이라니요? 싫습니다. 그럴 처지도 못 됩니다."

"더는 대접이니 처지니 하는 소리 입 밖에 내지 말거라. 듣기 싫다. 첩실은 우리 같은 상인도 둘 수 있어."

"저는 평생 단 한 사람하고만 살 겁니다. 혼인은 하지 않아도 좋아요. 후손을 보지 않아도 상관없어요. 아니…."

수민은 아이 따위는 낳지 않겠다고 하려다 그만두었다. 외삼촌의 심기를 더는 불편하게 만들고 싶지 않아서였다. 자식에게 물려줄 거라고는 서출이라는 아픔과 설움밖에 없는데, 그 사실을 누구보다 잘 알면서 새 생명을 만든다는 것은 범죄나 다름없는 행위라는 게 수민의 솔직한 심정이었다.

"어쨌든 알았으니 이제 그만하고 오랜만에 나와 술이나 한잔 하자꾸나."

정인석은 수민의 대답은 들을 필요가 없다는 듯 벌떡 일어서서 집무실 문을 열고 밖으로 나갔다. 수민도 순순히 정인석의 뒤를 따라갔다. 함께 술을 마시며 외삼촌을 설득하는 것도 괜찮은 방책이었다. 외삼촌은 수민에게 권법과 검술뿐만 아니라 주도도 가르쳐 준 인생의 스승이었다.

"바람이 제법 선선하구나. 금일 같은 날은 답답한 방 안보다 정자가 낫겠지."

정인석은 마당을 서성이는 여종에게 뒤뜰 정자에 술상을 차리라 이르고 천천히 걸어갔다. 오십을 바라보는 나이였으나 정인석의 발걸음은 가벼웠다. 자기 관리가 철저한 정인석은 여전히 매일 아침 한 시진씩 거르지 않고 무예를 수련했다. 덕분인지 추위를 잘 타지 않았고, 아무리 술을 많이 마셔도 몸가짐이 흐트러지는 법이 없었다.

"넌 아예 술 몇 병 더 가져다 놓고 들어가 쉬거라."

정인석이 정자에 올라와 술과 안주가 든 광주리를 내려놓는 여종에게 일렀다. 여종은 다소곳한 자세로 술상을 보고 나서 곧바로 정인석의 지시를 실행했다.

"그럼 전 이만 물러가겠습니다."

"그래. 수고 많았다."

정인석은 여종이 인사하고 돌아서자 술병을 들어 수민의 잔에 술을 따르며 물었다.

"그간 많이 힘들었느냐?"

"분수를 알면 힘들 것도 없지요."

  수민은 담담하게 답했다. 이번엔 수민이 정인석이 내미는 술병을 받아 들고 외삼촌의 잔을 채웠다.

"허허허, 녀석. 말하는 본새가 큰 깨달음을 얻은 고승 같구나. 한 잔 들자."

  두 사람은 거의 동시에 잔을 비우고 서로를 쳐다보았다. 두 사람의 시선이 허공에서 잠깐 얽혔다 풀어졌다. 잠시였으나 수민은 외삼촌의 속내를 엿볼 수 있었다. 정인석 역시 조카의 마음을 엿보았다. 그때부터 두 사람은 묵묵히 상대의 잔을 채우고 자신의 잔을 비우는 행위만 되풀이했다.

"…아느냐? 네 아버님이 어쩌다 네 어미를 만났는지…."

  한참 후에야 정인석이 입을 열었다. 수민은 멍한 눈으로 외삼촌을 바라보았다. 외삼촌의 목소리는 너무도 나직해서 꿈결에 이야기를 듣는 듯했다.

"네 어미가 열여덟 되던 해였다. 그해 여름 벌리(지금의 번동)에 역병이 돌았지. 어느 날인가 사람들이 죽어 간다는 소식을 접한 네 어미는 아침 일찍 의료 도구를 챙겨 들고 집을 나서더구나. 어딜 가느냐고 묻자 태연한 표정으로 벌리에 간다고 하지 뭐냐.

부족한 의술이나마 곤경에 처한 병자들에게 도움이 되었으면 한다면서….”

정인석은 스스로 술을 따라 마셨다. 애잔한 그리움으로 그의 눈은 촉촉이 젖어 있었다.

“…지독히 무더운 날이었다. 아버님과 나는 아녀자의 몸으로, 그것도 혼자서 병자가 득시글거리는 곳으로 가겠다는 거냐며 네 어미를 꾸짖고 가지 못하게 막았지. 허나 아무 소용없었다. 아무리 달래고 말려도 네 어미는 고집을 꺾지 않았어. 지나고 보니 참, 인연이란 무섭다는 생각이 드는구나.”

수민은 귀를 쫑긋 세우고 외삼촌의 전언을 들었다. 어머니의 고집과 인연이 무섭다는 얘기가 어떤 연관이 있는지 궁금했다.

“결국에는 네 어미 홀로 보낼 수 없어 내가 따라나섰다. 네 어미를 말에 태우고 벌리에 가 보니 역병이 휩쓸고 간 마을의 풍경이 참혹하기 그지없더구나. 나라에서 내의원 의원들을 보내고, 구휼미도 내주었다고 하는데 사람들 상태가 아주 좋지 않았어. 끼니를 제대로 챙겨 먹지 못하고 적절한 치료도 받지 못해서겠지. 네 어미는 서둘러 위급해 보이는 환자부터 살피며 정성껏 시료를 해 나갔다. …그날 만난 사람이 바로 너의 부친이다. 주상 전하의 명으로 마을의 상황을 살피러 왔던 게지. 네 아버지 직책이 의금부 도사라는 사실은 나중에야 알았다.”

수민은 화난 사람마냥 벌컥 잔을 비우고 길게 한숨을 내쉬었다. 어머니가 고집만 부리지 않았어도 아버지를 만나지 않았을 수도 있었겠다는 생각이 들어서였다.

"…며칠을 벌리에 함께 있으면서 두 사람은 서로에게 호감을 느끼게 되었지. 호감은 자연스럽게 연정으로 바뀌었고. 두 사람 다 젊었으니까. 드물게 아름다웠으니까."

"그만하십시오, 외삼촌. 더 듣고 싶지 않습니다."

"네 아버지와 어미를 원망하지 말거라. 그럴수록 너만 괴로울 뿐이야."

"취했습니다. 그만 들어가 자야겠어요. 편히 쉬십시오."

수민은 못 들은 척 비틀비틀 일어나 정인석에게 인사를 하고 정자를 내려왔다.

"수민아. 나는 네가 또 다른 아픔을 만들지 않았으면 한다."

정인석이 묵직한 음성으로 수민에게 올가미 같은 말을 날렸다. 대문을 향해 걸어가던 수민은 그 소리에 발목을 잡혀 잠시 멈춰 섰다. 수민은 외삼촌에게 알려 주고 싶었다.

'대체 무슨 말씀을 하시는 건지 모르겠네요, 외삼촌 저에게 아픔은 다솜, 그 아이를 볼 수 없는 것입니다. 지켜 줄 수 없는 것입니다.'

그러나 수민은 굳게 입을 다문 채 외삼촌 대신 하늘을 한 번 쳐다보고는 내처 걸음을 옮겨 집으로 갔다. 어머니가 사시던 집이었다. 어머니가 수민을 낳은 집이었다. 어머니가 수민에게 물려

준 집이었다.

"근자에 계속 늦으시네요. 석반은 자셨습니까?"

마당을 서성이던 유모가 대문 안으로 들어서는 수민을 보고 잰걸음으로 그에게 다가왔다.

"먹었네. 유모는 밤이 깊은데 잠자리에 들지 않고 예서 뭘 하는 겐가?"

"도련님 기다리는 것 말고 쇤네가 달리 할 일이 뭐가 있겠습니까요."

"내 걱정은 접고 강쇠 기다리니 어서 방에 들어가게."

"도련님도 참. 그 사람은 벌써 곯아떨어졌습니다요."

"어쨌든 강쇠 옆에 있게. 술기운이 올라오는지 피곤하네."

"허면 편히 주무셔요."

유모가 수민을 향해 허리를 숙여 보이고 문간방으로 갔다. 수민은 걸어가는 유모의 뒷모습을 물끄러미 바라보았다. 혼례를 치르고 분가한 어머니를 따라와서 집안의 허드렛일을 도맡아 했던 하인 강쇠와 유모 을녀는 어미 잃은 수민을 지극정성으로 돌봤다. 몇 해 전에는 부부의 연까지 맺었다. 강쇠 부부의 가장 큰 근심은 수민이 허허로운 마음을 다잡지 못해 방황하고 있다는 것이었고, 그다음으로 큰 근심은 슬하에 자식이 없다는 것이었다. 뒤엣것은 수민으로서는 도무지 이해할 수 없는 근심이었다.

다솜에게 가는 길

 다음 날 수민은 저잣거리를 돌아다니며 사람들이 나누는 대화에 귀를 기울였다. 혹시 기부에 대한 정보를 얻을 수 있을까 싶어서였다. 그러나 장사치들은 손님들과 거래하는 것 외의 다른 일에는 별다른 관심이 없었다. 물건을 사러 나온 사람들도 매한가지였다.

 수민은 국밥집에 이어 사람이 많이 모이는 절초전切草廛*에도 들어가 봤다. 그러나 여기저기서 힘들어 죽겠다는 한탄만 들려올 뿐 기부에 대한 이야기는 한마디도 얻어들을 수 없었다. 실망한 수민은 투전판을 기웃거리기도 했다. 그러다 수민을 기찰 관원으로 오해한 투전판 왈짜들이 시비를 걸어오는 바람에 그들과

---

* 칼로 가늘게 썬 담배를 파는 곳으로 사람들이 모여 책도 읽고, 잡담도 나누었다. 요즘으로 치면 카페라 할 수 있다.

한바탕 몸싸움까지 벌였다.

그제야 비로소 수민은 이런 방식으로는 결코 필요한 정보를 얻을 수 없다는 사실을 깨달았다. 호랑이를 잡으려면 호랑이 굴로 들어가야 했다.

수민은 날이 저물기도 전에 상천루를 찾아가 매월을 불렀다.

"또 오셨네요. 그 아이는 언제 올지 모르는데."

매월이 배시시 웃으며 수민을 맞이했다.

"금일은 행수에게 용무가 있어 온 것이오. 잠시 조용한 곳에 가서 나와 얘기를 좀 나눌 수 있겠소?"

"풋풋한 기녀도 많은데 어째서 하필 저랍니까?"

"오해는 마시오. 그저 궁금한 게 있어서, 물어볼 게 있어서 그러는 것이니. 잠깐이면 되오."

"알겠습니다. 저를 따라오세요."

매월은 수민을 조용한 객실로 들이고 술상을 봐 왔다.

"루주는 지금 어디 계시오?"

수민은 자신의 옆자리에 다소곳이 앉아 잔에 술을 따르는 매월에게 물었다.

"갑자기 그건 왜 알고 싶으신지요?"

매월이 의아한 표정으로 되물었다.

"꼭 만나야 할 일이 있어서… 여기 없소?"

"아직 퇴궐하지 않으셨어요."

"아, 참. 그렇겠군. 루주의 직책은 무엇이오?"

"대전별감이십니다."

수민은 묵은 체증이 싹 가시는 느낌을 받았다.

"기방 주인인 기부는 아무나 될 수 없다고 하더군. 정말 그러하오?"

수민은 슬쩍 매월을 떠보았다.

"그럼요. 당연하죠."

매월은 정인석이 알려 준 것과 같은 내용을 전하고 덧붙였다.

"기부 가운데 가장 기세 좋은 사람이 바로 별감이랍니다. 그중에서도 대전별감이 으뜸이지요."

수민은 비죽비죽 새어 나오는 웃음을 참고 단숨에 잔을 비웠다. 매월의 말이 맞는다면 제대로 호랑이 굴을 찾아온 것이었다.

"한 잔 하시겠소?"

수민이 빈 잔을 매월에게 내밀었다.

"네. 주시어요."

매월은 선뜻 잔을 받아 들었다. 수민은 술병을 들어 매월에게 술을 따랐다. 매월은 살며시 왼쪽으로 고개를 돌리고 잔을 비웠다.

"한 가지 청이 있소. 루주를 만나게 해 주시오. 사례는 섭섭지 않게 하리다."

수민은 소맷부리에서 동화 스무 닢을 묶은 꾸러미를 꺼내 매월에게 건넸다. 그러나 매월은 좀체 받으려 하질 않았다. 수민은 동화 꾸러미를 매월 앞에 내려놓았다.

"아니어요. 혹 연결이 안 될 수도 있는데 덥석 돈부터 받을 수는 없습니다."

"괜찮소. 금일 안 되면 다른 날 다른 기회를 보면 될 터. 부담 갖지 말고 넣어 두시오. 술값 제하면 많지 않은 금액이오."

"성의껏 구슬려 보기는 하겠습니다만 너무 큰 기대는 마십시오."

"괜찮다니까 그러시네. 걱정 붙들어 매시오."

"그럼 루주 어른 오실 시각이 다 되었으니 저는 이만 나가 보겠습니다."

매월은 슬그머니 앞에 놓여 있는 돈을 챙기고 일어섰다.

"그러시오. 잘 부탁하오."

"네. 잠시만 기다리셔요."

매월이 나긋나긋하게 답하고 방문을 열었다. 수민은 스스로 술을 따라 마시며 그녀가 좋은 소식을 가지고 오기를 기다렸다.

매월이 수민에게 되돌아온 것은 이각쯤 지난 후였다. 예상보다 일찍 와서 수민은 루주가 매월의 청을 단칼에 거절한 줄 알았다. 아니었다. 매월의 입가엔 미소가 감돌고 있었다.

"만나시겠답니다. 저를 따라오시지요."

"수고하셨네."

수민은 벌떡 일어나 매월을 따라갔다. 매월은 안채 제일 안쪽에 있는 방 앞에서 걸음을 멈추고 기별을 넣었다.

"루주 어르신, 손님 모셨습니다."

"안으로 들이거라."

방에서 걸쭉한 음성이 새어 나왔다. 매월이 미닫이를 열고 비켜서서 수민에게 들어가라는 눈짓을 했다.

"그럼 말씀 나누세요."

매월은 수민이 문지방을 넘자 조용히 미닫이를 닫고 물러났다.

"처음 뵙겠습니다. 이수민이라 합니다."

수민은 다과상을 사이에 두고 붉은색 옷을 입은 남자와 마주 앉았다. 사십 중반쯤 되어 보이는 남자는 오랫동안 무예를 익혔는지 몸이 다부졌다.

"나는 전태보라 하네. 그래, 무슨 용무로 나를 찾았는가?"

"느닷없이 뵙자 하여 송구합니다. 실은 어르신과 같은 별감이 되고 싶은데 어찌해야 할지 몰라 방도를 구하러 왔습니다."

"보아 하니 양반댁 자제 같거늘 까닭을 물어도 되겠는가?"

"자세한 사연은 밝히기 곤란합니다. 절실히 원한다는 것만 알아주십시오."

"허면 어떤 별감이 되려 하는가?"

"별감 칭호만 붙는다면 무엇이든 좋습니다."

"혹 사내구실을 못하게 되어도 괜찮겠는가?"

"네? 방금 뭐라 하셨습니까? 지금 저를 기롱하시는 겁니까?"

수민이 발끈해서 물었다. 전 별감은 발갛게 달아오른 수민의 얼굴을 보고 달래듯 말했다.

"별감에도 여러 종류가 있다네. 액정서掖庭署* 소속의 동산별감東山別監과 가무별감歌舞別監, 봉도별감**, 상언별감上言別監***, 무예청 소속의 무예별감을 비롯하여 나와 같이 주상 전하를 모시는 대전별감, 중전마마를 모시는 중궁전별감, 세자 저하를 모시는 세자궁별감 등 참으로 다양하지. 그중에서 액정서 소속의 별감은 모두 환관이기에 해 본 농이라네. 허니 너무 기분 나빠 하지는 마시게."

전 별감이 말을 끊고 차를 한 모금 마셨다. 이어 덧붙였다.

"동산별감이란 창덕궁 안에 있는 건양현建陽峴을 맡아서 관리하는 별감을 말하고, 가무별감이란 주상 전하 곁에서 음악을 연주하여 전하를 위로하는 별감을 말하지. 그들을 화초별감이라고도 하는데…."

---

* 내시부에 속하여 임금과 왕족의 명령 전달, 알현 안내, 임금이 쓰는 붓과 먹, 벼루 등의 보관·조달, 궁중의 자물쇠 관리, 궐내 각 문의 출입 통제 및 문단속, 궐내의 각종 행사 준비 및 시설물 관리와 청소·정돈 등을 맡아보던 관청
** 임금이 거둥, 즉 나들이할 때 봉도를 선창하던 잡직雜職 벼슬. 봉도란 임금이 거둥할 때 수레를 편안히 모시라고 별감이 소리를 지르면서 경계하던 일을 말한다.
*** 임금이 거둥할 때 백성이 임금에게 올리는 글을 받아들이던 벼슬

수민은 전 별감의 설명을 듣고 나서야 각각의 별감이 무슨 일을 하는지 알게 되었다.

"별감이 되고자 한다면 무과에 급제해서 무예청에 들어가게. 그 길이 자네한테는 맞춤할 듯하네. 나 역시 무예별감으로 있다가 주상 전하 눈에 띄어 현재의 자리로 옮기게 되었지. 물론 대전별감은 승정원이나 병조에서 뽑기도 하네만 그런 곳에 있는 것보다는 아무래도 전하를 호위하는 무예별감이 되어야 대전별감으로 발탁될 기회가 많지 않겠나."

"저더러 무과에 응시하라는 말씀이십니까?"

"바로 맞혔네. 마침 익월 초사흘에 초시初試*가 치러진다고 들었네. 자네한테는 천재일우 아닌가."

수민은 쓰게 웃었다. 문과 아닌 무과를 봐야 한다고 생각하니 자신의 처지가 어쩐지 서글프게 느껴졌다. 어미가 양인인 서자는 어미가 천민인 얼자와는 달리 무과는 볼 수 있었다.

어머님이 양인이어서 그나마 다행인 걸까.

"표정이 어찌 그런가? 자신 없는가?"

---

* '자子·묘卯·오午·유酉'의 간지가 드는 해인 식년式年 봄에 실시하는 복시覆試(2차 시험)에 대비하여 식년 전해인 9월 초순경에 치러진 1차 시험. 3차 시험인 전시殿試에는 임금이 직접 시험장을 찾았는데 특별한 사유가 없는 한 복시 합격자를 떨어뜨리지 않았고, 말을 타고 하는 기격구와 걸어 다니면서 하는 보격구를 봐서 성적에 따라 갑과 3인, 병과 5인, 을과 20인으로 합격자 순위를 정했다.

"아닙니다. 시일이 촉박한 탓에 준비를 서둘러야겠다 싶어 조급해졌나 봅니다."

수민은 대충 둘러댔다. 그러나 아예 마음속에 없는 말은 아니었다.

"그럴 수도 있겠군."

전 별감이 고개를 주억거렸다.

"여러모로 감사했습니다. 앞으로 종종 찾아뵈어도 되겠습니까?"

"당분간은 과거에 전념하게. 여기보다는 궐에서 만나는 편이 낫지 않겠는가."

"알겠습니다. 평안히 쉬십시오."

수민은 자리에서 일어나 전 별감에게 인사하고 방을 나왔다. 무과에 급제하여 별감이 되는 과정은 곧 다솜에게로 가는 여정이었다. 별감이 되는 것만이 다솜을 온전히 지킬 수 있는 유일한 방도였다.

수민의 여인, 기녀 운향

"이제 그만 나오시지요, 형님."

수민이 방을 나가자 전 별감이 뒤를 돌아보았다. 곧이어 전 별감 뒤에 있는 병풍 안쪽에서 한 사람이 걸어 나왔다. 수민의 외삼촌 정인석이었다. 정인석은 수민이 금일이나 명일쯤 전 별감을 찾아오리라 예측했었다. 하여 미리 전 별감을 만나 수민이 누구인지 알리고, 수민 스스로 무과에 응시해야겠다는 생각이 들도록 잘 타일러 달라는 부탁을 했던 터였다.

정인석의 예측은 맞아떨어졌다. 그가 전 별감과 말을 주고받는 동안 매월이 찾아와 수민이 왔음을 알렸다. 그때부터 정인석은 병풍 뒤에 몸을 숨기고 전 별감과 수민이 나누는 대화를 엿들었다.

"나로 인해 수고 많았네. 고마우이."

정인석이 전 별감이 내준 자리에 앉아서 말했다. 전 별감은 수민이 있던 자리로 옮겨 앉았다.

"별소리를 다 하십니다, 형님. 조카 분 인물이 훤하더군요. 제가 보기에 도승지 영감보다 누님을 더 많이 닮은 듯합니다."

"뿐이겠는가. 제 어미 고집도 그대로 물려받은 아이일세."

"뿐입니까. 명석한 두뇌도 물려받질 않았습니까."

전 별감이 맞장구를 쳤다. 정인석은 묵묵히 고개를 주억거렸다. 수민은 어린 시절 아버지 친우인 홍문관 직제학 밑에서 글을 배울 당시 신동이라는 소리도 들었다.

"게다가 형님에게 무예까지 가르침을 받아 익혔으니 무과 급제는 따 놓은 당상이겠군요."

"다 옛날이야기라네. 자신의 처지를 안 이후로 손에서 책을 놓았거든."

"그럼 오히려 잘된 일인 듯 싶은데요. 간절한 바람이 생겨서 다시 서책을 가까이하지 않겠습니까?"

정인석이 무엇보다 원하는 바였다. 임금이 바뀌면 수민의 삶도 달라질 수 있다는 것이 정인석의 생각이었다. 조선의 개국 공신 정도전은 물론 세종대왕 대에 18년 동안이나 영의정으로 봉직했던 명재상 황희 역시 서자였다.

사람은 누구나 죽는다. 작금의 임금도 인간인 이상 언젠가는 세상을 떠날 테고, 보위를 계승한 왕이 세종대왕과 같은 명군이라면 서얼을 중용할 수도 있다. 비록 무반이긴 하나 수민이 정도를 걸으며 뛰어난 능력을 보인다면 임금의 눈에 띌 수 있을 테고, 귀한 쓰임을 받아 요직을 맡을 수도 있지 않겠는가.

정인석은 전 별감을 뚫어져라 쳐다보았다.

"하여 자네를 찾아와 청한 걸세. 그 아이, 과거에 집중할 수 있도록 자네가 잘 이끌어 주게나."

"알겠습니다, 형님. 제가 이렇듯 미관말직이나마 꿰차고 있는 것도 다 형님 덕분 아닙니까. 비록 외양은 짐승 같을지라도 사람의 도리는 지킬 줄 압니다."

"아닐세. 내가 해 준 게 뭐가 있다고 이러나."

"벌써 열일곱 해가 지났군요. 상단의 일원으로 청나라에 갔다가 병을 얻어 죽은 친형님을 대신해 제 뒷바라지를 해 주신 분이 바로 형님이십니다."

"그 얘기는 더 듣고 싶지 않네. 자네도 용무를 봐야 할 테니 나는 이만 가 보겠네."

"잠깐만요, 형님. 이대로 가시면 제가 섭섭해서 안 됩니다. 바쁘신 줄은 압니다만 이왕 걸음 하신 거 오랜만에 동생이 대접하는 술 한잔 드시고 가십시오."

"나도 그러고 싶네. 한데 금일은 송악(개성)에서 온 상인들이 기다리고 있어서 곤란하이. 조만간 다시 들를 터이니 그날 허리춤 풀어 놓고 밤새워 마셔 보세."

정인석이 자리를 털고 일어났다. 전 별감도 따라 일어서며 아쉬운 표정으로 말했다.

"사정이 그러시다니 더 붙잡지는 않겠습니다. 허나 말씀하신 대로 조만간 꼭 오셔야 합니다. 약조하신 걸로 알고 기다리겠습니다."

"알겠네. 내 필히 다시 들르겠네."

정인석은 손을 들어 전 별감의 다부진 어깨를 토닥였다.

"아, 참. 술은 나중에 드신다 해도 그 아이 얼굴은 보고 가셔야 하지 않겠습니까?"

전 별감의 물음에 정인석은 움찔했다. 그도 보고 싶었다. 궁금했다. 그 아이, 단번에 수민을 사로잡은 그 아이가.

"이름이 운향이라 했나?"

정인석은 망설였다. 그 아이를 보는 게 썩 내키지 않았다. 까닭 모르게 불안했다.

"예, 형님. 춤 솜씨가 보통이 아닙니다. 언제 그 아이 검무 추는 모습도 보셔야지요."

정인석과 함께 방을 나온 전 별감은 매월을 불러 운향을 데려오라 일렀다. 그때까지도 정인석은 결정을 내리지 못하고 있었다. 정확히 보고 싶은 마음 반, 보고 싶지 않은 마음 반이었다. 정인석이 머뭇거리는 사이 매월이 운향을 데려왔다. 운향은 매월이 지은 이름이었다.

"형님, 이 아이가 운향입니다. 운향아, 이분은 내 형님이시다.

예를 갖춰 인사 올리거라."

전 별감이 눈으로 정인석을 가리키며 운향에게 일렀다.

"처음 뵙겠습니다. 운향이라 하옵니다."

운향이 정인석에게 공손히 허리를 숙여 보였다. 정인석은 운향을 마주하는 순간 까무러치게 놀랐다. 느닷없이 누군가에게 뒤통수를 세게 얻어맞은 느낌이었다. 정인석은 운향의 얼굴을 세세히 훑어보았다.

…어찌 이런 일이….

정인석은 쉬이 흥분을 가라앉히지 못했다. 그의 눈앞에 있는 운향은 수민의 어미가 그 또래였을 때의 용모와 기가 막힐 정도로 닮았던 것이다.

…이게 바로 불길한 느낌이 들었던 연유인가.

"어찌 그러십니까, 형님. 안색이 좋지 않으십니다."

정인석의 표정에 그늘이 깃든 것을 보고 전 별감이 물었다.

"그래? 시전에 난감한 문제가 생겨서 신경을 좀 썼더니 골치가 아파서 그런 모양이네."

"의원을 불러 드릴까요?"

"그 정도는 아닐세. 내 염려는 말고 용무 보시게. 나도 이제 가봐야겠네."

정신석은 애써 평정을 찾았다.

"그럼 살펴 가십시오, 형님. 건강도 챙겨 가며 일하시고요."

"알았네. 나중에 보세."

정인석은 천천히 마당을 가로질러 갔다. 뒤에 있는 운향이 지남석마냥 강하게 시선을 잡아당겼다. 그래도 내처 걸음을 옮겼다. 그러다 상천루를 나서면서 자기도 모르게 고개를 돌려 운향을 쳐다보고 말았다. 운향은 다소곳한 자세로 서서 전 별감이 하는 얘기를 듣고 있었다.

수민이 첫눈에 운향에게 마음을 빼앗긴 것도 어쩌면 당연지사 아니겠는가. 수민은 본능적으로 운향에게서 어미의 흔적을 발견한 것이리라.

그러고 보니 수민과 운향은 오누이 사이라 해도 믿을 만큼 생김새가 흡사했다.

앞으로 어찌해야 하는가.

정인석은 운향을, 수민이 무과를 볼 수 있도록 이끄는 구실쯤으로만 여겼다. 어떻게 해서든 그 선에서 막을 작정이었다. 정 안 되면 사람을 시켜 운향을 인적 드문 산골 마을로 보내 버릴 계책까지 세워 두었다. 수민이 임금의 눈에 띄어 중책을 맡게 된다면 명문가의 여식을 부인으로 맞이할 수도 있는 까닭이었다. 한데 운향을 본 뒤로 생각에 변화가 일어났다.

물을 주지 않으면 화초는 시들시들 마르다 급기야는 죽어버리고 만다. 운향은, 어쩌면 수민에게 물 같은 여인일지 모른다. 운향이 자극을 준다면 수민은 그토록 혐오했던 입신양명의 길을 스스로 걸을 수도 있을 터. 운향을 내치기보다 수민 옆에 두는 것이, 수민보다는 운향을 설득하는 편이 훨씬 더 수월하다. 그리고 그건 여러 면에서, 우리 모두에게 유용한 선택이 될 것이다.

   정인석은 문득 고개를 들어 하늘을 쳐다보았다.

   먼저 세상을 떠난 누이가 저곳에서 수민이 행복하게 살아가는 모습을 본다면 얼마나 기뻐하겠는가.

   정인석은 하나둘 돋아나는 별들 사이로 떠오르는 누이를 보았다. 여전히 자태가 눈부셨다.

무과라도 보려는 것이냐

 치운은 술상을 들어 나르다 서아가 전 별감 옆에 서 있는 어떤 사내에게 허리를 숙이는 광경을 보게 되었다. 눈빛이나 몸가짐이 예사롭지 않은 자였다. 사내의 정체가 궁금해진 치운은 뒤뚱거리며 매월 앞으로 다가갔다.
 "잠깐만 거기 서 보게. 어느 방으로 들어가는 술상이지?"
 매월이 눈치채고 재빨리 치운을 불러 세웠다.
 "포교 나리들이 계신 곳입니다요."
 치운은 냉큼 대답하고 눈짓으로 서아가 인사 올린 사내의 정체를 물었다.
 "그분이 바로 육주비전 대행수 정인석이에요."
 매월이 목소리를 낮춰 이르고는 부러 큰 소리를 냈다.
 "그래? 성미 급한 손님들이니 어서 가 보게."
 "네. 서둘러 들이겠습니다요."

치운도 크게 답하고 포교들이 있는 객실로 술상을 가져갔다. 포교들은 가야금을 뜯는 명옥을 얼빠진 표정으로 바라보고 있었다. 한심한 작자들이었다. 포교뿐만 아니라 사령이나 나장들도 거의 매일 저녁 기루에 와서 기녀들을 끼고 앉아 술타령이었다. 시전 상인들이나 보부상들에게 뒷돈을 받아 챙기지 않고서는 할 수 없는 짓거리였다. 매달 받는 삭료朔料만으로는 도저히 설명이 안 되는 생활이었다.

그러나 상천루 주인 전 별감만은 달랐다. 그는 다른 별감들과 어울려 다니지 않았고, 흥청망청 술을 마시는 법도 없었다. 기루에 말썽거리가 생기면 즉시 나서서 해결했고 금전적으로, 신체적으로 해를 입지 않도록 기녀들을 세심히 보살폈다.

치운은 천한 기녀라 해서, 하인이라 해서 차별하거나 무시하지 않는 전 별감을 내심 존경했다. 한데 금일 보니 전 별감 역시 대행수에게 뒷돈을 받아 챙기는 듯해 씁쓸했다. 시궁창보다 더 썩어 빠진 세상이었다. 나라를 이 꼴로 만든 책임은 만백성의 어버이인 임금이 져야 했다.

전 별감에 대한 치운의 생각은 잘못된 것이었다. 삼경(밤 11시부터 1시까지)이 시작될 무렵 매월의 집을 찾아간 치운은 그녀의 말을 듣고서야 자신이 전 별감을 오해했음을 알았다. 전 별감이 언제부터 대행수에게 뒷돈을 받았느냐고 묻자 매월은 이렇게 답했다.

"그렇지 않아요. 대행수 어른은 루주께 조카 일을 부탁하러 오신 거예요. 예전에 루주께서 대행수 어른에게 큰 신세를 진 모양이에요."

"상황이 묘하게 돌아가는군. 자네만 난처해지겠어. 루주와 대행수가 알았으니 그 친구도 곧 서아가 어디 있는지 알게 될 테고, 자네가 사언詐言(거짓말)을 했음이 드러날 거 아니겠는가."

"그 점은 염려 마세요. 대행수 어른 조카인 줄 몰랐고, 어린 기녀를 등쳐 먹으려는 파락호일 수도 있다는 생각에 운향을 보호하려는 차원에서 서도로 되돌려 보냈다는 말을 꾸며 냈다고 둘러댔거든요. 다행히 루주께서는 제 얘기를 믿는 눈치였어요."

매월은 서아를 전 별감에게 보일 때 치운과 상의하여 정한 대로 서도 기생 초옥 밑에서 검무를 배운 아이라 소개했다. 물론 그것도 거짓이었다. 그러나 검무를 잘 추기로 유명한 기녀 초옥이 매월의 친한 동무인 것만은 사실이었다.

"나로 인해 자네가 욕보는군. 고맙네."

"그런 소리 마셔요, 서방님."

치운은 서방님이라는 칭호가 여전히 낯설게 느껴졌으나 내색하지 않았다. 어쨌든 매월은 그에게 많은 것을 베풀어 준 고마운 여인이었다.

치운은 홍조 띤 얼굴로 자신을 쳐다보는 매월을 잡아당겨 품에 안았다.

무과라도 보려는 것이냐 · 93

"어서… 저를….”

매월이 치운의 품 안에서 거칠게 숨을 몰아쉬었다.

치운은 매월이 잠들었음을 확인하고 상천루로 돌아왔다. 서아는 뒤뜰에서 검술을 연마하고 있었다. 치운은 잠시 서아를 지켜보다 짧게 헛기침을 했다. 서아가 동작을 멈추고 치운을 돌아보았다.

"달리 이르실 말씀이 있으십니까?"

서아가 호흡을 가다듬고 물었다.

"아니다. 계속하거라.”

치운은 허공을 바라보며 답했다. 서아를 만나기 전에 매월과 몸을 섞은 것이 한두 번이 아니었다. 한데 이상하게 이전과 달리 서아를 바로 볼 수 없었다.

전 도승지의 서자라는 수민이 서아 앞에 나타난 것이 사흘 전이다. 그리고 금일 그의 외삼촌이라는 육의전 대행수 정인석이 전 별감을 찾아왔다. 정인석과 전 별감은 친분이 두터운 사이다.

…하여 뭐가 어떻다는 거냐?

치운은 세차게 고개를 저었다. 정인석을 본 이후로 왜 이리 마음이 불안한 건지 치운은 도무지 알 수 없었다.

상천루를 나와 집에 돌아온 수민은 무예복으로 갈아입고 오랫동안 쓰지 않았던 검을 꺼내 들었다. 문득 자신의 목에 칼끝을 겨누던 다솜이 떠올랐다. 수민이 다시 검을 잡은 까닭은 오로지 다솜에게 있었다. 다솜을 지키기 위해서는 별감이 돼야 했고, 별감이 되려면 무과에 급제해야만 했다.

마당으로 나온 수민은 예전의 기억을 되살려 가상의 적을 공격하는 동작을 시작했다. 다행히 수민의 육체는 정인석의 가르침을 기억하고 있었다. 수민은 점점 더 빠르게 팔다리를 움직였다. 칼날이 허공을 가르는 소리가 상쾌하게 들렸다.

수민은 반 시진 가까이 쉬지 않고 검을 휘두르며 처음으로 외삼촌에게 무예를 배우기를 잘했다는 생각을 했다. 외삼촌 말대로 헛된 배움이란 없었다.

"후훗!"

수민은 단전에 기운을 모으고 새처럼 날아올라 칼끝으로 각기 다른 세 방위를 찌른 뒤 땅으로 내려왔다. 어느새 수민의 온몸은 비 오듯 흘러내린 땀으로 축축이 젖어 있었다.

"솜씨가 크게 녹슬지는 않았구나."

등 뒤에서 정인석의 목소리가 들렸다. 수민은 천천히 몸을 돌려 마당 한구석에 서 있는 정인석을 바라보았다.

"늦은 밤중에 어인 일이십니까?"

수민은 정인석이 이각쯤 전에 와서 자신을 지켜보고 있었음을 알고 있었다.

"지나가다 들렀다. 너야말로 한밤중에 웬일이냐?"

"명일부터 본격적으로 활쏘기와 마상 무예를 익힐 심산으로 몸을 풀고 있었습니다."

"설마 익월 초에 있을 무과라도 보려는 것이냐?"

정인석은 모른 척 능청스럽게 물었다. 무과의 경우 초시에서는 240보 거리에서 표적을 향해 나무로 만든 화살을 쏘는 목전木箭과 80보 거리에서 표적을 향해 무거운 쇠 화살을 쏘는 철전鐵箭, 130보 거리에서 과녁을 향해 작고 짧은 아기살을 쏘는 편전片箭, 말을 타고 달리면서 활을 쏘는 기사騎射, 말을 몰면서 창으로 목표물을 찌르는 기창騎槍, 두 패로 나뉘어 말을 타고 숟가락 모양의 채 장시杖匙로 공을 쳐서 어느 편이 먼저 구문毬門에 넣는가로 승부를 정하는 격구擊毬 등을 보게 되어 있었다.

복시에서는 여기에 덧붙여 『경국대전經國大典』에 사서四書·오경五經 가운데 한 책, 병법서인 『무경칠서武經七書』 가운데 한 책, 『통감通鑑』 『병요兵要』 『장감將鑑』 『박의博議』 『무경武經』 『소학小學』 가운데 한 책 등 응시자가 선택한 세 권을 합해 총 네 권의 서책으로 강서講書*를 치렀다.

"네. 외삼촌. 그럼 안 되나요?"

"그럴 리가 있느냐. 기루를 해 보겠다는 소리보다 훨씬 듣기 좋

---

* 시험관 앞에서 지정된 부분을 읽고 해석한 후 시험관의 질문에 대답하는 구술시험

구나. 무과를 치르기로 마음먹었으면 응시해 보거라. 대신 반드시 급제해야 한다."

"그러려면 외삼촌의 도움이 필요해요. 제가 활쏘기와 마상 무예를 완벽하게 숙달할 수 있도록 도와주세요."

"너무 염려 말거라. 이미 오래전에 배워서 몸에 익혔던 것들 아니냐? 활쏘기와 말타기는 몇 번 다시 해 보면 예전의 감각을 되찾을 수 있을 터이니 별문제 없을 것이다. 다만 기창과 격구가 좀 걸리는구나."

"저도 같은 생각이에요."

"남은 시간이 많지 않다. 무과 보기 전까지 내 지시에 따를 수 있겠느냐?"

"네. 명하시는 대로 하겠습니다."

수민은 거침없이 답했다.

"네 입에서 불평이나 원망의 말이 한 마디라도 흘러나오면 그 즉시 훈련을 중지할 것이다. 알겠느냐?"

"네. 여부가 있겠습니까."

"훈련은 명일부터 한다. 조반 먹고 바로 인왕산 훈련장으로 오거라."

"외삼촌께서 직접 저를 가르치실 건가요?"

"왜 겁나느냐?"

"그게 아니라… 워낙 바쁘시지 않나요?"

"내 일은 내가 알아서 한다. 너는 네 일에나 신경 쓰거라."

"고맙습니다, 외삼촌."

수민은 정인석에게 깊이 허리 숙여 감사를 표했다.

"늦었다. 그만 자거라. 나도 이제 가야겠다."

정인석이 수민을 향해 방에 들어가라는 턱짓을 하고 돌아섰다. 그래도 수민은 아이마냥 졸래졸래 대문 밖까지 정인석을 따라나섰다.

"어디까지 쫓아올 작정이냐. 귀찮다."

정인석이 문득 걸음을 멈추고 뒤돌아서서 수민을 꾸짖었다. 말과는 달리 그의 입가에는 흐뭇한 미소가 번져 있었다. 수민에게서 사람의 온기가 느껴진 까닭이었다. 어리광부리듯 행동하는 수민의 모습을 보기는 참으로 오랜만이었다.

"그럼 밤길 살펴 가십시오, 외삼촌."

"그래. 명일 보자꾸나. 늦지 않게 오거라."

정인석은 손을 휘휘 내젓고 다시 돌아서서 길을 따라 걸어갔다. 어느 순간부터 웃음을 잃은 수민은 무덤덤한 표정으로 사람들을 대했다. 그 생기 없는 얼굴에 따스함이 스며든 것은 운향이라는 아이 덕분이었다. 어쨌거나 고마운 아이라고, 정인석은 생각했다.

수민은 정인석이 보이지 않을 때까지 대문 앞에 서 있었다. 외삼촌은 수민에게 든든한 후원자였으나 한편으로는 미움의 대상이기도 했다. 수민은 외삼촌이 자신의 욕심을 채우기 위해 친누이를 양반가에 시집보냈을 거라 추측했다. 물론 말도 안 되는 오해라는 것은 수민도 알고 있었다. 그래도 그리 여겼다. 누군가 한 명쯤 미워할 대상이 필요해서였다. 그래야 답답한 속을 조금이나마 풀 수 있었다. 한데 지난밤 들은 외삼촌 얘기를 통해 아버지와 어머니가 어디서 어떻게 만나고, 무슨 연유로 서로 사모하게 되었는지 알게 되었다. 그로 인해 더는 외삼촌을 미워할 수 없게 되었다. 다행이었다.

  죄송합니다, 외삼촌. 그리고 감사합니다.

  수민은 이제는 보이지 않는 외삼촌을 향해 다시 한번 깊숙이 허리를 숙였다.

닮은 얼굴, 그것도 인연

 무과가 치러지는 훈련원 안팎은 이른 시간부터 응시자로 북적였다. 대충 헤아려 봐도 족히 천 명은 넘을 듯했다. 수민은 그들 틈에 끼어 자신의 차례가 오기를 기다렸다. 그간 훌륭한 교관의 지도하에 충실히 훈련한 터라 급제할 자신은 있었다. 그렇다 해도 시관試官(시험관)들 앞에서 실력을 선보여야 하는 입장이라 긴장되는 건 어쩔 수 없었다.

 오랜 기다림이 지나고 드디어 수민의 순서가 왔다. 시험장으로 나간 수민은 잠시 호흡을 가다듬으며 정신을 집중했다. 몰입한 상태에서 활을 들고 시위를 잡아당겨 204보 거리에 꽂혀 있는 깃발을 향해 나무 화살을 날렸다. 화살은 가볍게 깃발을 넘어섰다. 두 번째, 세 번째 화살 역시 마찬가지였다.

 다음에는 무게가 6냥(약 220g)이어서 육량전이라 불리는 쇠 화살을, 그다음에는 화살촉이 날카로운 아기살을 시간 차를 두고 각각 세 번씩 쏘았다. 수민이 80보 거리에서 날린 쇠 화살 세 개는 모두 깃발을 훌쩍 넘어섰다. 이어 130보 거리에서 날린 아기살 세 개도 연거푸 과녁 중앙에 쓰인 관貫 자에 정확히 꽂혀 시관과 주변 사람들의 탄성을 끌어냈다.

정인석은 인왕산 중턱에 만들어 놓은 훈련장에서 수민에게 활쏘기와 말타기 등을 기초부터 다시 가르쳤다. 그곳은 정인석이 오래전 고용한 무인들이 무예를 수련하는 장소였다. 무인들은 예전에는 상단 식솔을, 작금에는 시전 상인들을 왈패나 검계로부터 보호했다. 수민은 열흘이 지난 뒤에는 아예 그들과 함께 먹고 자며 훈련에 열중했다. 그렇게 쏟아부은 노력이 빛을 발하고 있는 것이었다.

수민은 응시자가 많은 탓에 활쏘기를 마치고 한참 지난 뒤에야 마상 무예를 치를 수 있었다. 시험장에 들어선 수민은 빠르게 말을 몰고 달려가면서 시위를 최대한 당겨 왼쪽에 두 개, 오른쪽에 세 개 세워져 있는 허수아비 인형을 향해 번갈아 가며 화살을 쐈다. 수민이 화살을 날릴 때마다 과녁에서 약간 떨어진 곳에서 백기와 홍기를 들고 대기하던 사람들이 홍기를 들었고, 북과 징을 앞에 놓고 앉아 있던 사람들은 북을 쳤다. 응시자가 쏜 화살이 과녁을 맞히면 홍기를 들고 북을 치고, 빗나가면 백기를 들고 징을 치도록 되어 있었다.

다음 시험은 말을 타고 15척(약 4.5미터) 길이의 창으로 상대와 겨루기를 하는 기창이었다. 혼자 하는 것이 아니라 수민은 더욱 조심했다. 자칫 실수라도 하면 상대방이 다칠 수 있었다.

수민은 천천히 시험장으로 나가 말에 올랐다. 상대도 시험장으로 걸어 나와 말에 올랐다. 두 사람은 150보 간격을 두고 멈춰 서서 북소리가 들리기를 기다렸다. 이윽고 북이 울렸다. 두 사람은 창을 좌우로 휘두르며 말을 몰고 달리다 착창세着槍勢*를 취했다. 그러고 나서 3회에 걸쳐 서로 창을 부딪치거나 피했다.

1차 겨루기가 끝나자 수민은 말을 돌려서 달리다 배창세背槍勢**를 취했다. 상대가 수민을 쫓아와 창을 부딪쳤다. 이때부터 징이 울리는 순간까지 두 사람은 자유롭게 창을 들고 싸웠다. 징은 일각쯤 지난 뒤에 울렸다. 수민과 상대는 동시에 공격을 멈췄다. 각자 허공에 한 번 창을 휘두르고 배창세와 착창세를 취한 후 출발점으로 되돌아왔다.

이제 남은 시험은 격구뿐이었다. 수민은 자신과 한편이 된 응시자들과 함께 어떻게 시합을 치를지 논의했다.

"경기가 시작되면 내가 말을 몰고 달려갈 터이니 누구든 공을 잡거든 나에게 넘겨주시오. 단번에 끝냅시다."

수민이 사람들을 둘러보며 말했다.

---

* 창을 겨드랑이에 붙이는 자세
** 뒤를 보며 창을 겨누는 자세

"좋소. 그렇게 합시다."

수민의 제안에 모두 흔쾌히 응했다. 그가 자신들보다 뛰어난 실력자임을 인정한 결과였다.

수민은 장시를 하나 챙겨 손에 쥐고 말에 올랐다. 다른 응시자들도 그렇게 했다. 수민은 같은 편 사람들에게 눈짓을 보내 자리를 배치해 주었다. 상대편에서도 준비를 마치고 시작 신호를 기다렸다.

드디어 북이 울렸다. 수민은 같은 편 사람들과 함께 말을 몰고 달걀 크기의 빨간색 나무 공이 놓인 중앙으로 내달렸다. 상대편 응시자들도 빠르게 달려왔다. 공을 먼저 취한 것은 수민 쪽 사람이었다. 그는 채 끝부분으로 공을 낚아채자마자 구문을 향해 내달리는 수민에게로 보냈다. 수민은 자기 앞으로 날아오는 공을 채로 받고는 내처 달려가 구문에 넣었다.

"우리가 이겼다!"

수민과 같은 편 응시자들이 일제히 하늘을 향해 장시를 치켜들고 환호성을 질렀다. 수민의 얼굴에도 만족감이 떠올랐다.

격구를 마지막으로 시험을 모두 마친 수민과 응시자들은 훈련원 앞에 서서 초조하게 급제자 명단이 적혀 있는 방이 붙기를 기다렸다. 시험 보는 도중 탈락한 이가 수백 명이 넘었으나 그렇다고 안심할 정도는 아니었다. 초시의 경우 한양에서는 훈련원, 각 도에서는 병마절도사 관할 아래 치렀는데 훈련원에서 70명, 각

도에서 120명을 선발했다.

　어느덧 해가 뉘엿뉘엿 기울었다. 그제야 관원 둘이 훈련원 안에서 걸어 나와 벽에 방을 붙였다. 말안장이 미끄러워 제대로 실력 발휘를 못했다느니, 시위를 당기다 아기살을 부러뜨린 게 걸린다느니, 어젯밤 꿈이 난잡해 시험 보는 내내 뒤숭숭했다느니 하며 아쉬움을 토로하거나 불안한 속내를 주고받던 응시자들이 우르르 방 앞으로 몰려갔다. 수민도 그쪽으로 발길을 옮겼다. 결과는 내심 점쳤던 그대로였다. 수민은 급제자 70명 가운데 본인의 이름이 제일 위에 있는 것을 보았다.

　다음 날 저녁, 수민은 자신의 무과 급제를 축하해 주기 위해 찾아온 친구들과 함께 상천루로 갔다. 다솜이 보고 싶었다. 서도에서 돌아왔는지 궁금했다. 수민이 지난 달포 동안 훈련에만 전념했던 것은, 외삼촌이 아무리 험하게 밀어붙여도 꿋꿋하게 견뎌낼 수 있었던 것은 모두 다솜 덕분이었다. 초시에 붙어야 당당하게 다솜을 볼 수 있다는 생각이 수민의 투지를 한껏 끌어올렸던 것이다.

　이제 겨우 한 단계를 넘었을 뿐이었으나 그래도 수민은 기뻤다. 명년 중려에 있을 복시와 전시도 거뜬히 통과할 자신이 있었다.

　"어서 오세요."

매월이 상천루로 들어서는 수민 일행을 반갑게 맞이했다.

"그 아이는 왔소?"

수민은 매월을 보자마자 물었다.

"제 안부는 궁금하지도 않으신 모양이네요. 섭섭합니다."

"허, 이거 미안하오. 그간 잘 지냈소?"

수민이 웃음을 보였다.

"금일따라 표정이 참 밝으십니다. 무슨 좋은 일이라도 있으셨나요?"

"이 친구 무과에 급제했다오. 그것도 으뜸으로. 그러니 한 상 근사하게 차려 내오시오."

남두진이 끼어들었다.

"어머, 감축드려요. 하여 친구 분들과 함께 오셨군요. 저를 따라오세요."

매월이 별채에 있는 정자로 수민 일행을 안내했다.

"아직 날이 차지 않으니 이곳에서 드시지요."

"오히려 답답하지 않아 좋군. 고맙소."

수민은 만족의 표시로 고갯짓을 했다.

"그럼 잠시 담소들 나누고 계셔요."

매월이 인사를 하고 정자를 내려갔다. 수민은 재빨리 따라 내려가 매월을 붙잡았다.

"내 물음에 답을 하고 가서야지."

닮은 얼굴, 그것도 인연

"아직 소문을 듣지 못하셨군요. 그 아이 검무 솜씨가 탁월해서 찾는 분이 나날이 늘고 있답니다."

다솜이 상천루에 있다는 얘기였다.

"그래요? 지금도 손님방에 들었소? 나에게 불러 줄 수는 없는 것이오?"

수민이 다급히 물었다.

"곧 모셔 올 터이니 염려 놓으세요."

매월이 누가 들으면 곤란하다는 듯 목소리를 낮추었다.

"고맙소. 그럼 난 행수만 믿고 기다리겠소."

수민은 소맷부리에서 동화 스무 닢을 묶은 꾸러미를 꺼내 매월에게 건넸다.

"매번 이러시면…."

매월은 슬쩍 주위를 살피더니 손에 들어온 동화 꾸러미를 얼른 옷 속에 감추었다. 그러고는 수민에게 들어가 있으라는 눈짓을 하고 어디론가 바쁘게 걸어갔다. 다솜을 부르러 가는 듯했다.

…잠시 후면 그 아이를, 다솜을 볼 수 있다!

수민은 세차게 뛰는 가슴을 쉬이 가라앉힐 수 없었다. 머리는 어질어질했고 마음은 구름 위에 앉아 있는 양 달떴다. 수민은 미친 사람같이 함부로 웃음을 흘리며 정자로 올라갔다.

"자네, 우리 모르게 상천루에 자주 드나들었나?"

남두진이 만면에 웃음꽃이 활짝 핀 수민을 의심에 찬 눈초리로 쳐다보았다.

"아니야, 아닐세. 그간 두어 번, 뭐 좀 알아볼 게 있어서 혼자 왔었네."

"그래? 뭘 말인가?"

"궁금해도 참으시게. 나중에 다 말해 주겠네."

"난 당장 알고 싶은데?"

"사람 참 짓궂기는."

그때 마침 누군가가 정자에 나타났다. 수민은 그 누군가를 뚫어져라 쳐다보았다. 여인이었다. 다솜이었다. 뒤이어 매월이 올라왔다.

"운향이라 하옵니다."

다솜은 자리에 앉아 살며시 수민에게 목을 숙였다. 순간 수민은 스스로 만든 환상에 빠진 느낌을 받았다. 다솜은 이 세상 사람으로 여겨지지 않았다.

수민과 그의 친구들은 숨을 죽인 채 다솜을 바라보았다. 그들의 입에서는 아무 소리도 새어 나오지 않았다. 시간도 멈춰 선 듯했다.

"운향…."

한동안 멍하니 다솜을 쳐다보던 수민이 탄식과 함께 내뱉었다. 서아가 다른 이름으로 불리는 것이 싫었다. 섭섭했다. 그러나 누구도 수민의 혼잣말을 듣지 못했다.

"운향의 검무를 구경해 보시겠습니까?"

매월이 물었다. 그 질문이 멈춰 선 듯한 상천루의 시간을 다시 흐르게 했다.

"당연하지. 기대가 아주 크네."

남두진이 큰 소리로 떠벌였다. 그제야 다솜이 이마를 들었다. 그제야 수민은 그토록 그리워했던 다솜의 얼굴을 제대로 볼 수 있었다. 한데 다솜은 수민에게 아예 눈길을 주지 않았다. 다솜이 어째서 이러는지, 수민은 알 수 없었다. 알고 싶었다.

다솜이 천천히 몸을 일으켰다. 그에 맞춰 수민의 시선도 올라갔다. 정자를 내려간 다솜은 하인들이 돗자리를 깔고 있는 마당 한복판으로 걸어갔다. 수민은 일어서서 다솜의 뒷모습을 눈으로 좇았다. 하인들이 돗자리를 깔고 물러나자 언제 왔는지 모를 악공 두 명이 자리를 잡았다. 한 악공은 북을 앞에 놓고, 다른 악공은 대금을 들고 서로 마주 본 채 앉았다. 그림 같은 광경이었다. 곧이어 그 그림 속으로 한 사람이 더 들어갔다. 다솜이었다. 돗자리 위로 올라선 다솜은 쌍검 앞에 다소곳이 앉았다. 군데군데 햇불을 켜 놓아 마당은 대낮같이 밝았다.

다솜은 수민이 있는 쪽을 향해 절을 올리고 나서 왼손을 가슴에 대고 오른손으로 무관이 쓰는 모자 중 하나인 전립氈笠을 잡았다. 이어 술에 취해 제대로 몸을 가누지 못하는 사람마냥 더디게 일어섰다. 검무의 시작을 알리는 동작으로 보였다.

둥둥 북이 울리고 대금이 시원한 가락을 토해 냈다. 드디어 다솜이 본격적으로 검무를 펼쳤다. 다솜은 앞에 놓인 검을 집을 듯 집지 않았다. 아까워서 다루기 조심스러운 모양새로 검에게 다가가려다 문득 물러나고, 손을 대려다가 주춤 놀라기도 했다.

북과 대금 소리에 맞춰 춤사위는 더욱 빨라졌다. 어느 틈엔가 양손에 검을 잡은 다솜이 칼 끈을 쥐고 흔드는가 싶었는데 훌쩍 일어선 다솜은 검을 들고 있지 않았다. 일어서면서 쌍검을 머리 위로 던진 까닭이었다. 공중으로 날아오른 두 개의 검은 이내 꽃잎마냥 떨어졌다.

다솜은 내려오는 쌍검을 빠르게 낚아채고는 사방을 회전하면서 사납게 허공을 찔렀다. 횃불에 반사된 칼 빛이 다솜의 움직임에 따라 여기저기 흩뿌려졌다.

다솜은 악공의 장단에 맞춰 때로는 신속하게, 때로는 천천히 베고, 찌르고, 나아가고, 물러서고, 몸을 돌렸다. 그러다 일순 동작을 멈추었다. 한 호흡 쉰 후 쌍검을 앞으로 내던지고 다시 수민과 그의 친구들에게 절을 올렸다. 쌍검이 떨어지면서 나는 소리가 모두를 현실로 돌아오게 했다. 음악도 더는 들리지 않았다.

이윽고 다솜이 다시 정자로 올라왔다.

"초라한 솜씨입니다. 저로 인해 눈을 버리지나 않으셨는지 모르겠습니다."

다솜이 물었다. 그러나 모두 허수아비마냥 서서 다솜을 쳐다보기만 할 뿐 아무 말도 하지 않았다.

"검무라. 처음 보는 춤이오. 아름답군."

언제까지 이어질지 모르는 침묵을 깬 사람은 의외로 박준영이었다.

"다시 보고 싶은 춤이기도 하지."

양현성이 추임새를 넣듯 거들었다. 그 옆에 있던 남두진이 입을 벌린 채 원망 섞인 표정으로 양현성을 쳐다보았다. 그가 하려던 말을 양현성이 먼저 한 모양이었다. 아쉬워하며 입맛을 다시던 남두진이 기어이 한마디 했다.

"한데 난 좀 무섭더군. 칼에 살기가 서려 있어."

순간 다솜의 표정이 차갑게 변했다. 분위기도 덩달아 싸늘해졌다.

"이 친구 농은 신경 쓰지 마시오. 멋진 춤이었소."

수민은 일어서서 매월에게 다가갔다. 소맷부리에서 동화 서른 닢을 묶은 꾸러미를 꺼내 그녀에게 건넸다.

"많진 않소만 행수께서 알아서 나눠 주시오."

"감사히 잘 받겠습니다."

매월이 공손히 돈을 받아 들고 다솜에게 눈짓을 보냈다.

"허면 저는 이만 물러가겠습니다."

다솜이 살포시 일어서서 정자를 내려갔다. 매월이 수민 앞으로 다가와 몸으로 그의 시선을 가렸다. 다솜의 모습이 시야에서 사라지자 수민은 알 수 없는 두려움에 사로잡혔다. 다시는 다솜을 볼 수 없을 것만 같았다.

"이제 술상을 들이겠습니다."

매월이 말했다. 그러나 수민의 귀에는 들리지 않았다. 수민은 벌떡 일어나 성큼성큼 정자를 내려갔다. 그새 다솜은 어디론가 사라지고 없었다.

"어찌 이러십니까?"

뒤따라 내려온 매월이 수민의 팔을 붙잡았다.

"친구 분들이 보고 계십니다. 정자로 올라가세요."

"다솜은… 아니, 운향은 어디로 간 것이오?"

수민이 주변을 두리번거리며 물었다.

"찾는 이가 많은 아이라 하지 않았습니까. 그러니 더는 소란 피우지 마세요. 다른 방에 들어가기로 약조가 되어 있는 아이를 몸살이 나서 자리보전하고 있다는 핑계를 대고 빼돌린 터라 제 처지가 난감합니다. 어서 걸음을 옮기세요. 악공들도 보고 있습니다."

매월이 수민을 끌어당겼다. 수민은 뒤를 돌아보았다. 매월의 말대로 악공들이 묘한 눈빛으로 수민을 쳐다보고 있었다.

"어서요."

매월이 재촉했다. 수민은 매월에게 이끌려 정자로 올라갔다.

"…꿈을 꾼 건 아닐 테지…. 다시 만날 수 있겠지…."

수민은 정신 나간 사람마냥 중얼거렸다. 매월은 수민을 자리에 앉히고 서둘러 내려갔다.

일각쯤 지나자 기녀 넷과 함께 올라온 하인 둘이 정자에 술상을 차렸다. 기녀들은 하인들이 물러나기를 기다려 차례로 수민과 그의 친구들 옆에 자리를 잡았다. 각자 자신의 이름을 밝히고 상투적인 인사말을 건넸다. 그러고는 곧 옆에 있는 사내의 잔에 술을 따랐다. 지분 냄새와 술 냄새, 음식 냄새가 혼잡하게 뒤섞였다.

"자자, 모두의 잔이 가득 찼으니 시원하게 들이켜세. 수민이, 급제를 축하하네."

남두진이 술잔을 치켜들었다.

"축하하네."

박준영과 양현성도 잔을 들었다.

"다들 고맙네. 내 한턱 단단히 낼 터이니 마음껏 드시게."

수민도 잔을 높이 올렸다. 너무 자기 생각만 한 것 같아 친구들에게 미안했다. 그러나 머릿속에 들어와 있는 다솜을 도저히 내보낼 수 없었다. 내보내기 싫었다.

수민은 친구들이 나누는 대화에 건성으로 장단을 맞추며 술을 마셨다. 친구들이 무슨 얘기를 하는지 그 내용은 알지 못했다. 알고 싶지도 않았다. 떠오르는 건 오직 다솜의 말뿐이었다.

"운향이라 하옵니다."

그 소리만이 계속 수민의 뇌리를 맴돌았다. 다솜이 보고 싶었다. 지금 어디 있을까, 뒤뜰에 있지 않을까, 궁금했다.

"자네 혼자 이곳에 온 까닭이 혹 운향에게 있는가?"

옆에 앉아 수민의 눈치를 살피던 남두진이 기습하듯 질문을 던졌다. 수민은 멍하니 두진을 쳐다보았다.

"방금 뭐라 했나?"

"사람 참. 자네 혼자 이곳에 온 까닭이 혹 운향에게 있느냐 물었네."

수민은 선뜻 답을 하지 못하고 주위를 둘러보았다. 박준영과 양현성도 수민의 입을 바라보고 있었다. 호기심이 동한 모습이었다.

"내가 실수를 한 모양일세. 그 얘기는 다음에 하세."

수민은 비틀비틀 일어섰다.

"잠시 바람 좀 쐬고 오겠네. 술기운이 올라오는지 머리가 지근거리는군."

"이곳 바람도 시원한데 어딜 가려고 그러나?"

"자넨 여기 있게. 곧 돌아오겠네."

수민은 따라 일어서는 남두진에게 이르고 서둘러 정자를 내려왔다. 상천루의 영업이 파할 때까지 얼마 남지 않은 터였다. 그 전에 다솜을 한 번이라도 더 보고 싶었다. 대화를 나누지 않아도 상관없었다. 모른 척 옆을 지나가도 괜찮았다. 얼굴만 볼 수 있다면 그것으로 족했다.

수민은 무엇엔가 이끌리듯 다솜을 처음 만났던 뒤뜰로 갔다. 그곳에 다솜이 있을 것만 같았다.

수민이 정자를 내려가자 두진이 속엣말을 꺼냈다.

"참 묘한 일이군. 수민과 운향, 두 사람 생김새가 꽤 닮지 않았나? 모르는 사람들은 남매간이라고 해도 믿겠어."

"누가 아니래. 그것도 인연 아니겠는가."

준영과 현성이 고개를 끄덕였다. 그들 역시 같은 생각을 하고 있었다.

이루어질 수 없는 꿈

 수민이 상천루에 와 있다는 얘기를 매월에게 들은 순간부터 서아의 가슴은 뛰기 시작했다. 수민이라는 이름만 들어도 기쁘고 설레는 까닭을 서아는 알 수 없었다. 일부러 수민의 생각 따위는 하지 않았고, 그래서 잊었다고 여겼다. 한데 아니었다. 수민의 존재는 의식 저 깊은 곳에서 과실마냥 슬금슬금 커져 가고 있었다. 시간의 흐름을 따라 기억에서도 멀어져야 마땅할 수민의 모습이 또렷이 떠오르는 것이 그 증좌였다.

 "운향아, 따라오지 않고 어찌 그리 서 있는 것이냐?"

 매월이 조심스레 서아의 어깨를 잡고 흔들었다. 매월의 손길로 인해 서아는 정신을 차렸다. 그러나 수민의 얼굴은 여전히 서아의 시야에 남아 있었다.

 "대체 무슨 생각을 하는 게야. 혹 어디 아픈 것이냐?"

 "아, 아니에요. 별채 정자로 모셨다고 하셨지요?"

"그래. 악공들에게도 그리로 오라고 했어. 루주께서 특별히 주문하신 바잖아. 그러니 거슬리는 점이 있더라도 이번만 참고 넘기거라."

전 별감은 작일(어제) 퇴궐하자마자 매월과 운향을 불러 수민이 무과 초시에 붙었다는 소식을 전하고 명일이나 명후일 저녁 상천루에 들를 터이니 오면 정성껏 대접하라 일렀다.

"네. 행수 언니. 알고 있어요. 다시 걸음을 옮기시지요. 따르겠습니다."

서아는 매월을 쫓아 별채에 있는 정자로 갔다. 100보 남짓한 길지 않은 거리가 서아에게는 산 하나를 넘는 양 멀게 느껴졌다.

서아는 흔들리는 자신을 다잡았다.

…평정을 찾아야 한다. 다가가선 안 돼. 오래 감출 수 있는 일이 아니야. 머지않아 그분에게 정체를 들킬 테고, 상처만 입히고 말 거야.

서아는 생각을 정리하고 정자로 올라갔다. 순간 자신을 향해 빛처럼 쏟아지는 시선을 느낄 수 있었다. 그게 누구의 것인지는 보지 않아도 알 수 있었다. 서아는 애써 수민을 외면하고 자리에 앉아 인사를 올렸다.

"운향이라 하옵니다."

서아는 최대한 담담하게 말했다. 다행히 목소리에 떨림은 없었다. 서아는 심호흡하며 입속으로 되뇌었다.

수민 도련님을 보지 말아야 해! 봐서는 안 돼!

하지만 서아는 솟구치는 호기심을 끝내 억누르지 못하고 슬쩍 수민을 훔쳐보았다. 백설기같이 하얗던 얼굴이 구릿빛을 띠고 있었다. 그래도 여전히 멋졌다.

서아는 재빨리 눈을 돌리고 다시 되뇌었다.

보지 말아야 해! 봐서는 안 돼!

서아가 입속말을 멈춘 건 마당 한복판에 차려진 자신의 공간으로 들어서서 검무를 시작하면서였다. 춤은, 그래서 좋았다. 춤을 추는 동안에는 모든 걸 잊을 수 있었다. 그러나 망각의 시간은 지극히 짧았다.

검무를 마친 서아는 무거운 다리를 이끌고 다시 정자로 올라갔다. 한편으로는 도망치고 싶었고, 한편으로는 수민이 보고 싶었다. 어지러운 감정이었다. 답답한 감정이었다. 수민에게 돈을 받은 매월로부터 내려가라는 눈짓을 받을 때는 더했다. 이번엔 부끄러움까지 덧붙었다. 서글펐다. 자신이 초라하게 느껴져서 싫었다.

그래도 내색하지 않고 정자를 내려온 서아는 누가 쫓아오기라도 하듯 서둘러 안채를 향해 걸어갔다. 안채로 들어가는 문 앞에는 뜻밖에도 전 별감이 서 있었다.

"날이 제법 선선하구나. 힘들지는 않았느냐?"

전 별감이 정감 어린 어조로 물었다.

이루어질 수 없는 꿈 · 117

"괜찮습니다. 한데 여긴 어쩐 일이세요? 일부러 저를 보러 오신 건가요?"

"네 말을 듣고 보니 그런 것 같기도 하구나. 나도 몰랐다."

전 별감이 껄껄껄 웃으며 답했다.

"저에게 하문하고자 하시는 게 있으신지요?"

"그래. 저 아이 말이다."

전 별감이 손을 들어 수민이 있는 쪽을 가리켰다.

"어떻더냐?"

"종잡을 수 없는 물음이십니다. 저는 이만 가 보겠습니다."

"처음 보는 사이는 아니지 않으냐?"

"저에게서 무엇을 알고자 하십니까? 무슨 얘기를 듣고 싶으신 겁니까?"

서아는 솟구치는 짜증을 막을 수 없었다.

"아니다. 내가 너무 짓궂었나 보구나. 피곤할 테니 얼른 들어가 쉬거라."

"네, 그리하겠습니다."

애써 마음을 가라앉힌 서아는 전 별감에게 인사를 하고 안채로 들어갔다. 술상을 치우던 치운이 서아 앞을 스치듯 지나갔다. 치운의 몸에서 냉랭한 기운이 뿜어져 나왔다. 서아는 고개를 갸우뚱했다.

…내가 무슨 잘못이라도 저지른 걸까?

딱히 짚이는 건 없었다. 서아는 기루에 자신을 감시하는 눈이 있다는 사실을 새삼 깨닫고 길게 한숨을 내쉬었다. 문득 수민이 궁금해졌다.

아직도 정자에 있을까? 아니면 돌아갔을까?

서아는 자신도 모르게 수민을 처음 만났던 뒤뜰로 갔다. 여전히 달빛은 흐렸고, 하늘에는 폭죽을 쏘아 올린 양 무수한 별이 반짝이고 있었다.

"하늘을 나는 배가 있다면, 그 배를 타고 저 별들 사이를 실컷 누비고 싶지 않소?"

서아는 가까이 다가와 자신에게 말을 건네는 이가 누구인지 알았다. 모를 까닭이 없었다. 더는 피하고 싶지 않았다.

서아는 천천히 뒤를 돌아보았다. 수민이 바로 앞에 있었다. 그러나 수민의 키가 서아보다 한 뼘 정도는 더 커서 얼굴이 잘 보이지 않았다. 서아는 수민을 보기 위해 고개를 들었다. 수민은 서아를 보기 위해 고개를 숙였다. 마침내 두 사람의 맑은 눈망울이 서로를 담았다.

"무과에 급제하셨다고 들었어요. 감축드립니다."

서아는 애써 담담하게 말했다. 그러나 목소리가 떨렸다. 서아도, 수민도 느꼈다.

"부끄러운 얘기는 접읍시다. …많이 그리웠소."

수민의 목소리도 떨렸다.

이루어질 수 없는 꿈

"이곳에는 언제 돌아온 것이오?"

"보름은 더 되었어요."

"설마 또다시 가진 않겠지. 그렇지 않소?"

"그러합니다."

서아가 달뜬 속을 다스리며 답했다.

"당신, 참으로 이상한 사람이야. 도대체 나한테 무슨 짓을 한 거요?"

수민이 다그치듯 물었다.

"네?"

느닷없는 질문에 놀란 서아가 어리둥절한 표정으로 수민을 쳐다보았다.

"나에게 주술을 건 게 틀림없어. 보시오. 내 몸과 마음을 그대 뜻대로 조종하고 있지 않소. 이곳, 그리고 이곳을 멋대로 드나들면서."

수민은 손가락으로 자신의 가슴과 머리를 가리키며 투덜거렸다.

"내 꿈속까지도 드나들더군."

"곧 인경이 울릴 거예요."

서아는 애써 웃음을 참았다.

"뭐, 그렇겠지."

수민은 손을 뻗어 다솜의 얼굴을 만지고 싶었다. 만져서 환영이 아님을 확인하고 싶었다. 하지만 다솜이 화를 낼까 두려워 차마 실행하지 못했다.

서아는 수민에게 말하고 싶었다.

저와 함께 달아나요.

그러나 소리는 입안에서만 맴돌 뿐 밖으로 나오지 못했다. 서아는 어느새 다가와 자신들을 노려보고 있는 치운을 훔쳐보았다. 치운이 내뿜는 기운은 서릿발같이 차가웠다. 서아는 치운의 염원을 저버릴 수 없음을, 결코 치운에게서 벗어날 수 없음을 익히 알고 있었다.

"손님, 친구 분들이 기다리십니다."

마침내 치운이 끼어들었다. 수민은 치운을 돌아보고 이내 다시 서아를 쳐다보았다.

"만나서 다행이오. 금일은 참 기분 좋은 날이야. 또 봅시다."

수민이 환하게 웃으며 말했다. 그러나 쉽사리 자리를 뜨지 못했다.

"너무 늦었습니다, 손님. 이제 정리하고 문을 닫아야 합니다."

치운이 재촉했다. 수민은 그제야 돌아서서 걸어갔다. 터덜터덜 걸음을 옮기며 서아가 시야에서 사라질 때까지 계속 뒤를 돌아보았다.

"뭐 하고 있는 게냐. 어서 들어가지 않고."

치운은 수민이 멀어지자 나직한 음성으로 쏘아붙였다. 수민의 뒷모습에 시선을 붙박고 있는 서아가 못마땅했다.

"남은 일 마치고 갈 터이니 너도 준비해서 나오너라."

"예, 스승님."

서아는 치운에게 공손히 고개를 숙여 보이고 자신의 거처로 갔다. 방 안은 어두웠다. 서아는 촛불을 켜면서 생각했다.

수민 도련님 말씀대로 하늘을 나는 배가 있다면 얼마나 좋을까. 그럼 수민 도련님과 함께 그 배를 타고 조선을 떠나 청국이든 어디든 다른 나라로 갈 수 있을 텐데. 그럼 아무도 우리를 찾을 수 없을 텐데….

서아는 세차게 머리를 흔들었다. 때마침 통금을 알리는 종소리가 들렸다.

…이루어질 수 없는 꿈이야. 잘 알잖아.

서아는 검을 들고 뒤뜰로 나갔다. 잠시 서서 호흡을 가다듬고 검술 연습에 들어갔다. 수민의 친구는 서아의 칼에 살기가 서려 있어 무섭다고 했다. 잘못 본 것이었다. 서아가 검무를 시작하면 젊은 사내든 늙은 사내든, 지체 높은 양반이든 직급 낮은 관원이든 모두 음탕한 눈으로 서아의 몸을 훑어보았다. 더러운 눈빛이었다.

서아는 온몸에 달라붙는 그 눈빛을 죽여서 떨쳐 내기 위해 더욱더 세차게 검을 휘둘렀다. 하여 그때는 칼에 살기가 서려 있었을지도 몰랐다. 그러나 금일은 아니었다. 어느새 마음속에 들어

온 수민이었다. 그런 사람이 지켜보고 있음을 의식하고 있는 상황에서 살의가 일어날 리 만무했다. 그렇다고 수민에게 어여쁘게 보이려 애쓰지도 않았다. 잡념을 버리고자 노력했고, 마침내 무아의 경지에 이르러 춤을 추었을 따름이었다.

…그분, 곧 다시 나를 찾아오겠지. 허면 어찌해야 하나.

서아는 문득 몸놀림을 멈추었다. 환하게 웃는 수민의 얼굴이 좀체 지워지지 않았다.

거기, 다솜이 있었다

 그날 이후 수민은 하루도 거르지 않고 상천루를 찾아갔다. 그러나 먼발치에서 다솜을 잠깐 본 것이 전부였다. 다솜과는 눈도 한 번 맞추지 못했다.
 다솜은 닷새 전에는 공조 참판, 나흘 전에는 형조 참판, 사흘 전에는 이조 참판, 작일에는 예조 참판, 당일에는 호조 참판댁에 불려 갔다고 했다. 아마도 명일에는 병조 참판댁에 불려 갈 터였다. 나라의 녹을 먹는 자들이, 그것도 종이품 당상관인 육조 참판이 돌아가면서 매일 밤 기녀들을 집으로 불러들여 술판을 벌였다. 참으로 한심한 작태였다.
 …내 금일은 기필코 다솜을 만나고야 말 테다.
 수민은 품속에서 어린아이 주먹만 한 크기의 녹색 구슬을 꺼냈다. 어두운 데서 빛을 내는 야명주였다. 수민은 어머니가 남기신 그 구슬을 다솜에게 줄 작정이었다. 날마다 제대로 쉬지도 못하고 여기저기 불려 다니면서 춤을 추느라 지쳐 있을 다솜을 떠올리면 속이 상했다. 전 별감을 찾아가 사람을 지나치게 혹사하는 것 아니냐고 따지고 싶었다. 하지만 차마 그럴 수 없었다. 전 별감에 대한 주위의 평판은 좋은 편이었다. 기녀와 악공들을 잘 보살피고 보호하는 건 물론이요 떠돌이 놀이패도 사람대접을 해 준다, 공연을 마치면 수고비도 넉넉하게 챙겨 준다고들 했다.

…어찌해야 다솜을 만날 수 있을까.

수민은 한참 궁리했다.

무작정 기다려서 될 일이 아니다. 늘 그랬듯 인경이 치기 직전 돌아오고 기루 문이 닫히면 닭 쫓다 지붕 쳐다보는 개 신세가 될 수밖에 없다. …아니지. 기루 문을 닫아도 담을 넘으면 만날 수 있지. …그러다 도둑으로 몰리면? 개 신세 면하려다 도둑놈 되는 꼴 아닌가. …아니지. 미리 들어가서 숨어 있으면 되지. …그러다 들키면? 들켜도 어쩔 수 없다. 금일은 기필코 만나야 한다.

수민은 결단을 내리고 우르르 몰려나오는 손님들과 엇갈려 상천루로 들어갔다. 기루는 하급 관원들의 세상이었다. 지체 높은 양반들은 기녀들을 자택 아니면 운치 있는 계곡이나 정자로 불러서 유흥을 즐겼다. 양반 체면에 아랫것들도 있는 자리에서 주색을 탐하는 모습을 드러내기가 꺼림칙해서만은 아니었다. 문관은 기방 자체를 드나들 수 없게끔 되어 있었다. 혹여 문과 급제 전에 기방을 드나들었다는 전력이 드러날 시에는 장원급제를 했더라도 관직을 제수받을 수 없었다.

 수민은 조심스럽게 사람들을 피해 다니며 다솜이 돌아오기까지 숨어 있을 만한 공간을 찾았다. 그러다 다솜을 처음 만났던 뒤뜰로 갔다. 거기서 툇마루를 발견했다. 그 밑이 제일 맞춤해 보였다.

 수민은 상체를 수그린 채 툇마루 밑으로 들어가 모로 누웠다. 바닥에 자잘한 돌멩이들이 있어 옆구리가 배겼다. 수민은 거슬리는 돌멩이들을 들어냈다. 한결 몸이 편해졌다. 슬슬 졸음이 밀려왔고, 수민은 자신도 모르는 사이에 잠에 빠졌다.

 수민을 깨운 것은 연이어 울리는 인경이었다. 수민은 슬며시 눈꺼풀을 들어 올렸다. 뒤뜰에는 어둠이 짙게 깔려 있었다. 수민은 어둠이 눈에 익기를 기다려 뜰을 살펴보았다. 다솜은 아직 오지 않은 듯했다. 아무도 없었다.

 수민은 툇마루 밑에서 빠져나와 옷에 묻은 흙을 털어 냈다. 순간 왼편에서 인기척이 들렸다. 수민은 집채 기둥에 바싹 등을 붙이고 소리 나는 쪽을 쳐다보았다. 수민이 바라던 대로 거기, 다솜이 있었다.

 "오랜만이오."

 수민은 활짝 웃으며 다솜에게 다가갔다.

 서아는 자신을 향해 다가오는 사람이 누구인지 알아채고 빠르게 주위를 살폈다. 그들 외에는 아무도 없었다.

"여긴 어찌… 설마?"

서아는 수민의 옷에 흙이 묻어 있는 것을 보고는 손끝으로 툇마루 밑을 가리켰다.

"맞소. 그대를 기다리다 깜빡 잠이 들었지 뭐요. 그간 이 집, 저집 불려 다니느라 얼마나 고단했겠소."

"제 염려는 마세요. 좋아서 하는 일이라 힘들지 않아요."

서아는 퉁명하게 말했다. 속내는 달랐다. 자신을 찾아온 수민이 반가웠다.

"허면 다행이나 그대 걱정은 계속할…."

수민이 말끝을 채 맺기도 전에 이번에는 오른편에서 바스락거리는 소리가 들렸다.

"어서 돌아가세요. 누가 오나 봐요."

서아가 다급히 내뱉었다. 치운이 들이닥칠지 몰랐다.

"이 늦은 시각에 말이오?"

"하인들이 야객(밤도둑)이 들진 않았나 살피러 오곤 해요."

"바지런한 사람들이로군. 한데 어쩐다? 난 이 자리를 벗어나고 싶지 않으니."

"제 얘기 들으세요. 야객으로 오인한 하인들에게 매타작 당할지도 몰라요."

"아이쿠, 무서워라. 너무 겁나서 오금이 다 저리네."

거기, 다솜이 있었다 · 127

수민이 어깨를 움츠리고 부르르 몸을 떠는 시늉을 했다. 익살스러운 모습이었다. 서아는 새어 나오는 웃음을 지그시 깨물었다. 스승이 나타날까 저어했던 마음은 그새 연기마냥 사라지고 없었다.

"따라오시오."

수민은 냉큼 서아의 손을 잡고 왼쪽으로 뛰듯이 걸어갔다.

"대체 어딜 가시는 거예요?"

서아는 수민을 뿌리치지 않고 함께 걸으며 물었다.

"그대가 머무는 곳."

"그건 안 돼요."

"알고 있소."

수민은 누군가의 처소 앞에서 걸음을 멈추었다. 서아가 움찔하는 기색이 느껴져서였다.

"여기인가 보군."

"어찌 이러십니까? 여자 혼자 지내는 곳이 무에 그리 궁금하세요?"

"내가 궁금한 건 그게 아니오. 당신이지."

수민은 덥석 서아를 들어 안고 서너 걸음 뒤로 물러섰다. 서아는 수민의 품에 안겨 그가 하는 대로 내버려 두었다. 수민은 잠시 숨을 고르더니 자세를 약간 낮추었다가 두 발을 굴러 초가지붕 위로 올라갔다.

"정말 밤손님이 되실 작정이세요?"

서아가 따지듯이 물었다. 수민은 대답 대신 서아의 눈을 빤히 들여다보았다. 서아가 슬쩍 왼편으로 얼굴을 돌렸다.

"몸이 솜같이 가볍군. 끼니는 챙겨 먹고 다니는 것이오?"

수민은 목을 틀어 서아의 눈을 찾았다. 서아가 이마를 숙였다.

"이제 내려 주세요."

"피하지 마시오."

수민은 더 깊숙이 목을 틀어 서아의 눈을 좇았다.

"짓궂으십니다."

서아가 더는 참지 못하고 턱을 들었다. 두 사람의 시선이 마주쳤다.

"놓아 주세요. 잠자리에 들 시각이에요. 기루에 매인 제 처지도 좀 헤아려 주세요."

그제야 수민은 서아를 내려놓았다.

"너무 내 생각만 한 모양이오. 미안하오."

수민이 풀 죽은 소리로 사과했다.

"아니에요. 지붕에 올라오니 하늘과 가까워져서 좋네요."

서아는 소침해진 수민을 달래듯 말했다. 실은 진심이었다.

"그대에게 줄 것이 있어서 왔소."

그 말에 용기를 얻은 수민이 품속에서 야명주를 꺼내 서아에게 건넸다. 환하게 빛나는 녹색 구슬이 어둠을 뚫고 수민의 손을 따라 빛을 그으며 서아에게로 갔다.

"이것이 무엇입니까?"

서아가 의아한 눈으로 구슬과 수민을 번갈아 쳐다보았다.

"지니고 있으면 행운이 깃든다는 야명주요."

"받을 수 없습니다. 이 귀한 걸 어째서 저에게 주시려 하세요?"

"일전에 보여 준 춤에 대한 답례요."

"그거라면 이미 값을 충분히 치르셨습니다."

"아니요. 나는 아직 치르지 않았소. 받으시오."

"싫습니다."

서아는 단호하게 내뱉고 돌아섰다.

"고집도 참. 내 마음이 시켜서 하는 일이오. 묻지도 따지지도 말고 그냥 받아 줄 수는 없는 것이오?"

수민은 답답해서 목청을 높였다.

"음성 낮추세요. 누가 듣습니다."

서아가 다급히 뒤돌아섰다. 수민은 기다렸다는 듯 재빨리 서아의 손을 잡아서 폈다.

"무릇 모든 물건에는 주인이 있는 법이오. 이것의 주인은 바로 당신이오."

수민은 당당하게 서아의 손에 구슬을 쥐어 주었다.

"궤변이세요. 무엇을 근거로 그런 말씀을 하시는 겁니까?"

"그대 역시 어둠 속에서 더 빛나니까. 이 야명주같이."

수민은 다시 서아를 들어 안고 훌쩍 마당으로 뛰어내렸다. 새처럼 가볍게 착지해 발소리는 나지 않았다. 수민은 서아를 내려놓고 두 발을 굴러 이번엔 담 위로 올라갔다. 서아는 구슬을 쥔 채 수민을 올려다보았다.

"그럼 이만. 편히 주무시오."

수민은 돌아서서 서아에게 나직이 말했다. 그러고는 다시 방향을 바꿔 담 아래로 몸을 날렸다.

서아는 수민이 사라지자 손을 펴고 구슬을 내려다보았다. 신비한 녹색 빛이 서아의 수중에서 은은하게 반짝였다. 아름다웠다.

"그대 역시 어둠 속에서 더 빛나니까. 이 야명주같이."

수민이 한 그 말이 계속 서아의 귓가를 맴돌았다. 서아는 거짓부렁이라 여기면서도 기분이 좋았다. 혹여 수민은 타고난 바람둥이 아닐까, 하는 생각이 잠깐 일었다 사라졌다.

"예서 무얼 하고 있는 게냐?"

등 뒤에서 치운의 차가운 목소리가 들렸다. 깜짝 놀란 서아는 서둘러 야명주를 품에 넣고 돌아서서 치운에게 허리 숙여 인사했다.

"나오셨습니까, 스승님."

"방금 그 녀석, 수민이라는 아이가 맞느냐?"

치운이 서아를 쏘아보며 물었다.

"네, 스승님."

서아가 마지못해 답했다.

"참으로 답답하구나. 네 아버님이 어떻게 돌아가셨는지 벌써 잊은 게냐?"

"제가 어찌…."

"이쯤에서 멈추고 싶다면 그리하거라. 말리지 않으마."

치운은 알고 있었다. 마음속에 연모의 정이 싹트면 아무리 지독한 원한을 품었다 해도 그 농도가 낮아지게 마련임을. 원한이 흐릿해지면 살의 또한 옅어질 수밖에 없었다. 살의를 잃어버린 자가 대체 누구를 죽일 수 있겠는가.

"노여움을 푸십시오, 스승님. 제가 잘못했습니다. 다시는 이런 일이 없도록 조심하겠습니다."

"너만 주의한다고 되겠느냐. 네가 아무리 피해도 그 아이는 아랑곳없이 너를 찾아올 것이다."

"그 사람을 떼 놓을 좋은 방도가 없겠습니까?"

"이용하거라."

치운이 냉정하게 잘라 말했다.

"네? 이용하라니요? 무엇을 말씀이십니까?"

"그 아이, 별감이 되고자 무과를 치렀다더구나."

"네. 초시에 붙었다 합니다."

"그 아이가 별감이 되려는 연유도 알고 있느냐?"

"…네."

서아는 차마 치운을 마주 볼 수 없어 고개를 숙였다. 들리는 바에 의하면 수민이 별감 직을 제수받으려는 까닭은 오롯이 서아를 지켜 주고 보살펴 주기 위해서였다.

"서아야. 무슨 영문인지 임금이 좀체 진연을 열지 않는구나. 하긴 진연을 연다 해도 아직은 네 실력이 많이 부족해 뜻을 이룰 수는 없을 터. 하여 그 아이를 네 사람으로 만들어 놓고 때를 기다리자는 것이다. 복시와 전시에 합격하면 그 아이도 별감이 될 테고, 그리되면 요긴하게 쓸 데가 있을 것이야. 어쩌면 임금에게 너를 천거할 자도, 대궐 안으로 너를 데리고 들어갈 자도 그 녀석이 될지 모르겠구나."

서아는 땅에 시선을 둔 채 치운의 얘기를 들었다. 치운의 계획은 너무도 잔인했다. 무참했다. 그러나 거역하기 힘들었다. 지난 몇 해 동안 부모를 대신해 서아를 보살펴 준 이가 바로 치운이었다. 치운은 또한 서아에게 검술과 검무를 가르쳐 준 스승이기도 했다.

"내 말대로 할 수 있겠느냐?"

치운이 다그치듯 물었다. 서아는 선뜻 스승이 원하는 답을 내놓지 못했다. 품속의 구슬이 인두마냥 가슴을 지졌다. 뜨거웠다. 아팠다.

"…다른 방도는 없겠습니까?"

서아는 고심 끝에 용기를 내어 되물었다.

"현재로선 그것이 최선책이다."

치운은 단호했다. 서아는 질근 입술을 깨물었다. 치운은 어두운 표정의 서아에게 묻고 싶었다. 혹여 그 아이에게 해가 미칠까 두려운 거냐고. 그러나 묻지 않았다. 서아가 수긍을 할까 염려되어서였다.

"서아야. 운명이다. 우리가 가야 할 길이다."

치운이 토닥이듯 부드러운 목소리로 일렀다. 서아는 작게 고개를 끄덕였다.

"많이 늦었다. 그만 들어가 쉬거라."

"예, 스승님. 편히 쉬십시오."

서아는 치운에게 인사를 올리고 돌아서서 힘없이 걸어갔다.

치운은 서아가 방에 들어가 문을 닫는 것을 보고 길게 한숨을 내쉬었다.

…치사한 놈.

치운은 수민과 서아에게 질투와 미움을 느끼는 자신이 한심스러워 견딜 수가 없었다.

치운이 뒤뜰에 들어섰을 때 수민은 서아의 손을 잡고 어디론가 향하고 있었다. 치운은 소리 없이 두 사람의 뒤를 밟았다. 모퉁이를 돌아서니 수민이 서아를 들어 안고 초가지붕 위로 올라가는 광경이 보였다. 치운은 내면 깊은 곳에 숨어 있던 투기가 불길같이 솟구치는 것을 느꼈다. 수민을 내치지 않는 서아를 도무지 이해할 수 없었다.

치운은 담벼락에 등을 붙인 채 귀를 열어 두 사람이 주고받는 대화를 들었다. 수민과 서아가 말을 할 때마다 시기심과 적개심과 노여움이 거센 불 위에 올려놓은 가마솥 속의 물같이 부글부글 끓어올랐다.

치운은 달아오른 감정들을 식히기 위해 가부좌를 틀고 앉아 단전 호흡을 했다. 속 끓음이 서서히 가라앉으면서 어지럽게 날뛰던 생각도 차츰 정리되었다.

…소문은 무서운 것이다. 갈수록 서아의 검무를 보려는 자가 늘어나고 있지 않은가. 서아와 관련한 이야기는 머지않아 임금의 귀에까지 들어갈 터. 허나 아직 서아는 어검술을 완벽하게 익히지 못했다. 하여 임금이 진연을 열고, 서아를 불러들인다 해도 작금의 상태로서는 임금의 목숨을 취할 수 없다. 앞으로 2년 정도는 더 내공을 쌓으며 피나는 훈련을 거듭해야 의지대로, 자유자재로 검을 날릴 수 있다.

그때까지 기다려야 한다. 수민의 접근을 막기 위해 한양을 뜨거나 외진 산골로 숨어드는 건 작은 이문을 탐내 예상되는 큰 성과를 외면하는 멍청한 짓이다. 차라리 수민을 안고 가야 한다. 달래고 어르면서 상황을 좀 더 우리한테 유리하게 만들어야 한다. 수민이 별감이 되면 우리로서는 기회의 문이 한층 넓어지는 셈 아니겠느냐.

수민을 본 여인네는 누구라도 그에게 흠모의 감정을 느낄 것이다. 그만큼 수민은 수려한 용모를 소유하고 있다. 서아도 여자다. 수민에게 호감을 보이는 건 당연지사다. 더군다나 두 사람은 얼굴 생김새마저 흡사하질 않은가.

치운은 며칠 전 서아와 수민이 함께 있는 모습을 보고 나서야 두 사람이 오누이마냥 닮았다는 사실을 알았다. 매월의 말마따나 그래서 두 사람이 더 서로에게 이끌리는 건지도 몰랐다. 치운은 두 사람을 잇는 운명의 끈이 쉽게 끊어지지 않으리라는 것을 직감했다. 갑갑하기 그지없는 예감이었다.

치운은 머릿속에서 표창을 꺼내 담 위에 서 있던 수민을 향해 날렸다. 수민이 목에 표창을 맞고 쓰러지는 장면이 눈앞에 펼쳐졌다.

아무리 질긴 운명이라고 해도 끊어 낼 수 있는 방도는 있다. 그것은, 의외로 간단하다. 서아가 수민을 마음에 품지 못하게 만들면 된다. 수민을 방편으로 써서, 그를 악용한다는 생각이 들게끔 유도하는 것이다. 그리되면 서아는 수민에 대해 극심한 죄책감을 느낄 테고, 두 사람이 함께 있어도 우려하는 상황은 발생하지 않을 것이다. 죄책감이 연모의 감정을 누르고, 수민을 멀리하도록 만들 터이기에.

치운은 알고 있었다. 자신의 계략이 얼마나 졸렬한지. 수민이 나타나기 전까지만 해도 치운은 서아에 대해 가지고 있는 자신의 감정이 무엇인지 잘 몰랐다. 단순히 아버지가 딸에게 갖는 부성애와 비슷할 거라고 여겼다. 아니었다. 그건 사내가 여인에게 갖는 감정이었다. 연심이었다. 아무리 부인하려고 해도 서아를 연모하는 게 틀림없었다.

…앞으로 어찌해야 하는가. 수민과의 사이를 멀어지면 서아는 분명 상처를 받을 테고, 많이 아파할 것이다. 그걸 바라보는 나 역시 고통스러울 터. 그럴 바에야 차라리 나 혼자 괴로워하면 될 일 아닌가? 나 혼자만 지옥에서 살면 되지 않겠는가?

…천만에. 서아는 나를 만난 순간부터 나락에 떨어진 것이나 다름없다. 서아를 죽음의 길로 이끄는 자, 누구인가? 바로 나 아닌가?

치운은 가슴이 옥죄는 갑갑함을 느꼈다. 숨조차 제대로 쉴 수 없었다. 치운은 훌쩍 상천루 담을 뛰어넘어 산으로 이어지는 길을 미친 듯이 내달렸다.

무과에 장원으로 뽑히다

 상천루 담 위에서 뛰어내린 수민은 조심스레 주변을 살폈다. 순라군들의 기척은 느껴지지 않았다. 수민은 발끝으로 빠르게 걸었다. 불어오는 바람이 시원했다.

 수민이 순라군들의 이목을 피해 집으로 돌아오자 문간방에서 코 고는 소리와 함께 짜증 섞인 탄식이 연거푸 들려왔다. 강쇠의 사나운 코골이에 유모가 잠에서 깬 모양이었다.

 수민은 조용히 방문을 열고 들어가 그대로 유모가 깔아 놓았을 요 위에 누웠다. 영생이(박하) 내음같이 시원하고, 새벽 공기같이 상쾌한 다솜의 향기가 배어 있는 옷을 벗기 싫었다. 수민이 다솜을 들어 안고 지붕에 올라간 것은 무예 실력과 더불어 강건한 신체를 자랑하기 위함이었다. 당신 하나쯤은 충분히 보호할 수 있다는 사실을 인식시키기 위해서였다. 좀 더 하늘 가까이 다가가 별이 되어 내려다보고 있을 어머니에게 다솜을 자랑하고 싶은 마음도 조금은 있었다. 한데 뜻밖에도 그 일로 옷에 배인 다솜의 향내가 퀴퀴한 방 안의 공기를 정화시켜 주었다.

수민은 궁금했다.

다솜은 지금 무얼 하고 있을까. 하루의 고단함을 잠으로 씻어내고 있을까. 혹 내 생각에 빠져 수면을 제대로 취하지 못하고 있는 건 아닐까.

…다솜, 나로 인해 뛰는 가슴을 어쩌지 못해 뒤척이고 있다면 바로 누워 눈을 감고 숨을 고르시오. 잠을 불러들여 꿈속에서 기다리시오. 나를.

수민은 스르르 눈꺼풀을 닫고 앞에 보이는 다솜에게 말했다. 다솜이 환하게 웃으며 고개를 주억거렸다. 그와 동시에 수민은 잠을 이뤘고, 다솜의 꿈속을 찾아갔다. 다솜은 그곳에서 더 아름다웠다. 더 다정했다.

그날 이후 수민은 좀체 다솜을 만날 수 없었다. 이제는 판서댁과 정승댁에서도 불러들이는 바람에 다솜이 더욱 바빠졌고, 수민 또한 복시를 준비해야 해서 상천루 출입을 자제한 탓이었다.

수민은 아침 일찍 육의전 훈련장에 나가 어스름이 내릴 때까지 무예를 연마했다. 저녁에 집에 돌아와서는 대충 끼니를 때우고 곯아떨어지기까지 필수인 『경국대전』과 강서로 택한 『논어論語』『손자孫子』, 그리고 『통감』을 탐독했다. 준비를 철저히 해서 과거에 급제해야 떳떳하게 다솜 앞에 설 수 있었다.

수민은 다솜이 못 견디게 그리우면 밤중에 몰래 상천루에 가서 다솜의 얼굴만 잠깐 보고 돌아왔다. 다솜을 제대로 마주하지 못하는 아쉬움은 꿈으로 달랬다. 책을 읽다 잠들면 다솜과 낯할 수 있어 좋았다.

그렇게 일곱 달이 흘렀다. 그새 계절은 가을에서 겨울로, 다시 봄으로 바뀌었다.

마침내 햇볕 따가운 중려에 복시가 열렸다. 무예는 초시와 동일하게 목전·철전·편전·기사·기창·격구 6기技를 치렀다. 수민은 무예에 이어 강서를 봤다. 어린 시절 직제학에게 학문을 배워 익힌 수민에게는 무예보다 강서가 더 쉬웠다. 결과는 당연히 합격이었다.

탁월한 성적으로 복시를 통과한 수민은 며칠 뒤 임금이 지켜보는 앞에서 무예만을 시험하는 전시를 치렀고, 당당히 장원으로 뽑혔다.

수민은 만족스러웠다. 그간 열심히 학문과 무예를 닦은 까닭은 우수한 성적을 받기 위해서였다. 그래야 임금 눈에 들 테고, 좀 더 수월하게 무예별감 직을 제수받을 수 있어서였다. 또 그래야 대전별감으로 박탈될 공산이 컸다. 이는 입신을 위해서가 아니었다. 임금에 대한 충의가 깊어서도 아니었다. 수민이 보호하려는 사람은 따로 있었다. 바로 다솜이었다.

전시가 끝난 후 근정전에서 임금과 종친, 문무관이 모두 참석한 가운데 급제자들의 노고를 치하하는 창방의唱榜儀가 거행되었다. 먼저 합격자를 발표하는 출방出榜 의식이 치러졌다. 주악이 울리고 성명이 불린 문과 급제자들은 오른편에, 무과 급제자들은 왼편에 늘어서서 임금을 향해 네 번 절을 올렸다.

급제자들이 예를 마치자 방방례放榜禮가 열렸다. 이조 정랑은 문과 급제자에게, 병조 정랑은 무과 급제자에게 각각 홍패紅牌(합격증서)를 주었고, 국왕은 어사화와 술, 과일 등을 급제자들에게 내려 주었다.

뒤이어 은영연恩榮宴(축하연)이 펼쳐졌다. 동쪽에는 문과 급제자들이, 서쪽에는 무과 급제자들이 갑·을·병과 순으로 앉아 기녀들이 따라 주는 술을 마시며 음악과 광대들이 펼치는 구슬 던져 받기, 접시돌리기, 땅재주 등의 놀이를 즐겼다.

수민은 모든 게 귀찮기만 했다. 옆에 앉은 기녀도 성가셨고 술도, 음악도. 광대들의 놀이를 보는 것도 탐탁지 않았다. 그저 어서 빨리 연회가 마무리되기만을 바랄 뿐이었다.

드디어 창방의가 끝났다. 합격자들 가운데 가장 먼저 근정전을 빠져나온 수민은 집에 들러 옷을 갈아입고 상천루로 향했다. 그 누구보다 다솜에게 먼저 축하받고 싶었다. 기쁨을 함께 나누고 싶었다. 한데 다솜은 상천루에 없었다.

"금일은 또 어느 정승댁에 불려 간 거요?"

수민은 화가 나서 매월에게 물었다.

"오해십니다. 불공드리러 진관사에 갔어요."

매월이 배시시 웃으며 답했다.

"불공을? 갑자기 왜?"

"명일이 아버님 기일이라더군요."

"허면 할 수 없지. 잘 알겠소."

수민은 서둘러 발길을 돌렸다. 더 늦기 전에 진관사로 가야 했다.

"거기 가셔도 만나실 수 없을 겁니다. 밤새워 삼천 배를 올린다고 했거든요."

매월이 수민의 등에 대고 알렸다. 수민은 걸음을 멈추고 뒤를 돌아보았다.

"명일은, 온다고 합디까?"

"아마도 그럴 겁니다."

"고맙소. 일 보시오."

수민은 몸을 바로 하고 상천루를 나왔다. 문득 다솜의 아버님은 어떤 분일까, 궁금해졌다. 수민은 다솜의 집안에 대해서는 아는 바가 전혀 없었다. 다솜이 어쩌다 기녀가 되었는지도 몰랐다. 물론 알고 싶었다. 그러나 혹시라도 다솜의 마음을 아프게 할까 봐 물어보지 못했다.

수민은 저잣거리를 지나 정인석에게로 갔다. 정인석은 집무실로 들어서는 수민을 반갑게 맞이했다.

"어서 오너라. 창방의에 참석하려 했는데 급한 용무가 생겨서 가 보지 못했구나. 네가 장원으로 뽑혔다는 기별은 받았다. 그간 고생 많았어."

"모두 다 외삼촌 덕분이에요. 감사합니다."

"아니다. 매제도 주상 전하에게 어사화를 하사받는 네 모습을 봤다면 너를 무척 자랑스러워하셨을 거야."

"겨우 무과에 급제한 것뿐이에요. 오히려 부끄러워하셨을지도 몰라요."

"어쨌든 나가자. 금일 같은 날 한잔해야지 언제 마시겠느냐."

"기루에는 가기 싫습니다. 이전같이 정자에서 드시지요."

"그거 괜찮은 제안이다."

말을 마친 정인석은 벌떡 일어서더니 성큼성큼 집무실을 나갔다. 수민도 정인석을 따라나섰다.

"참, 친구들에게는 연통을 넣었느냐?"

정인석이 마당에 서서 물었다.

"아니요. 금일은 외삼촌과 단둘이 마시고 싶어서 기별하지 않았어요. 친구들과는 나중에 따로 자리를 마련할 겁니다."

"그렇구나. 여봐라."

정인석은 큰소리로 여종을 불렀다. 여종이 종종걸음으로 정인석 앞에 와서 대령했다. 정인석은 여종에게 정자에 술상을 봐 놓으라 이르고는 혼잣말하듯 중얼거렸다.

"…네 어미가 살아 있어 작금의 너를 보면 얼마나 좋아할까."

"참, 외삼촌. 어머님 유품 중에 야명주가 있던데 어디서 난 거예요?"

수민은 외삼촌과 함께 정자 쪽으로 걸음을 옮기며 물었다. 오래전부터 궁금하게 여기던 바였다.

"스물세 해 전쯤 상단을 따라 청나라에 갔을 당시 사다 준 것이다. 보석도, 장신구도 거들떠보지도 않던 아이가 야명주는 썩 마음에 들어 했지. 어둠을 밝히는 녹색 빛이 아름답다며. 네 어머니는 너의 부친도, 너도 세상의 어두운 곳을 밝히는 사람이 되기를 바랐단다. 훗날 네 혼처가 정해지면 며느리 될 아이에게 물려주겠노라 하였는데…."

"제가 괜한 걸 여쭈었나 봅니다."

수민은 망설임 없이 정인석의 말을 잘랐다. 정인석은 평소에는 지극히 냉철하다가도 누이와 관련한 얘기만 나오면 감상에 젖었다. 수민은 다솜에게 야명주를 주기를 잘했다고 생각했다. 자신도 모르게 어머니의 유언을 받든 셈이어서였다.

"아니, 괜찮다. 한데 야명주의 출처는 어쩌다 궁금해진 게냐?"

정자에 올라간 정인석이 자리를 잡고 물었다. 수민은 정인석을 마주 보고 앉았다.

"저는 그분께 받은 줄 알았어요. 외삼촌께서 주신 거로군요."

"네 어미 혼인 선물이었다. 다른 패물은 제쳐 두고 그것만 챙기더구나."

정인석은 수민에게서 누이의 모습을 찾으려는지 그리움이 담긴 표정으로 수민을 바라보았다. 수민은 정인석과 눈을 마주치기 싫어 슬쩍 고개를 돌렸다. 잠시 후 광주리를 머리에 인 여종이 정자에 올라와 술상을 차리고 물러났다.

"한 잔 받거라."

정인석이 수민에게 잔을 건네고 술을 쳤다. 수민도 정인석의 빈 잔을 술로 채웠다. 두 사람은 한동안 묵묵히 잔을 비우고 채우기를 되풀이했다.

"내게 할 말이 있지 않느냐. 해 보거라."

먼저 입을 연 사람은 정인석이었다.

"상천루를 인수할 수 있도록 도와 달라는 청은 드리지 않겠어요. 다만 제가 무엇을 하든 저를 믿고 지켜봐 주셨으면 해요."

"좋다. 하나만 약조한다면 나도 네가 무슨 일을 하든 관여하지 않으마."

"그러합니까? 말씀하십시오."

"운향이라는 아이, 정실로 삼을 마음을 품었다면 버리거라. 약조할 수 있겠느냐?"

"네. 외삼촌 뜻대로 하겠습니다."

무과에 장원으로 뽑히다

수민은 순순히 답했다. 다솜이 아니라 그 누구와도 혼인 따위는 하지 않을 작정이었다. 서자 주제에 정실과 첩실을 구분한다는 자체가 우스운 작태였다. 분수에 넘치는 짓거리였다. 자식을 낳아 자신이 서자여서 겪었던 아픔과 설움을 대물림할 의향은 더더욱 없었다.

"너를 믿겠다."

　정인석은 수민을 바라보며 무겁게 말했다.

"고맙습니다, 외삼촌. 저는 그만 일어서겠습니다."

"오냐. 과거 치르느라 고단했을 텐데 가서 푹 쉬거라."

"외삼촌도 평안히 쉬십시오."

　정인석에게 인사를 하고 정자를 내려온 수민은 곧장 집으로 갔다. 문 앞에서 기다리던 유모와 강쇠가 달려들어 수민의 왼손과 오른손을 나누어 부여잡았다.

"감축드립니다요, 도련님. 하늘에 계신 아씨께서 참으로 기뻐하실 겁니다요."

"어허, 사람들도 참. 별것 아닌 일로 이리 호들갑을 떨다니 남세스럽네. 어서 들어가세."

　수민은 두 사람을 끌고 서둘러 대문 안으로 들어갔다.

　다음 날 사은례四恩禮*를 치르고 집에 돌아온 수민은 옷을 갈아입자마자 진관사로 향했다. 한양 서쪽에 자리한 진관사는 동쪽의 불암사(불암산), 남쪽의 삼막사(관악산), 북쪽의 승가사(삼각산)와 더불어 한양의 4대 명찰로 알려진 곳이었다.

 오후 늦게 연신내에 도착한 수민은 근처 우물에서 물을 길어 마시고 삼각산으로 향했다. 한적한 산길로 들어서서 이각쯤 올라가니 진관사가 보였다. 부담스런 겉치레 없이 소박한 절이었다. 수민은 일주문을 지나쳐 왼편에 있는 대웅전 쪽으로 갔다. 수민을 기다리는 듯 법당 앞마당에 흰옷 입은 여인이 서 있었다. 바로 다솜이었다.

 "여긴 어찌…?"

 다솜은 자신에게 다가오는 수민을 발견하고 깜짝 놀랐다.

 "매월 행수가 알려 주었소. 작일 오려 했는데 삼천 배를 드린다기에 꾹 참고 지금에서야 왔다오. 천도재도 올린 게요?"

 수민은 눈망울이 더 커진 다솜 앞에 서서 살갑게 물었다.

 "아니요. 천도재는 금일 저녁에 지냅니다."

 다솜 역시 상냥한 목소리로 답했다. 다솜 옆의 하인은 해맑은 표정의 수민을 잠시 쳐다보더니 몇 발짝 뒤로 물러섰다.

 "아, 그렇군. 몸은 좀 어떻소? 어디 아픈 데는 없는 것이오?"

 "네. 무탈합니다. 제 걱정은 마세요."

---

* 은영연이 끝난 다음 날 문과와 무과 급제자들이 모두 문과 장원 집에 모여 궐에 들어가 임금에게 치르는 의식

"상천루에는 언제 돌아갈 예정이오?"

"재를 지내고 나서 이틀은 더 있다 갈 거예요. 루주 어르신이 충분히 쉬고 오라 이르셨거든요."

"그거 잘됐군. 사실 그간 전 별감이 그대를 얼마나 호되게 부려 먹었소? 참, 밤새 절을 올린 탓에 서 있기 힘들겠구려. 어디 앉아서 얘기 나눕시다."

"아니에요. 괜찮아요. 삼천 배를 올리고 나니 심신이 더 가뿐해졌는걸요."

수민은 다솜의 이마부터 발끝까지 훑어보았다. 정말 지친 기색이 없었다. 오히려 신선한 생기가 느껴졌다.

"전시는 잘 치르셨나요?"

"떨어졌소."

수민은 다솜의 물음에 시무룩하게 답했다. 다솜이 무리한 나머지 몸살을 앓고 있진 않을지 염려되어 황급히 왔는데 멀쩡하다 못해 도리어 전보다 더 강건해진 듯해 아쉬웠다. 애써 준비한 위로와 격려의 말을 전할 수 없어서였다.

"놀리지 마세요. 전시에서 떨어지는 응시자는 없다 들었어요."

다솜은 대웅전 앞뜰에서 수민을 처음 보는 순간 그가 급제했음을 알았다. 낙방했다면 안색이 지극히 어두웠을 터였다. 아니, 이곳까지 찾아오지도 않았을 수민이었다.

"그런가?"

수민이 멋쩍었는지 귓불을 만지작댔다.

"한데 저 사람도 함께 삼천 배를 올린 것이오?"

수민은 턱짓으로 자신들로부터 대여섯 걸음 물러서 있는 하인을 가리켰다. 하인은 수민과 서아의 만남에 무심한 태도를 보였으나 수민은 그의 존재가 거슬렸다. 감시 받는 느낌도 들었다.

"아니에요. 저에게 뜻밖의 변고라도 생길까 싶어 루주 어르신께서 딸려 보낸 거예요."

"어쩐지 기분 나쁜 사내요. 나를 보는 눈빛이 썩 좋지 않았소."

"그럴 리가요. 오해십니다. 저희 집안 사노비였는데 아버님이 억울하게 돌아가신 뒤에도 떠나지 않고 저를 보살펴 주었어요."

수민은 어쨌든 결국 이렇게 되지 않았느냐, 따져 물으려다 그만두었다. 다솜에게 상처를 주는 질문이어서였다. 수민은 속내와는 반대로 말했다.

"그래요. 참 고마운 사내로군."

다솜이 동의의 표시로 미소를 지어 보였다. 수민은 장원으로 뽑혔음을 고하려다 이번에도 참았다. 그 사실을 들으면 서아는 당연히 반색할 것이었다. 허나 대놓고 자기 자랑을 하는 듯해 쑥스러웠다. 실은 구태여 수민이 전하지 않아도 알게 될 일이었다. 다솜의 입에서 나오는 기쁨에 찬 탄성과 칭찬의 소리는 그때 들어도 상관없었다. 오히려 기다림의 묘미가 있을 터였다.

"저는 이만 들어갈게요. 재를 올리기 전까지 좀 쉬어야겠어요."

다솜이 말했다. 치운을 뒤에 둔 채 수민과 더 대화를 나누고 싶지 않았다. 몹시 거북했다.

"그러시오. 천도재 잘 지내고 명후일에 다시 봅시다."

"네? 여길 또 오시려고요?"

"물론이오."

"제가 간다니까요. 굳이 내방하지 마세요."

"내가 알아서 하겠소. 묵는 곳은 어디요?"

"저기에요."

다솜이 왼편에 있는 숙소를 돌아보았다. 수민은 다솜을 들어 안고 거기까지 가고 싶었다. 그러나 여기저기서 나타난 스님들과 하인 눈치가 보여 꾹 참았다. 다솜은 사뿐히 숙소 쪽으로 나아갔다. 수민은 서아와 보조를 맞춰 걸음을 옮겼다. 하인이 따라오는 기척이 느껴졌다.

"그럼 전…."

다솜이 숙소 앞에 서서 수민을 올려다보았다.

"들어가시오. 명후일에 오리다."

수민이 쐐기를 박았다. 다솜이 못 말리겠다는 표정으로 돌아서서 방문을 열었다. 수민은 가까이 다가온 하인을 쳐다보았다. 하인과 정면으로 시선이 마주쳤다. 순간 하인이 재빨리 얼굴을 돌렸다. 분명 적의가 담긴 눈빛이었다. 수민은 고개를 갸우뚱했다. 저자는 어째서 나를 싫어하는 걸까. 도무지 알 수 없었다.

스승의 노림수

"저녁 예불 올릴 때 부르러 오마. 예불 마치는 대로 천도재를 올리자꾸나."

치운이 방 안에 있는 서아에게 일렀다.

"예, 스승님."

서아는 앉은 채 대꾸했다. 문을 열기 싫었다. 치운을 보고 싶지 않았다.

서아는 가만히 누워 수민을 떠올렸다. 방금 봤는데도 또 보고 싶었다. 서아는 품속에 있는 야명주를 꺼냈다. 수민이 야명주 안에서 환하게 웃고 있었다.

치운이 서아에게 부친 기일에 맞춰 진관사로 불공을 드리러 가자고 권한 것이 사흘 전이었다. 서아는 함께 지내는 동안 단 한 번도 아버님 제사를 챙기지 않았던 치운이 어째서 느닷없이 그런 제안을 하는 건지 까닭을 알 수 없었다. 그것도 수민이 전시를 치르기 하루 전날에. 수민은 전시를 마치자마자 서아에게 달려올 터였다. 급제했다는 기별을 전할 터였다. 서아가 듣기 원하는 말이었다.

 서아는 마음이 편치 않았다. 복시를 통과했으니 당연히 최종 급제자 명단에 성명이 오를 테지만 '만약'이라는 것도 있는 법이었다. 혹여 수민이 발로 찬 공이 용안을 강타해 임금과 시관들의 노여움을 사거나 갑자기 배탈이 나서 도중에 시험장을 뛰쳐나오는 바람에 합격이 취소될 수도 있었다.

 물론 그와 같은 상황이 벌어질 공산이 아예 없다는 것쯤은 서아 역시 잘 알고 있었다. 한데도 실오라기 같은 불안감이 바늘마냥 가슴을 찌르는 건 막을 방도가 없었다.

 서아는 상천루에서 수민을 기다리고 싶었다. 그러나 돌아가신 아버님을 위한 일이었고, 또한 스승의 권유를 뿌리치기도 부담스러워서 전 별감을 찾아갔다.

 "삼명일(글피)이 부친 기일입니다. 돌아가신 뒤로 한 번도 제를 지내지 못했는데 허許하여 주신다면 금년부터 해마다 진관사에 가서 천도재를 올렸으면 합니다."

 "아버님 기일을 알고 있었으면서 왜 진작 얘기하지 않았느냐?"

 전 별감이 섭섭하다는 표정으로 물었다.

 "말씀 여쭙기 송구하여…."

 "되었다. 그래 언제 갈 예정이냐?"

"금일 오후에는 떠날까 합니다. 천도재를 올리기 전에 삼천배를 드렸으면 해서요."

"그리하거라. 그간 여기저기 불려 다니느라 많이 지쳤을 터이니 간 김에 사나흘 푹 쉬었다 오너라."

전 별감은 흔쾌히 승낙하고 매월을 불러 서아에게 하인 한 명을 짐꾼으로 붙여 주도록 했다. 구태여 서아가 부탁하지 않아도 치운의 뜻대로 일이 매듭지어진 것이다.

서아는 지게를 진 치운을 앞세우고 상천루를 나섰다. 내키지 않는 길이라 발걸음이 무거웠다. 쨍쨍 내리쬐는 오후 햇볕은 성가심을 더했다. 그래도 연신내를 지나 산을 오를 때에는 상쾌한 바람이 불어와 언짢았던 기분이 살짝 풀렸다. 이어 진관사 대웅전 앞에 이르러서는 오히려 잘되었다는 생각마저 들었다. 상천루에서 초조하게 수민을 기다리기보다는 부처님에게 아버님의 명복을 비는 동시에 수민의 급제를 염원하는 기도를 올리는 편이 훨씬 나았다.

"예서 기다리거라."

치운은 지게를 내려놓고 주지 스님을 찾아가 다음 날 지낼 천도재에 대해 상의했다.

"천도재는 사시巳時(오전 9~11시) 예불에 맞춰서 진행해야 맞으나 명일 아침에 인연 깊은 불자께서 오기로 미리 약조가 되어 있어서 부득불 저녁 예불을 마치고 지내야 할 듯합니다."

주지 스님이 미안한 표정으로 양해를 구했다.

"네. 잘 알겠습니다, 스님. 허면 금일 밤 삼천배부터 드릴까 하는데 괜찮겠습니까?"

"그리하십시오."

주지 스님이 즉시 답했다.

서아는 치운이 돌아올 동안 천천히 대웅전 앞뜰을 거닐었다. 어느덧 해가 뉘엿뉘엿 기울고 있었다.

"저를 따라오시지요."

잠시 후 나이 지긋한 스님이 다가와 서아에게 합장하며 말했다. 서아도 공손히 양손을 모으고 인사했다. 스님과 함께 온 치운이 다시 지게를 지고 서아에게 눈짓을 보냈다. 두 사람은 곧 스님의 뒤를 따라갔다. 대웅전 왼편으로 걸어 들어간 스님이 기다란 건물 앞에 서서 그들에게 각자 묵을 방을 알려 주었다.

치운은 지게를 내려놓고 짐을 하나 꺼내 서아에게 건넸다. 서아는 보따리를 받아 들고 자신의 거처로 들어갔다. 치운도 자신의 방으로 갔다. 스님은 서아와 치운이 여장을 풀고 나오기를 기다려 법당 쪽으로 걸어갔다.

"하면 저는 이만 가 보겠습니다. 두 분께 부처님의 가피가 충만하길 기원합니다. 나무아미타불."

치운과 서아를 법당 안으로 안내한 스님이 두 사람을 향해 합장했다.

"성불하십시오."

치운과 서아도 마주 합장했다.

스님이 법당을 나가고 얼마 안 있어 공양주供養主*가 들어와 서아와 치운에게 공양이 준비되었음을 알렸다. 서아와 치운은 그를 따라 공양간에 가서 밥을 먹고 법당으로 되돌아왔다.

"삼천배는 반시진쯤 뒤에 시작하도록 하자. 음식물이 충분히 소화되기를 기다리지 않고 절을 하면 배가 뒤틀리기도 한다더구나."

치운이 일렀다.

"예."

서아는 짧게 답하고 부처님 앞에 무릎을 꿇었다. 치운과는 말을 섞기 싫었다. 할 얘기도 없었다. 서아는 살며시 눈을 감았다. 아버님의 얼굴이 떠올랐다. 아버님과 함께했던 날들이 떠돌았다. 그 시절로 돌아가고 싶었다. 물론 헛된 바람임은 서아도 익히 알고 있었다.

"이제 된 듯하다."

그새 반시진이 지났는지 치운의 목소리가 들렸다. 서아는 천천히 일어섰다.

---

* 절에서 밥 짓는 사람 또는 절에 재물을 시주하거나 시주를 권하는 사람. 공양간은 절의 부엌을 말한다.

"서아야. 나도 함께할 것이다. 그간 형님에게 너무 무심하였다. 다 내 불찰이다. 너에게도 그렇고 형님께 무척 송구하구나."

서아는 묵묵히 고개를 주억거렸다. 아버님을 위해 삼천배를 드리겠다는 치운이 고마웠다.

두 사람은 나란히 서서 길게 심호흡을 하고 절을 하기 시작했다. 한 번, 두 번, 세 번…. 서아는 절을 올리며 아버님이 하늘에서 편히 쉬시기를, 수민이 별 탈 없이 급제하기를 빌었다.

얼마만큼의 시간이 지났을까. 얼마나 여러 번 같은 동작을 되풀이했을까. 기묘한 일이었다. 지쳐서 어지럼증이 일 때마다 어디선가 신선한 기氣가 서아의 몸속으로 스며들어 와 말라 가는 진기를 채워 주었다. 서아의 단전은 어느새 세찬 기운으로 가득했다. 그 뒤로는 힘에 부치지 않았다. 서아는 자신의 정신과 육체가 미끄러지듯 무념의 세계로 들어가는 것을 느꼈다.

이윽고 치운이 삼천배를 마무리했음을 알렸다. 서아는 서서히 무의식 상태에서 깨어났다.

"아직 그대로 있거라."

치운이 일어서려는 서아에게 명했다. 서아는 다시 자리에 앉았다.

"자세를 잡았으면 호흡을 가다듬으며 기를 운행해 보거라."

서아는 치운이 시키는 대로 했다. 그제야 비로소 깨달았다. 절을 하는 동안 등 뒤에서 자신의 몸속으로 기를 보낸 사람이 바로 치운이었음을. 서아의 무공이 좀체 진척을 보이지 않자 꾀를 낸 것이 틀림없었다.

"그래, 좀 어떠냐?"

치운이 뭔가를 기대하는 음성으로 물었다.

"막혀 있던 혈이 뚫린 느낌입니다."

서아는 마지못해 답했다. 자신에게 진기를 나눠 준 치운이 전혀 고맙지 않았다. 오히려 부담스러웠다. 불편했다.

…스승의 노림수가 바로 이거였나.

서아는 부친 기일 운운하는 치운의 심중에 무언가 다른 의도가 숨어 있을지 모른다는 의심을 했다. 그러나 딱히 그 형체가 잡히지 않았다.

서아는 그간 게으름 피우지 않고 꾸준히 수련을 계속해 왔다. 하지만 언제부턴가 벽에 부딪힌 양 무공이 제자리를 맴돌았다. 그것이 서아 자신은 물론 치운까지 숨 막히게 했다. 오히려 치운이 서아보다 더 갑갑해했다. 서아도 눈치챘다. 치운은 자신의 숨통을 뚫고자 그녀의 아버님 기일을 이용한 것이었다.

"이제 일어서도 된다. 그만 나가자꾸나."

치운이 말했다. 목소리에 서운한 기색에 담겨 있었다. 서아는 모른 척 일어나 법당을 나왔다. 한 스님이 목탁을 치면서 염불을 창하며 경내를 돌고 있었다. 서아는 그 스님을 지나쳐 절에서 내준 방에 들어가 자리를 깔고 누웠다.

정오 무렵 잠에서 깬 서아는 한참을 머뭇거리다 신시申時(오후 3~5시) 초에야 방을 나섰다. 치운이 곧바로 서아에게 다가왔다. 서아는 치운에게 묵례를 하고 천천히 대웅전 앞뜰을 거닐었다. 그때 나타난 사람이 바로 수민이었다.

서아는 야명주 속의 수민에게 속삭였다.

"감축드려요, 도련님. 저도 보고 싶었어요. 참말이랍니다."

그러자 수민이 다 알고 있다는 듯 밝게 웃었다. 서아는 수민의 환한 얼굴을 보며 명일 아침 일찍 상천루로 가야겠다는 생각을 했다. 천도재를 지내고 나면 진관사에 더 머물 까닭이 없었다.

치운은 무예를 익힌 이에게는 생명과도 같은 진기를 나눠 주었음에도 별로 고마워하지 않는 서아에게 섭섭함을 느꼈다. 도리어 귀찮아하는 것 같아 화도 났다. 치운은 고함을 내지르고 싶은 욕구를 꾹 참고 절을 빠져나와 산으로 올라갔다. 문득 천광대사 밑에서 무술을 수련하던 시절이 떠올랐다. 힘들었으나 분명한 목표가 있어 참고 나아갈 수 있었고, 한 단계 한 단계 올라설 때마다 성취감이 느껴져 뿌듯했던 나날이었다.

…스승님. 제가 잘못하고 있는 것입니까?

치운은 계곡을 타고 내려가다가 훌쩍 몸을 날려 물에 뛰어들었다. 시원했다. 치운은 서아 부친의 기일과 수민이 전시를 보는 날이 하루 상관임을 알고 있었다. 하여 서아에게 아버님 기일 전

날 절에 가서 삼천배를 올리고 당일 아침에 천도재를 지내자는, 서아가 거절하기 힘든 제안을 한 것이었다. 전시를 치른 수민은 당연히 좋은 소식을 안고 서아를 찾아올 터였다. 치운은 두 사람이 서로를 눈에 담고 함께 기뻐하는 모습을 보고 싶지 않았다. 물론 아무리 열심히 검술을 연마해도 좀체 진척이 없는 서아에게 자극을 주고, 성취감을 맛보게 해 주고 싶은 의도도 상당 부분 있었다. 막혀 있는 혈이 뚫리면 기를 원활하게 운용할 수 있기에 작금의 지지부진한 상황에서 벗어날 수 있었다.

치운은 생각했다.

총명한 서아는 분명 자신에게 진기를 불어넣어 준 사람이 나임을 알게 될 테고, 나에게 깊은 고마움을 느낄지 모른다. 혹은 자존심에 상처를 입고 무공 수련에 더 집중할 수도 있다.

그러나 두 생각 모두 빗나갔다. 서아는 치운에게 감사하는 마음도 없고, 자존심에 상처를 입은 것 같지도 않았다.

…서아를 이 모양으로 만든 장본인이 바로 수민, 그놈이다. 그 녀석만 없었으면 우리는 우리의 길을 꿋꿋하게 걸어가고 있었을 것이다. 서아와 내가 흔들리는 것도 모두 그놈 탓이다. 우리 앞을 가로막는 자, 모조리 없애리라! 놈도 예외는 아니다!

치운은 물속을 나와 성큼성큼 진관사를 향해 걸어갔다. 몸에서 뚝뚝 떨어지는 물방울이 붉은 피같이 느껴졌다.

그대는 나에게 다솜이오

 수민은 어스름이 내릴 즈음 자신을 보러 집에 온 친구들과 방 안에서 식사 겸 술을 마시며 담소를 나누었다. 그러는 어느 한순간 문득 목덜미에 서늘한 기운이 와 닿는 것을 느꼈다. 남두진이 덥다며 열어놓은 방문 사이로 들어온 바람 탓은 분명 아니었다. 수민은 불안해졌다. 다솜의 신변에 탈이라도 생긴 걸까.

"자네, 갑자기 왜 그러나? 안색이 안 좋아."

 옆에 앉은 남두진이 수민에게 말을 걸었다. 박준영과 양현성의 시선도 수민에게로 쏠렸다.

"아, 아닐세. 어디까지 얘기했지?"

 수민은 찜찜한 기분을 떨치고 물었다. 부처님이 계시는 절에서 무슨 변고가 일어날까 싶었다.

"여기 두 사람도 무과에 응시할 거라고 하지 않았나."

 남두진이 준영과 현성을 돌아보았다.

"언제 있을지 모를 별시別試*에 대비해 지금부터 준비할 작정이네."

준영이 덧붙였다. 반가운 소리였다. 수민은 비어 있는 친구들의 잔에 술을 따르고 조심스레 입을 열었다.

"혹 연유를 물어봐도 되겠나?"

"자네가 부러워서 견딜 수가 있어야 말이지."

현성이 껄껄 웃었다. 그러다 돌연 진지한 표정으로 수민을 바라보았다.

"자네는 모를 테지만 우리 가끔 인왕산 훈련장을 찾아가서 열심히 땀 흘리는 자네 모습을 훔쳐보곤 했다네. 내심 흐뭇하더군. 아무 하릴없이 살아가는 우리가 부끄럽기도 했고."

수민도 알고 있는 바였다. 다만 친구들이 어떤 생각을 하는지 몰라 내색하지 않았을 뿐이었다.

"실은 이렇게 사는 게 지겨워졌다네. 하여 자네가 뛰어든 곳에 우리도 들어가 보기로 했지. 흥미로운 무언가가 있을 듯해 보였거든."

준영이 심각해지는 분위기를 바꾸려 화제를 돌렸다.

"어찌 됐든 잘 생각했네. 자네들이 함께한다면 궐 생활이 한결

---

* '병丙'의 간지가 든 해나 나라에 경사가 있을 때 특별히 시행한 시험으로 초시와 전시만 치렀다.

즐거울 걸세."

"이 사람, 우린 아직 초시도 치르지 않았어."

현성이 휘휘 손을 내저었다.

"나보다 뛰어난 사람들이니 합격이야 따 놓은 당상이고, 두진이 자네는?"

수민이 두진을 쳐다보았다.

"나는 내키지 않네. 자신도 없을뿐더러 어딘가에 얽매인 삶도 나와는 맞지 않아. 다들 잘 알지 않나."

두진이 술잔을 만지작거리며 답했다. 수민은 고개를 끄덕였였다. 두진은 몸을 쓰는 것도, 머리를 쓰는 것도 싫어했다. 아니, 일부러 하지 않았다. 겉으로는 술과 여자를 좋아하는 척, 대범한 척했으나 실은 마음이 여리고 상처받기 두려워하는 친구였다. 그래도 몹시 아쉬웠다. 두진 역시 준영과 현성 못지않게 영특했고 무예에도 소질이 있어 의지만 있다면 얼자의 신분에서 벗어나 당당히 무과에 응시하여 급제할 수 있을 터였다.

그러나 두진은 굳이 면천을 받으려 하지 않았다. 수민의 도움도 극구 사양했다. 그런 일로 금전을 들여 부패한 관리에게 청탁하고 싶지 않다고 했다. 번거롭기도 하거니와 심중에 거리껴 싫다고 했다.

이윽고 두진도 수민을 쳐다보았다. 두 사람의 눈이 마주쳤다. 두진이 네 생각 다 안다는 듯, 걱정하지 말라는 듯 미소를 지으며 잔을 높이 들었다. 수민도 염려하지 않겠다는 표시로 웃음을 보내며 잔을 치켜들었다.

 다음 날 급제자들이 수민의 집에 모여들었다. 알성례謁聖禮를 치르기 위해서였다. 수민이 급제자들과 함께 성균관 문묘文廟*에 가서 공자의 신위에 참배하고 귀가하자 뜻밖의 손님이 그를 기다리고 있었다. 다솜이 보낸 사람이었다. 진관사에서 다솜 곁에 있던 하인은 아니었다. 사내는 다솜이 상천루에 와 있다며 수민에게 말했다.
"도련님만 괜찮다면 모셔 오라고 하였습니다."
"당연히 괜찮지. 잠시만 기다리게."
 수민은 서둘러 방에 들어가 옷을 갈아입고 나왔다. 밖에서 대기하던 사내가 마당으로 내려서는 수민을 보고 빠르게 걸음을 옮겼다. 수민은 사내를 따라 상천루로 갔다. 사내는 다솜이 있는 방을 수민에게 알려 주고 물러났다. 수민은 지체 없이 방문을 열고 안으로 들어갔다. 다소곳이 앉아 문 쪽을 바라보고 있던 다솜이 훌쩍 일어섰다.
"좀 더 쉬지 않고 어찌 이리 일찍 온 것이오?"
 수민이 코가 맞닿을 정도로 다솜에게 바짝 붙어 서서 물었다.

---

* 공자를 모신 사당

"제가 반갑지 않으신 모양이군요."

다솜이 서운한 표정으로 수민을 올려다보았다.

"그럴 리가 있나. 어디 아픈 데는 없는 게요?"

수민은 다솜의 얼굴을 이리저리 살폈다.

"그만하세요. 어지럽습니다."

다솜이 살짝 왼편으로 돌아섰다.

"내가 그대에게 이름을 지어 주었던 일, 기억하시오?"

수민은 발갛게 달아오른 다솜의 볼을 정겹게 바라보며 물었다. 다솜이 대답 대신 고개를 끄덕였다.

"이름자도?"

"그럼요."

"세상 모든 사람이 그대를 운향이라 부르겠지. 허나 나는 아니오. 그대는 나에게 다솜이오. 나는 영원히 그대를 다솜이라 부를 것이오."

수민이 단호한 어조로 선언했다.

"…제 어릴 적 성명을 말씀 드려도 되겠습니까? 듣고 지우셔도 상관없습니다. 그래도 알려 드리고 싶어요."

"물론이오. 말해 보시오."

"오서아라 하옵니다."

"오서아…."

수민은 나직이 소리 내어 불러 보았다. 스산한 바람이 뺨을 스치는 느낌이 들었다. 이어 옛 기억 하나가 불현듯 수민의 머릿속에 떠올랐다.

네 해쯤 전이었다. 집에 있기 갑갑해서 간단하게 짐을 꾸려 목적지도 정하지 않은 채 길을 나선 수민은 어느 마을을 지나치다 한 여자아이를 보았다. 나이는 어렸으나 정신이 번쩍 들 만큼 아름다운 아이였다. 작은 보따리를 품에 안은 아이는 도포 차림의 갓 쓴 사내를 더벅더벅 따라가고 있었다. 수민은 황급히 그들을 쫓아갔다. 아이가 어디 나쁜 곳으로 팔려 가는 건 아닌가 의심쩍고, 걱정되었다.

여자아이는 수민이 쫓아오는 것을 눈치챘는지 걸음을 멈추고 뒤를 돌아보았다. 수민도 흠칫 놀라 멈춰 섰다. 둘의 거리는 상대의 얼굴이 또렷이 보일 만큼 가까웠다. 수민은 자기도 모르게 한숨을 토했다. 수민을 쳐다보는 아이의 눈에는 그렁그렁 눈물이 맺혀 있었다. 수민은 손을 뻗어 그 눈물을 닦아 주고 싶었다. 사연을 알아보고, 도움을 청하면 들어주고 싶었다. 하지만 아이가 앞선 사내의 부름에 서둘러 응하는 바람에 실행에 옮기지는 못했다. 문득 '저 둘의 관계가 부녀지간일 수도 있겠다'는 생각이 들었다. 수민은 뒤밟기를 포기하고 여자아이의 뒷모습을 물끄러미 바라보았다. 시야에서 멀어져 완전히 사라질 때까지.

수민은 다솜의 용모를 자세히 살펴보았다. 당시의 그 아이가 다솜일지도 모른다는 생각이 들어서였다. 아닌 게 아니라 생김새가 흡사했다. 아이가 다솜만큼 컸다면 꼭 지금의 모습을 하고 있을 터였다. 수민은 그제야 다솜을 처음 만났을 때 어디선가 본 듯한 느낌을 받았던 까닭을 알았다.

"머릿속에만 간직하겠소. 입에 올리지는 않을 거요."

수민이 말했다. 오서아라는 성명에 애달픈 기억이 가득 담겨 있는 것이 분명했다. 수민은 다솜이라는 이름에는 좋은 기억만 담게 해 주겠노라 다짐했다.

"그것만으로도 저는 좋아요. 고맙습니다."

"나에게도 이름을 지어 주지 않겠소? 내가 그대에게 했듯이 말이오."

"지금 당장은 아니어도 언젠가는 꼭 그리하겠습니다."

"알겠소. 내 그 순간을 손꼽아 기다리겠소. 혹 성에 차지 않으면 크게 혼을 낼 터이니 심사숙고해야 할 것이오."

"허면 기대를 접으세요. 아마도 도련님에게 어울리는 이름자는 영영 떠오르지 않을 성싶네요."

"하하하. 이런. 내가 잘못했소. 괜히 실없는 소리를 해서… 그대가 지어 주기만 한다면야 무엇이든 어떻겠소."

"아, 방금 떠올랐습니다."

순간 다솜의 눈동자가 석경에 반사된 햇빛마냥 반짝였다.

"참말이요? 들려주시오."

"싫어요. 나중에 말씀드릴 겁니다."

다솜이 새치름한 표정을 지었다.

"안 되오. 지금 알려 주시오. 내가 궁금해 죽는 꼴을 보고 싶지 않다면 말이오."

수민이 다솜의 입술을 뚫어져라 쳐다보며 재촉했다.

"정 그러시다면 어쩔 수 없지요. …민수."

다솜이 시침 뚝 떼고 말했다.

"엥? 그게 뭐요? 내 이름을 거꾸로 읽은 거잖소?"

"제 능력이 거기까지니 어쩌겠어요."

"허, 이거 완전 부즉불위不則不爲(아니면 말고)로군. 두진이었으면 진두, 준영이었으면 영준, 현성이었으면 성현이라 했겠구려."

수민이 투덜거렸다. 다솜이 더는 못 참겠는지 잠시 닫아 놓았던 웃음보를 열었다. 까르르 웃는 서아를 보고 수민도 환하게 웃었다. 시간이 이대로 멈춰 버렸으면 좋겠다고, 수민은 생각했다.

치운은 빗자루를 들고 마당에 선 채 방 안에서 흘러나오는 서아와 수민의 웃음소리를 듣고 있었다. 서아는 천도재를 마치고 법당을 나오면서 치운에게 속내를 전했다.

"스승님. 이번 생에는 저한테 주어진 시간이 많지 않습니다. 아시다시피 앞으로 1년 안에 저는 스승님이 원하는 경지에 오를 것입니다. 그 후 대궐에서 연회가 열리는 날, 제 목숨은 거사가 성공하든 실패하든 끊어지고 말겠지요."

치운은 아무 대꾸도 할 수 없었다.

"지금도 저는 산목숨이 아닙니다. 다만 감각이 있어서 살아 있다고 여길 따름입니다. 바람 맞은 촛불마냥 생명이 꺼질 때까지, 그 길지 않은 동안만이라도 사람답게 살 수는 없는 것입니까?"

"내게 무엇을 바라는 게냐?"

치운이 되물었다. 서아가 무엇을 원하는지 모르는 바 아니었으나 말로 들어 보고 싶었다.

"저에게 허락된 시간, 수민 도련님과 함께하고 싶습니다. 스승님께서는 그분을 이용하라 하셨지요. 그리하겠습니다. 제 편으로 만들겠습니다. 훗날 그분에게 큰 상처로 남으리라는 것, 잘 알지만, 제 욕심만 차리는 파렴치한 짓이라는 것, 너무도 잘 알지만, 그분을 받아들이고 싶습니다. 그분의 마음을 간직한 채 다른 세상으로 가고 싶습니다."

역시 치운이 예상한 내용이었다.

"그래, 내가 어찌하면 되겠느냐?"

"모른 척해 주십시오. 보고도 못 본 척, 듣고도 못 들은 척해 주십시오."

"알았다. 너와 그 녀석 앞에서는 눈과 귀를 닫고 지내마. 이제 되었느냐?"

"감사합니다, 스승님. 그리고 죄송합니다."

"아니다. 감사할 것도, 죄송할 것도 없다. 너에게 몹쓸 일을 시키는 내가 오히려 미안하구나."

치운이 허허로이 말했다. 진심이었다. 언제인지 모르게 꽃봉오리같이 화사하게 피어난 아이를 죽음의 길로 끌고 가는 자는 다른 누구도 아닌 바로 치운 자신이었다.

세상천지에 제자를 사지로 내모는 스승은 본인뿐일 거라고, 치운은 생각했다. 그것도 가슴 깊이 귀애하는 사람을.

"그런 생각 마십시오, 스승님. 저에게 강요하신 일이 아니질 않습니까. 저 스스로 한 선택입니다. 하여 올리는 청입니다."

서아가 다부지게 말했다. 치운은 묵묵히 고개를 주억거렸다. 서아의 처지를 헤아리지 못하고 수민에게 지독한 질투심을 느꼈던 자신이 부끄러웠다. 시한부 인생을 사는 서아였다. 서아를 아낀다면 거사를 포기해야 마땅했다. 두 사람을 지켜 주어야 옳았다. 그렇다 한들 이대로 오랜 염원을 놓을 수는 없었다. 왕을 죽여야 한다는 일념 하나로 살아온 치운이었다.

…서아야. 노력은 해 보겠다만 내 너의 뜻을 지켜 줄 수 있을지는 모르겠구나.

치운은 허리를 숙이고 마당을 쓸기 시작했다. 생전 처음 느껴 보는 짙은 외로움과 쓸쓸함이 치운을 엄습했다.

제가 운향에게 오겠습니다

 무과 급제 후 별시위別侍衛*에 배치되었던 수민은 두어 달이 지나서야 비로소 권지權知** 딱지를 떼고 무예청 별감이 되었다. 수민이 장원으로 뽑히고도 별감 직책을 제수받기까지 적지 않은 날을 기다려야 했던 까닭은 관직 수는 정해져 있는 반면 급제자 수는 갈수록 늘어서였다.

 실은 돈만 있으면 시관을 매수해 쉽게 과거에 급제할 수 있는 것이 작금의 현실이었다. 방책은 여러 가지였다. 돈을 받은 시관이 미리 시험 문제를 응시생에게 알려 주면 집이나 서당에서 답안지를 작성해 제출하는 방책도 있었고, 응시생이 점을 찍는 등

---

* 오위 가운데 용양위에 속한 장교 부대. 내금위의 취재(재주 시험)에 뽑힌 사람과 무과 복시에서 화살 여섯 대 이상 맞힌 사람을 뽑아서 편성하였다.
** 과거 급제 후 성균관과 승문원, 교서관(이상 문과), 훈련원과 별시위(이상 무과)에 나누어 배치되어 임용을 기다리던 수습 관원

암표暗票를 해서 답안지를 제출하면 시관이 누구 건지 알아채고 합격시켜 주는 방책도 있었다. 글 잘하는 선비를 대리 시험자로 고용하는 것도 하나의 방책이었다. 그 모든 게 번거롭다면 고위 관료에게 직접 재물을 갖다 바치고 벼슬을 살 수도 있었다.

따라서 전 별감이 손을 쓰지 않았다면 수민은 더 오랜 기간을 기다려야 정식 관원이 됐을 터였다. 한 해나 두 해, 혹은 그 이상이 걸렸을지도 몰랐다. 물론 수민은 이러한 내막을 짐작조차 하지 못했다.

무예청에서 성명과 근무처, 직명 등이 적힌 사령장을 받은 수민은 지송례祗送禮*를 올리고 퇴궐하자마자 전 별감을 찾아갔다. 다솜의 거취를 논의하기 위해서였다. 그러나 전 별감은 아직 궐에 있는지 모습이 보이지 않았다. 수민은 마당을 청소하는 하인에게 다솜이 있는 곳을 물었다. 이조 판서댁에 불려 갔다는 대답이 돌아왔다. 언제나 바쁜 다솜이었다. 아니, 언제나 놀기 바쁜 판서들이었다.

전 별감이 상천루에 온 것은 이각쯤 지난 후였다.

"별감으로 제수되었다는 얘기 들었네. 축하하네."

대문 안으로 들어선 전 별감이 문가를 서성이는 수민에게 반갑

---

* 하급 관리가 퇴궐할 때 상급자에게 행하는 예의. 하급 관리는 입궐하면 먼저 상급자를 맞이하는 지영례祗迎禮를 행했고, 퇴궐 전에는 상급자를 보내는 지송례를 행했다.

게 말을 건넸다. 수민은 진심을 담아 고마움을 표하고 조심스레 입을 열었다.

"별감 어르신, 저에게 짬을 좀 내주십시오. 고단하실 텐데 성가시게 해 드려 죄송합니다만 긴히 의논드릴 일이 있습니다."

"아닐세. 늘 보는 업무인데 피곤할 게 무에 있나. 어서 들어가세."

전 별감은 근처에 있는 하인에게 매월을 불러오라 이르고 방으로 향했다. 수민은 즉시 전 별감을 따라갔다. 방 안에 들어선 두 사람은 다과상을 사이에 두고 위아래로 마주 앉았다.

"자네도 석반 전이지?"

전 별감이 물었다.

"예. 아직입니다."

"잘됐군. 금일 저녁은 나와 같이하세."

"폐를 끼칩니다."

수민은 굳이 사양하지 않았다.

"폐는 무슨. 고작 밥 한끼에."

"잠시 실례해도 되겠습니까?"

이윽고 매월의 목소리가 들렸다.

"들어오게."

전 별감이 답을 주었다. 미닫이를 열고 입실한 매월이 전 별감에 이어 수민에게 공손히 인사했다.

"이 권지께서도 와 계셨군요."

"이제부터는 권지가 아니라 별감이라네."

전 별감이 명칭을 고쳐 주었다.

"어머, 드디어 별감이 되셨군요. 감축드려요."

"고맙소."

수민이 멋쩍은 표정으로 답했다.

"어떻게, 술상을 봐 올릴까요?"

매월이 전 별감을 쳐다보았다.

"당연하지. 별감과 별감이 만났는데 술이 없어서야 쓰나. 둘 다 석반 전이니 한 상 푸짐하게 차려 오게."

"예. 여부가 있겠습니까."

"참, 운향이 오는 대로 기별 넣는 것도 잊지 말고."

"암요. 명심하겠습니다."

매월이 웃음을 날리며 방을 나갔다.

"그래, 나와 의논할 일이라는 게 무엇인가?"

전 별감이 매월의 발소리가 멀어지기를 기다려 물었다. 수민은 헛기침을 몇 번 하고 나서 되물었다.

"운향이를 저에게 내주시면 안 되겠습니까?"

"운향을 달라? 첩실로 들이겠다는 뜻인가?"

"아닙니다. 저도 조만간 기루를 운영해 볼 작정입니다. 그때 운향이를 보내 주실 수 있는지요."

"그건 좀 곤란하이. 자네도 알다시피 운향이는 상천루의 꽃 중에서도 꽃이네. 비단 이곳뿐만 아니라 조선 팔도에 있는 모든 꽃 중에서도 으뜸일걸세."

"금전은 원하시는 대로 드리겠습니다."

수민은 말을 뱉고 나서 아차, 싶었다. 아니나 다를까 전 별감이 두 손으로 다과상을 짚으며 목청을 높였다.

"자네 지금 무슨 얘기를 하는 겐가? 자네 눈에는 내가 재물에 환장한 놈으로 보이는가?"

여차하면 상을 들어 던질 기세였다. 수민은 다급히 손을 내저었다.

"아, 아닙니다. 어르신. 불쾌하셨다면 사죄드리겠습니다. 제가 건방졌습니다. 운향을 얻는 대신 어르신께 무언가 보상해 주어야 한다는 생각을 하다 보니 무심코 튀어나온 말입니다. 부디 용서하시고 역정을 거두어 주십시오."

"세 치 혀를 잘못 놀리면 칼을 쓰는 것보다 더 험악한 결과를 자초할 수도 있다네. 앞으로 주상 전하를 지켜야 할 자네가 아닌가. 언행을 더욱 진중하게 해야 할 것이야."

"어르신 고언苦를 가슴에 새기겠습니다. 송구합니다."

수민은 거듭 전 별감에게 용서를 구했다. 전 별감은 묵묵히 수민을 쳐다보았다. 수민은 훈장에게 꾸지람 듣는 학도마냥 고개를 떨구고 있었다.

잠시 후 매월이 기척을 내고 두 하인과 함께 방에 들어왔다.

"두 분 담소는 즐거우신…."

활짝 웃으며 입을 연 매월이 딸꾹질하듯 말꼬리를 삼켰다. 전 별감의 표정이 썩 좋지 않았다. 수민도 심각해 보였다. 분위기가 심상치 않음을 감지한 매월은 상차림을 마친 두 하인을 이끌고 재빨리 방을 나갔다.

"어쨌든 술이 왔으니 한잔하세."

전 별감이 침묵을 깨고 수민의 잔에 술을 따라 주었다. 수민도 전 별감의 잔을 술로 채웠다.

"들게."

전 별감이 단숨에 술잔을 비웠다. 수민은 왼편으로 얼굴을 돌리고 술을 마셨다.

"내가 자네의 청을 거절하는 데에는 두 가지 연유가 있네."

전 별감이 수민과 자신의 잔에 술을 치고 말했다.

"운향은 이미 이곳을 상징하는 존재가 되었네. 운향이 없는 상천루는 큰 가치가 없다는 뜻이네. 그것이 첫 번째일세. 두 번째는 자네에게는 아직 운향을 보호할 힘이 없어서네."

"힘이라 하셨습니까? 구체적으로 어떤?"

"자네는 아직 나이도 어리고 경험도 부족하네. 그런 자네가 과연 지체 높은 대감들을 당해 낼 수 있겠는가?"

수민은 전 별감이 무슨 얘기를 하는지 알 듯했다. 비록 직급은

낮으나 전 별감은 임금을 최측근에서 모시는 관원이었다. 따라서 아무리 벼슬이 높은 자라 할지라도 전 별감을 함부로 대하지 못했다.

"혹여 세도 있는 벼슬아치 가운데 운향을 취하려는 자가 있습니까?"

수민은 문득 떠오르는 바가 있어 물었다.

"바로 짚었네. 뿐인가. 검계와 살주계 놈들도 운향을 노리고 있다는 소문이 있네."

"그 잔혹한 놈들까지요? 허면 큰일 아닙니까?"

수민은 깜짝 놀랐다. 소름 돋는 이야기였다. 검계는 원래 사람이 죽었을 때 장례 절차를 도와주고 분묘를 조성해 주던 상두꾼(상여꾼)의 모임, 즉 상두계(향도계香徒契)에서 비롯한 조직으로 살인과 폭행, 겁탈과 약탈을 일삼았다. 신체에 칼자국이나 칼을 찬 흔적이 없으면 검계에 들어갈 수 없다고 했다.

한편 살주계는 노비들이 주인을 살해하려는 목적으로 결성한 조직이었다. 언젠가 좌우 포도청에서 살주계 계원으로 의심되는 자들을 잡아들여 취조한 일이 있는데 그때 '양반을 살육할 것, 부녀자를 겁탈할 것, 재화를 약취할 것' 등 계의 약조가 적혀 있는 책자가 발견되어 한바탕 세상을 놀라게 했었다.

"너무 걱정하지는 말게. 포도청에서도 놈들을 붙잡으려 애쓰고 있고, 만일의 사태에 대비해 무예가 뛰어난 친구를 운향에게 붙여 두었다네."

"허나 자칫 잘못해서 놈들에게 납치라도 당하는 날에는 참담한 수모를 겪을 수도 있지 않습니까?"

수민은 원망스러운 눈으로 전 별감을 쏘아보았다.

"자네, 운향이 위험한 상황에 처해 있음을 알면서도 대감들 연회에 보내는 내가 못마땅한 모양이로군."

"예. 솔직히 저는 어르신의 처사를 이해할 수 없습니다."

수민은 거침없이 속내를 드러내 보였다. 그러자 전 별감이 뜻밖의 말을 던졌다.

"해서 자네에게 운향을 내줄 수 없다는 걸세. 검계와 살주계 놈들이 운향을 노리고 있다는 소문이 파다한 마당에 대감들이 쉽게 운향을 취하려 하겠는가?"

"허면 그것이 어르신께서 일부러 만들어 낸 유설流說(뜬소문)이라는 말씀입니까?"

"아예 근거 없는 소리는 아닐세. 실제로 일어날 수도 있는 일이야. 아니 그러한가?"

"그렇긴 합니다만…."

"잘 헤아려 보게. 그 흉포한 놈들이 운향을 납치하기 전에 떠들썩하게 입소문을 내놓아야 포도청에서도 경각심을 높이고 적극 운향을 보호하지 않겠나. 대감들도 두려워서 함부로 운향을 취하려 들지 못할 테고. 그야말로 일석이조 아닌가."

수민은 감탄을 금치 못했다. 참으로 기막힌 계책이었다. 전 별감은 혹 벌어질지 모르는 변고에 대한 소문을 미리 내서 경계를 강화하고, 더불어 그 풍문을 이용해 대감들에게 겁을 주어 함부로 운향을 넘보지 못하도록 만든 것이었다. 수민은 전 별감에게 존경심마저 느꼈다.

"운향을 지키는 무인은 믿을 만한 사람입니까?"

"물론일세. 무예 솜씨는 말할 것도 없고, 나와는 호형호제하는 사이로 의리와 도리를 아는 자일세."

다솜은 수민보다는 전 별감의 보호 아래 있는 편이 훨씬 더 안전했다. 수민도 알고 있었다. 그러나 전 별감이 지닌 것만큼의 능력과 지혜가 자신에게도 생기기까지 마냥 기다릴 수만은 없었다. 다솜과 함께하면서, 다솜을 보살피면서 그것들을 갖출 수 있는 방도는 단 하나였다.

수민은 결단을 내리고 말했다.

"그래도 마음이 놓이지 않습니다. 저에게 운향을 내줄 수 없다 하시니 제가 운향에게로 오겠습니다."

"그건 또 무슨 얘긴가?"

수민은 벌떡 일어나 전 별감에게 절을 올렸다.

"어르신을 스승으로 모시고 싶습니다. 저에게 많은 가르침을 내려 주십시오."

"느닷없이 어찌 이러는가? 어서 일어나게."

전 별감은 적잖이 당황했다.

"허락하지 않으시면 일어설 수 없습니다."

"사람 참…. 알겠네. 내 고려해 보도록 하지. 허니 그만 일어나 내 술 한 잔 받게."

"고맙습니다, 어르신."

그제야 수민은 몸을 일으키고 잔을 들어 전 별감이 따라 주는 술을 받았다.

검은 옷, 검은 복면의 자객들

 그날 이후 수민은 퇴궐하는 즉시 상천루로 향했다. 일반 관원은 평상시 묘시卯時(오전 5~7시)에 입궐하여 유시酉時(오후 5~7시)에 퇴궐했다. 해가 짧은 겨울철에는 진시辰時(오전 7~9시)에 입궐하여 신시에 퇴궐했다. 그러나 수민같이 갓 들어온 신입 관원들은 지송례를 행해야 하는 까닭에 상관들보다 퇴궐이 늦을 수밖에 없었다. 하여 수민이 궐을 나와 상천루에 다다를 때쯤이면 어느새 해가 저물어 어둑했다. 그래도 수민은 별로 피곤을 느끼지 못했다. 잠깐이긴 하나 다솜을 볼 수 있어서였다. 다솜을 마주하면 은근히 느껴지던 피로마저 씻은 듯 사라졌다.

 수민은 휴일*에는 아침 일찍 상천루로 가서 저녁 늦게까지 그림자인 양 전 별감을 따라다녔다. 전 별감은 눈부신 외모와 화려한 검무로 유명한 운향뿐만 아니라 노래를 기가 막히게 잘 부르는 가기 춘월과 가객 이춘석, 가야금을 잘 타는 금기琴妓 월섬,

거문고의 명인 금객琴客 김석철 등을 휘하에 두고 있었다. 이들은 각자의 분야에서 최상으로 꼽히는 예인이었다.

전 별감은 그들과 그들의 재주를 귀하게 여겼다. 천대받는 그들을 가족처럼 보듬고 따뜻하게 보살펴 주었다. 예인들도 천민인 자신들을 함부로 대하지 않는 전 별감을 마음속 깊이 존경하고 따랐다.

전 별감은 심지가 굳고 곧은 사람이었다. 다른 대전별감들은 훈련도감의 분영인 북일영에 호화로운 연회장을 꾸미고, 기녀와 악공을 떼거리로 불러들여 가무를 즐겼으나 전 별감만은 그런 짓을 하지 않았다. 대신 운종가 한복판에 무대를 만들고 아직 명성을 떨치지 못한 악공과 가객, 광대 등을 불러 그곳에서 신명 나게 놀도록 했다. 무명이나 다름없는 예인들에게 재주를 선보일 기회를 제공하는 한편 가난한 백성들에게는 잠시나마 시름을 내려놓고 희락喜樂을 즐길 수 있는 장을 마련해 준 것이다.

전 별감은 공연이 끝나면 악공 등을 상천루로 데려가 술과 음식을 먹이고 수고비까지 두둑이 챙겨 주었다. 수민은 어렵게 살

---

* 조선 초기에는 정규 휴일이 정해져 있지 않았으나 그 후 매달 1일, 8일, 15일, 23일이 공시적인 휴일이 되었다. 24절기 중에서 입춘·경칩·청명·입하·망종·소서·입추·백로·한로·입동·대설·소한 등 달을 가르는 절기도 쉬었다. 설날에는 7일을 쉬었고, 정월에는 '쥐의 날'과 '말의 날'에도 쉬었다. 단오와 연등회 때도 3일간 쉬었는데 추석은 하루만 쉬었다.

아가는 예인과 백성을 위해 자비로 놀이판을 벌이는 전 별감이 존경스러웠다. 어쩌면 자신이 가야 할 길을 전 별감이 행동으로 보여 주고 있는 건지도 모른다고 생각했다.

예인들이 죽으면 그들의 아까운 재주도 함께 묻힌다. 이 얼마나 안타까운 일이냐. 예인들의 재주가 이어질 수 있도록 그네들이 손수 제자를 키울 수 있게 해야 한다. 글을 배우는 서당 같은 곳, 이를테면 예인서당을 건립해서 말이다. 더 나아가 예인들이 천대받지 않고 신명 나게 살 수 있는 터전, 예컨대 그들만 모여 사는 마을도 만들고, 자신들이 지닌 기예를 원껏 펼쳐 보일 수 있는 공연장도 지어야겠지. 물론 가난하고 힘없는 백성에게는 관람료를 한 푼도 받지 않을 작정이다. 대신 부자 양반들에게 갑절로 받아 내면 된다.

수민은 다솜이 자신과 비슷한 처지의 아이들에게 검무를 가르치는 광경을 머릿속에 그려 보았다. 참으로 멋지고 아름다운 장면이었다.

그래. 다솜도 예인서당의 훈장이 되는 거야. 내가 부탁하면 거절하지 않겠지.

수민의 예측은 맞았다. 수민으로부터 그러한 계획을 전해 들은 다솜은 환하게 웃으며 말했다.

"도련님이 예인서당을 세우시면 저는 기꺼이 그곳에서 아이들을 가르치겠어요."

수민은 다솜의 눈이 기쁨으로 빛나는 것을 보았다. 가슴 벅찬 뿌듯함이 느껴졌다.

 그러던 어느 날이었다. 전 별감이 수민에게 예인들을 데리고 우의정 자택에 다녀오라 일렀다. 우의정 민암이 집에서 고희(칠순)를 맞이한 모친을 위해 성대한 잔치를 벌인다고 했다. 해서인지 예인의 수가 평소보다 훨씬 많았다.
 수민은 잠시 망설였다. 예인들과 함께 대감댁 연회에 가는 게 처음이라서가 아니었다. 혹 그 자리에 아버님이 와 계시지는 않을까 싶어서였다.
 설마 아니겠지. 우의정과 아버님은 남인과 서인으로 파가 다르고, 아버님께서는 삭탈관직 당하신 이후로 바깥출입을 삼간다 하지 않던가.
 "왜, 가기 싫은 겐가?"
 전 별감이 머뭇거리는 수민에게 물었다.
 "아닙니다. 제가 어찌 스승님의 명을 거역할 수 있겠습니까."
 수민은 담담하게 답하고 채비를 마친 예인들과 함께 상천루를 나섰다. 여름 한낮의 햇살은 눈부셨다.
 "요즘은 가까이 있어도 담소를 나누기 어렵습니다."
 다솜이 슬쩍 수민 곁으로 다가왔다. 다솜은 햇살보다 더 눈부셨다.

"그러게나 말이오. 나야 언제나 바라는 바이고, 딱히 방해하는 자도 없는데 어째서 그런 건지 모르겠소."

"왠지 저를 탓하시는 듯하네요."

다솜은 부러 토라진 기색을 보였다.

"아니오, 그럴 리가 있겠소. 그저 그대와 나란히 걷는 게 좋아서 해 본 투정이라오. 전 별감께서 항시 당신을 따라다니라 하셨으면 정말 좋겠소."

"말씀은 참 잘하시네요."

"허언이 아니오. 날마다 그대를 볼 수 있어서 내가 얼마나 기쁜지, 얼마나 행복한지 모를 거요."

"제 마음도 도련님과 같습니다."

다솜이 수줍게 털어놓았다. 수민은 다소곳이 고개를 숙이는 다솜의 손을 잡고 싶었다. 얼굴을 매만지고 싶었다. 품에 안고 싶었다. 그러나 주변에 보는 눈이 너무 많았다. 예인들 외에도 전 별감이 다솜의 안전을 위해 붙여 둔 무갑이라는 무인이 바로 뒤에 있었고, 다솜 집안의 사노비였다는 하인도 짐을 든 채 따라오고 있었다.

"큰일이오. 나 혼자서만 그대를 보고 싶으니."

수민은 주위 사람들이 눈치채지 못하게 살짝 다솜의 손을 잡았다 놓았다. 다솜도 주위를 살피더니 살며시 수민의 손을 잡았다 놓았다. 그 짧은 순간이 두 사람에게는 영원처럼 길게 느껴졌다.

이윽고 두 사람은 서로를 바라보며 밝게 웃었다. 수민은 자신이 살아 있음에 감사했다. 다솜이 곁에 있는 현실이 고맙기만 했다.

다솜, 그대는 나에게 있어 밤하늘의 별보다 더 찬란하게 빛나는 존재라오.

수민은 나직이 중얼거렸다.

수민이 예인들을 이끌고 경치 좋은 청풍계(지금의 청운동)에 자리 잡은 우의정 자택에 도착하자 대문 앞을 서성이던 늙은 하인이 반색하며 맞이했다.

"어서들 오십시오. 차지次知께서 기다리고 계십니다."

수민은 하인을 따라 집 안으로 들어갔다. 근정전 앞뜰만큼이나 넓은 우의정 자택 앞마당에는 많은 손님이 와 있었다. 일반 손님들은 왼쪽과 오른쪽으로 나뉘어 일렬로 늘어앉아 있었고, 맨 앞자리 중앙에는 우의정 민암과 정경부인, 민암의 모친으로 보이는 노부인이 차례로 앉아 있었다. 그들 양옆으로는 친인척과 측근들이 자리해 있었다.

권력의 중심부에 있는 민암이었다. 그에게 잘 보이고 싶어 안달 난 사람들이 값비싼 선물을 들고 경쟁하듯 그의 모친 고희연에 몰려드는 것은 그야말로 당연지사였다.

하인은 손님들 사이의 공간을 가로지르며 여종들에게 이것저 것 지시하는 사내에게 수민을 데려갔다. 그가 우의정의 집안일을 맡아보는 차지 같았다. 여종들은 사내가 가리키는 상에 서둘러 너비아니와 삼색전, 신선로 등등의 음식을 내려놓고 있었다.

"어찌 이리 늦은 거요? 곧 상이 다 차려질 터이니 서둘러 채비하시오!"

사내가 자신 앞에 서는 수민을 날 선 어조로 다그쳤다. 수민의 예측대로 사내가 차지인 모양이었다. 수민은 주인을 믿고 설치는 그가 가소로웠으나 내색하지 않았다.

"알겠소이다. 잠시만 기다려 주시오."

수민이 예인들을 향해 돌아섰다. 차지의 말을 들은 예인들이 벌써 적당한 곳에 자리를 잡고 있었다. 예인이 더 많이 와도 충분히 공연을 펼칠 수 있을 정도로 공간은 넉넉했다. 수민은 준비를 서두르는 예인들을 둘러보다 다솜에게 눈짓하고 그곳을 빠져나왔다. 다솜이 슬그머니 수민에게로 왔다. 다솜의 순서는 맨 마지막이어서 제법 여유가 있었다.

수민은 다솜이 따라오는 것을 알고 천천히 사람들의 왕래가 뜸한 곳으로 걸어갔다. 다솜과의 동행을 지시한 전 별감이 고마웠다.

잠시 후 거문고와 해금, 피리, 젓대, 장고, 북 등의 순서로 악기를 앞에 놓고 앉은 악공들이 음을 맞춰 보기 시작했다. 먼저 금객 김석철이 안족雁足*을 줄 밑에 괴고 아래로 움직여 소리를 골랐다. 이어 왼손으로 거문고의 첫째 줄인 문현과 여섯째 줄인 무현을 짚고 흔들어서 본래 음과 그 외 여러 가지 꾸밈음을 냈다. 그리고 나서 곧 다스름**으로 들어갔다.

그에 맞춰 해금 연주자는 소리를 잘 내기 위해 해금 줄에 송진을 칠했고, 피리 연주자는 피리 혀***에 침을 뱉었다. 뒤이어 장고 연주자가 굴레를 죄어 팽팽하게 만든 장고를 쳤다. 합주에 필요한 악기 조율이 끝났음을 알리는 신호였다. 이제 가기와 가객이 노래를 부를 차례였다.

"여기서 보는구나."

수민은 등 뒤에서 들리는 귀에 익은 목소리를 향해 몸을 돌렸다. 외삼촌 정인석이 거기 서 있었다.

"그간 평안하셨지요. 자주 찾아뵙지 못해 송구합니다."

수민이 정인석에게 허리 굽혀 인사했다. 정인석은 반가운 표정으로 수민을 바라보고 있었다. 수민은 외삼촌이 육주비전 상인들을 권세로부터 지키기 위해 어쩔 수 없이 들렀음을 알면서도 마음이 찜찜하고 불편했다.

---

* 기러기발. 거문고, 가야금, 아쟁 등의 줄을 고르는 기구
** 본곡本曲을 연주하기에 앞서 악기 간의 속도와 호흡과 음률을 맞추기 위하여 적당히 짧은 곡조를 연주하는 일 또는 그런 악곡을 말한다.
*** 갈대나 쇠, 나무 등으로 만든 얇은 진동판으로 세細피리·향피리(대피리)·당唐피리 모두 관管에 꽂아 세로로 분다. '서'라고도 한다.

"전에 상천루에서 뵈었던 운향이라 합니다."

수민과 나란히 서 있던 다솜도 정인석에게 다소곳이 허리를 숙였다.

"알고 있다."

잠시 다솜을 쳐다보던 정인석이 차갑게 내뱉고 수민에게로 시선을 돌렸다.

"너는 가끔이라도 찾아오기는커녕 아예 발길을 끊지 않았느냐. 이제 볼일 다 봤다는 거냐?"

"그런 게 아니라… 아침 일찍 입궐하여 저녁 늦게 퇴궐하다 보니…"

뜻밖의 질책에 당황한 수민이 말을 더듬었다.

"휴일도 네겐 없는 모양이더구나. 다른 관원들과는 달리 하루도 쉬지 않고 궐에 들어가 업무를 보는 네가 참으로 자랑스럽다. 주상 전하께서 이리도 충성스러운 신하를 곁에 두었다는 사실을 아시면 얼마나 기뻐하실까."

"아, 아닙니다, 외삼촌. 제가 잘못했습니다. 앞으로는 자주 찾아뵙겠습니다."

"굳이 그럴 것 없다. 신경 쓰지 않아도 된다."

정인석은 딱 잘라 말하고 다솜을 쳐다보았다.

"한데 수민이야 그렇다 치고, 너는 공연 준비하지 않고 여기 있어도 되는 게냐?"

"이제 막 가려던 참이었어요. 방해되는 줄 알면서도 인사는 드리고 움직여야겠다는 생각에 잠시 머뭇거렸습니다. 저는 이만 물러가니 두 분 편히 담소 나누세요."

다솜은 두 사람에게 공손히 예를 올리고 동료들이 있는 곳으로 갔다. 수민은 정인석에게 미안함을 느끼고 있었으나 다솜을 대하는 그의 태도를 보고는 화가 났다.

외삼촌은 어째서 조카가 본인의 목숨보다 더 귀애하는 사람에게 노골적으로 못마땅한 기색을 보이며 핀잔을 놓는 걸까? 다솜과 부부의 연 따위는 맺지 않을 거라고 분명히 얘기하지 않았던가?

수민은 안쓰러운 눈빛으로 멀어져 가는 다솜의 뒷모습을 바라보았다. 몸도, 마음도 여린 여인이었다. 분명 외삼촌의 냉랭한 태도에 상처를 입었을 터였다.

수민은 당장이라도 달려가 다솜을 보듬어 안아 주고 싶었다. 위로해 주고 싶었다. 그러나 외삼촌이 옆에 있어서 움직이지 못했다.

"어딜 그리 보고 있는 게냐?"

"아, 아니에요. 외삼촌."

수민은 재빨리 다솜에게 머물러 있는 시선을 정인석에게로 돌렸다.

"저는 이렇듯 많은 손님이 와 있을 줄 몰랐어요. 대단하네요."

수민은 슬그머니 화제를 돌렸다.

"곧 영의정에 오를 거라고들 하지 않느냐. 허니 어떻게든 줄을 대고 싶어서 줄을 서서 들어온 거겠지."

정인석이 비꼬았다. 수민은 홧김에 외삼촌도 우의정에게 잘 보이려 방문한 거 아니냐, 따지려다 꾹 참았다. 그랬다가는 외삼촌이 다솜을 더 싫어할 터였다. 수민이 무슨 연유로 자신에게 버릇 없이 대드는지 모를 외삼촌이 아니었다.

"궐에서 지내보니 어떠하더냐? 힘들지는 않더냐?"

정인석이 물었다. 다솜과 함께 있을 때와는 달리 목소리가 부드러웠다.

"견딜 만합니다. 힘들기로 치면 하릴없이 빈둥대던 시절이 더 했지요."

"그거 다행이로구나. 잘된 일이다."

"다 외삼촌 덕분이에요."

"그 소리는 더 듣고 싶지 않다. 엎드려 절 받는 듯해 싫구나."

"죄송합니다. 앞으로는 정말 자주 찾아뵐게요."

수민은 진심을 담아 말했다. 외삼촌의 꿍한 속을 풀어 주고 싶었다.

"알았다. 너와 의논할 것도 있고 하니 수일 내 들르거라."

"네, 외삼촌. 꼭 찾아뵙겠습니다. 그만 노여움 푸시고 저와 같이 가서 공연이나 즐기시지요."

"아니다. 이곳에 너무 오래 있었다. 혼탁한 공기와 음식 냄새로 속이 메슥거리는구나."

정인석이 코를 움켜쥐고 대문 쪽으로 걸어갔다. 수민은 서둘러 정인석을 쫓아갔다.

"그만 따라오너라. 조만간 만날 거 아니냐."

정인석이 우뚝 발을 멈추고 수민을 돌아보았다.

"허면 저는 여기서 배웅하겠습니다."

"오냐. 마무리 잘하고 조심해서 가거라."

정인석은 수민에게 이르고 천천히 돌아섰다.

다솜의 검무를 끝으로 민암 대감 모친의 고희를 축하하는 공연은 막을 내렸다. 그새 날이 저물어 하늘에 달이 떠올랐다. 상현달이었다.

어둠이 내리자 여종들은 처마에 걸어 놓은 초롱에 불을 밝혔고, 노복들은 마당 여기저기 나무 받침대에 세워 놓은 홰에 불을 붙였다. 덕분인지 공연을 마쳤음에도 떠들썩한 잔치 분위기는 쉬이 가라앉지 않았다. 너도나도 좋은 기회라 여기고 민암 눈에 들기 위해 아첨을 늘어놓는 바람에 오히려 더 시끌벅적해졌다.

수민은 예인들을 도와 짐을 다 꾸리고 다솜을 찾았다. 다솜은 차지와 함께 우의정과 정경부인이 서 있는 곳으로 걸어가고 있었다. 그 뒤를 무갑이 기척 없이 따르고 있었다. 수민도 그들 쪽으로 걸음을 옮겼다. 수민은 우의정이 모친과 많은 축하객이 보는 앞에서 아름답고 화려한 검무를 시연한 다솜에게 직접 상을 내리려는 모양이라고 생각했다. 수민의 짐작은 맞았다. 우의정 옆에 있는 정경부인이 손에 든 무언가를 다솜에게 건네고 있었다. 무갑은 다솜 뒤에 있었다.

그때 그림자 형태의 두 사람이 홀연히 허공에서 내려왔다. 그들은 검은 복면과 검은 옷을 착용하고 있었다.

"웬 놈들이냐!"

반사적으로 검을 빼 든 무갑이 크게 소리치며 몸을 날려 흑의인들을 막아섰다.

"어림없다!"

무갑이 우의정을 공격하려는 두 명의 흑의인에게 거칠게 검을 휘둘렀다. 흑의인들은 무갑의 기세에 놀란 듯 잠시 주춤했다. 그 사이 수민도 서둘러 검을 빼 들고 무갑 곁으로 달려가 흑의인들과 맞섰다.

"비켜라!"

왼편에 서 있던 흑의인이 다짜고짜 검을 뻗어 수민의 심장을 찔러 왔다. 수민은 원을 그리듯 오른손을 돌려 칼등으로 자객의 검을 쳐 내고 그대로 날을 뉘어 흑의인의 목을 향해 금을 그었다. 흑의인은 회초리마냥 허리를 꺾어 수민의 일격을 피했다. 손잡이를 바꿔 잡고 수민의 육체를 가를 기세로 검을 아래에서 위로 끌어올렸다. 수민은 재빨리 물러섰으나 흑의인의 칼에 옷깃이 베이고 말았다.

수민은 온몸에 소름이 돋는 것을 느꼈다. 조금만 늦었다면 흑의인의 칼질에 당해 몸이 두 동강 났을 터였다. 수민은 더 부딪쳐 보지 않아도 자신이 흑의인의 상대가 되지 않음을 알았다. 그렇다 한들 패배를 자인하고 물러날 수는 없었다. 다솜이 지켜보고 있어서, 다솜에게 잘 보이고 싶어서가 아니었다. 무슨 수를 써서라도 포도청 관원들이 올 때까지 버텨야 다솜을 살릴 수 있어서였다.

흑의인은 잠시 수민을 바라보더니 코웃음을 날리며 시험이라도 하려는 양 칼끝으로 수민의 급소 여기저기를 찔렀다. 수민은 간신히 흑의인의 공격을 피하거나 막았다. 흑의인은 노리개를 가지고 놀 듯 검으로 수민을 기롱하다 문득 동작을 멈추었다.

"어디 이것도 받아 보거라."

흑의인이 검을 지켜들고 사선으로, 빛처럼 빠르게 수민의 목을 베어 왔다. 수민은 더는 어찌해 볼 도리가 없음을 알고 눈을 감았다. 마지막으로 다솜의 얼굴을 한 번 더 보지 못하고 죽는 것이 원통할 따름이었다. 그러나 검은 수민의 목을 비켜 갔다. 수민은 뒤통수에 강한 충격을 받고 풀썩 쓰러졌다.

눈을 떴을 때, 수민은 낯선 방 안에 누워 있었다. 처음에는 여기가 저승인가 싶었다. 그러다 머리에 통증을 느끼고 아직 죽지는 않은 모양이라 생각했다.

수민은 늙은 소마냥 눈을 끔뻑이며 주위를 돌아보았다. 정인석과 전 별감, 다솜이 수민을 둘러싼 채 앉아 있었다.

"이제야 정신이 드는 게로구나. 우리를 알아볼 수 있겠느냐?"

정인석이 걱정 가득한 표정으로 수민을 내려다보며 물었다.

"네…."

수민은 힘없이 답했다. 뇌에 특별한 이상이 생기지 않는 한 몰라볼 수가 없는 사람들이었다.

"어디 아프거나 불편한 데는 없느냐?"

정인석이 재차 물었다. 수민은 일어나 앉아 팔다리를 움직여 보았다. 머리가 욱신거리는 것 말고는 괜찮았다.

"딱히 없습니다. 한데 제가 왜 여기 있는 겁니까?"

"그거야 네가 더 잘 알지 않느냐. 자객에게 얻어맞은 사람은 우리가 아니다. 바로 너다."

정인석이 퉁명스럽게 쏘아붙였다. 자객과 싸우다 다친 수민이 못마땅한 듯했다. 수민은 슬그머니 눈을 돌려 전 별감을 바라보았다.

"참, 놈들은 어찌 되었습니까?"

수민은 고개를 갸웃했다. 정말 알 수 없는 일이었다. 분명 흑의인의 칼에 모가지가 떨어졌어야 마땅한 상황이었다.

"포도청 관원들이 들이닥치자 급히 칼을 거두고 도망쳤다 들었다. 경신술이 뛰어난 자들이라 하더구나. 무갑이 서둘러 뒤쫓아 갔는데 놓치고 말았다."

전 별감이 알려 주었다. 수민은 그래도 이해가 되지 않았다. 수민이 경험한 바에 의하면 흑의인들은 포도청 관원이 떼거리로 몰려와도 그 기세에 눌려 주눅 들어서 달아날 자들이 아니었다. 상대에게 자비를 베풀 만큼 너그러운 인간들도 아니었다.

한데 어째서 나를 살려 준 걸까?

수민은 손바닥으로 목덜미를 만져 보았다. 목이 붙어 있는 것이 신기했다.

"어쨌든 큰 부상 당하지 않고 살아 있어 다행이다."

정인석이 길게 한숨을 내쉬었다.

"앞으로는 함부로 나대지 말거라. 목숨 아까운 줄 알아야지."

수민은 얼굴이 화끈 달아오름을 느꼈다. 부끄러웠다. 힐긋 다솜을 쳐다보았다. 다솜은 시선을 방바닥에 두고 있었다. 수민은 다솜이 있는 데서 대놓고 자신을 무시하는 외삼촌이 미웠다. 야속했다.

"수민이도 별 탈 없는 듯하고, 야금夜禁*도 해제되었으니 그만 돌아들 가는 게 좋겠네."

---

* 인경을 친 뒤에 통행을 금지하던 일

정인석이 모두를 둘러보며 일렀다.

"안 그래도 일어서려던 참이었습니다."

전 별감과 다솜이 차례로 몸을 일으켰다.

"저희 먼저 가 보겠습니다, 형님."

"두 사람 다 애썼네. 다음에 보세."

"아닙니다, 형님. 약주 생각나시거든 언제든 상천루에 들르십시오."

전 별감과 다솜이 정인석에게 인사하고 방을 나갔다. 수민도 일어서서 그들을 따라 나가려 했다.

"너는 여기 있거라."

정인석이 수민을 향해 무겁게 말했다. 수민은 다솜 곁에 있고 싶었으나 외삼촌의 명을 거역할 수 없어 발을 멈추었다.

"할 얘기가 있으니 멀뚱히 서 있지 말고 게 앉거라."

수민은 애써 아쉬움을 누르고 정인석이 시키는 대로 했다. 정인석은 한참 수민을 바라보다 입을 열었다.

"지난밤 네가 어떤 상황에 있었는지는 누구보다 너 자신이 잘 알 터. 운향이 말로는 목숨마저 위태로웠다더구나."

수민은 아무 대꾸도 할 수 없었다. 죽을 위기에 처했다가 가까스로 살아난 것이 사실이었다.

"자기 몸 하나 제대로 건사하지 못하면서 대체 누구를 지키겠다는 건지, 참으로 딱하구나. 너도 네 자신이 한심하게 느껴질 테지. 아니 그러하냐?"

수민은 고개를 떨구었다. 할 수만 있다면 방바닥으로 스며들고 싶은 심정이었다.

"이번 사태를 반면교사로 삼아야 한다. 현재로서는 너보다 무예가 뛰어난 자를 만났을 경우 네가 목숨을 부지할 수 있는 방책은 단 하나, 무조건 도망치는 것이다. 그 짓이 하기 싫다면 더 열심히 무력을 쌓아 그 누구와 겨루어도 지지 않을 진정한 고수가 되는 수밖에 없다. 알겠느냐?"

"예, 외삼촌."

수민이 나직이 답했다.

"그래. 여기는 내가 예전부터 알고 지내는 의원 집이니 아무 염려 말고 안정을 취하거라. 때가 되면 의원이 다시 너의 몸 상태를 살필 것이다. 특별한 이상은 없어 보인다 하나 아직은 모르는 일, 의원의 처방을 잘 따르거라."

말을 마친 정인석은 벌떡 일어서서 방을 나갔다. 수민은 그 후로도 한참을 더 고개를 떨군 채 앉아 있었다. 가장 걱정되는 건 다름 아닌 다솜의 마음이었다.

다솜은 나를 어찌 생각할까? 나에게 실망하지 않았을까? 설마 나를 싫어하게 된 건 아닐 테지?

수민은 답답함을 이기지 못해 밖으로 나왔다. 그새 하늘에는 달이 지고 무수한 별이 떠 있었다.

월, 화, 수, 목, 금

"고생 많았다. 얼른 들어가 쉬거라."

상천루에 들어선 전 별감이 뒤따르는 서아를 돌아보았다.

"네. 루주께서도 편히 쉬십시오."

서아는 전 별감과 헤어져 곧장 뒤뜰로 갔다. 그곳에 치운이 서 있었다. 지겨울 만큼 익숙한 광경이었다.

"왔느냐."

치운은 자신 앞으로 다가온 서아를 잠시 쳐다보더니 대뜸 천광대사에게 들었던 이야기를 늘어놓았다.

"스승님께서 오래전 친우의 간곡한 청으로 아이 몇을 가르친 적이 있다 하셨다. 내 보기에 그자들이 분명하다."

그제야 서아는 자객들이 구사하는 검법이 치운에게 배운 것과 흡사한 까닭을 알았다. 실은 크게 궁금하지 않은 내용이었다.

"아마도 그자들이 임금의 비밀 호위인 듯하다."

"관심없습니다."

서아는 차갑게 내뱉았다. 수민이 죽을지도 모르는 상황에 처했을 때 서아는 품속에 있는 은장도를 꺼내 수민을 핍박하는 자객에게 날리려 했다. 그러나 치운이 다가와 막는 바람에 실행에 옮길 수 없었다.

그 순간 서아는 지독한 공포를 느꼈다. 아버님과 어머님을 잃었을 당시보다 더 불안하고 초조했다. 무섭고 두려웠다. 온몸에는 소름이 돋고 팔다리는 부들부들 떨렸다. 수민이 비명조차 내지르지 못하고 쓰러지는 모습을 목도하고는 서아도 깜박 정신을 잃었다.

"내가 원망스러운 게냐?"

치운이 자신을 노려보고 있는 서아에게 물었다. 서아는 답하지 않았다. 대꾸하기 싫었다. 서아는 의식을 찾자마자 수민에게 달려갔다. 떨어져 나간 줄 알았던 수민의 목은, 다행히 붙어 있었다. 무슨 연유에서인지 자객은 칼날이 아니라 칼등으로 수민의 뒷덜미를 내리친 듯했다. 안도의 한숨이 저절로 새어 나왔다. 서아는 자비를 베풀어 준 자객에게 감사의 큰절이라도 올리고 싶었다.

"애초에 그들은 수민을 죽일 의향이 없었다."

치운이 담담하게 말했다.

치사한 변명입니다, 스승님.

서아는 귀를 틀어막고 싶었다. 치운의 목소리가 너무도 듣기 싫었다.

"죽이려 했다면 포도청 관원들이 오기 전에 용무를 마치고 사라졌을 것이다. 그들이 노리는 건 따로 있었다. 민암 대감의 목숨을 끊으러 온 게 아니라는 뜻이다. 잘 헤아려 보거라, 서아야. 사람들 앞에 버젓이 정체를 드러내고 움직이는 살수가 세상천지에 어디 있더냐. 모두 잠든 시간에 기척 없이 침입해 척살 대상만 처리하고 신속하게 사라지는 인간이 바로 살수다. 허나 그들은 많은 사람이 지켜보는 앞에서 민암 대감을 해치려 했어."

서아는 닫으려던 귀를 열었다. 치운의 얘기도 일리가 있었다.

"더군다나 그들은 자신들이 지닌 무공의 반의반도 사용하지 않았다. 너도 알다시피 그들이 전력을 다했다면 수민은 세 수가 지나기 전에 불귀의 객이 되고 말았을 게다. 뿐이냐. 민암 대감을 비롯하여 그곳에 있던 대다수가 죽음을 면치 못했을 것이다. 너와 나, 그리고 무갑 정도만 살아남았겠지. 그런 그들이 포도청 관원들이 몰려오자 곧바로 사라졌다. 뭔가 수상하지 않느냐?"

치운이 물었다. 서아는 선뜻 대답하지 못했다. 분명 미심쩍은 상황이었다. 일부러 판을 벌인 모양인데 무엇을 노리고 한 짓인지 알 수 없었다.

치운은 생각했다. 임금의 비밀 호위가 사람들 앞에 보란 듯 나타났다. 그들이 세상에 나온 게 이번이 처음일까? …아닐 것이다. 틀림없다. 스무 해 전쯤 발견된 아버님의 시신에는 검흔劍痕이 남아 있었다고 했다. 가리고 또 가려 뽑은 궁중의 무관 가운데서도 제일 무예 실력이 뛰어났다던 아버님을 죽일 수 있는 자가 과연 누구일까? 곧 보위에 오를 왕세자가 예송논쟁에서 이긴 덕분에 부왕이 승하하기 직전까지 정권을 손에 쥘 수 있었던 서인에게 이제부터 죽은 듯 지내지 않으면 정말 주검이 되리라 경고하기 위해 본보기 삼아 호위 무사를 시켜 아버님을 살해한 건 아니었을까?

기해년己亥年(1659)에 왕(효종)이 승하하자 계모인 자의대비(조대비, 장렬왕후)가 상복을 착용하는 기간을 두고 조정 대신들 사이에서 논란이 일었다. 서인 측이 송시열을 중심으로 1년(기년)을 주장한 반면 윤후와 허목, 윤선도 등 남인 측은 3년(만 2년)을 주장했다. 이는 왕을 적장자로 보느냐, 아니면 차자로 보느냐를 놓고 벌인 논쟁이라 할 수 있다. 『주자가례朱子家禮』에 따르면 자식이 부모보다 먼저 세상을 떠났을 때 그 부모는 자식이 장자일 경우 3년 상, 차자 이하일 경우 1년 상을 치르도록 되어 있었다.

논쟁은 남인에도, 서인에도 속하지 않은 영의정 정태화가 '장자와 차자의 구분 없이 1년간 상복을 입게 하라'는 『경국대전』의 규정을 내세움으로써 결국 기년복을 입는 것으로 매듭지어졌다.

당시 소현세자의 막내아들이 살아 있어 윤선도는 1년 상을 주장하는 송시열 등을 역모로 몰아 숨아 내려 했으나 실패하고 도리어 그 자신이 유배를 떠나게 되었다. 그 후 예송논쟁은 소현세자의 막내아들이 죽고, 정미년丁未年(1667)에 왕(현종)의 아들 이순李焞이 왕세자로 책봉되면서 일단락되었다.

그러나 완전하게 마무리된 것은 아니었다. 갑인년에 효종의 비 인선왕후가 숨을 거두자 또다시 예송논쟁이 벌어졌다. 이번에도 쟁점은 자의대비가 상복을 언제까지 입어야 하느냐는 것이었다. 서인 측은 1차 예송 때처럼 인선황후를 차자의 부인으로 보아 대공복(9개월)을 입어야 한다는 주장을 폈고, 남인 측은 장자의 부인이므로 기년복을 입어야 한다고 주장했다.

예조에서는 당초 기년복으로 정했으나 누구에게 압박을 받았는지 복제를 대공복으로 바꿔 올렸다. 이에 왕은 대공복을 입는 건 효종을 차자로 보는 처사라 여겨 잘못 적용된 예제로 판정했고, 전과 같이 기년복을 입는 것으로 결정되었다.

그리고 얼마 후 돌연 임금이 세상을 떠났다. 왕위를 이어받은 세자 이순은 송시열과 그를 옹호하는 서인 세력을 내쫓고 윤휴, 허목 등 남인에게 정권을 넘겨주었다.

…내 짐작이 맞는다면 머지않아 또다시 조정에 피바람이 불 터. 그 전에 왕을 제거해야 한다. 한데 조선 제일의 무사를, 적어도 네다섯은 거느리고 있을 왕을 무슨 수로 죽인단 말인가?… 아니다. 좌절하기엔 아직 이르다. 금번에 호위들의 정체를 알게 된

건 커다란 수확이다. 그들이 구사하는 검법은 나도 익히 알고 있으니 열심히 궁리해서 파훼법을 찾으면 된다. 그들이 나에 대해 모르고 있다는 것도 크나큰 이점이다. 물론 한두 명 정도면 모를까 셋 이상은 상대하기 버거울 것이다.

치운은 다시금 솟는 회의감을 떨치고 재차 서아에게 물었다.

"너는 그들이 아무도 죽이지 않고 물러난 까닭이 어디 있다고 생각하느냐?"

이번에도 서아는 선뜻 대답하지 못했다. 치운은 답을 기다리지 않고 말을 이었다.

"민암 대감과 그를 따르는 자들에게 경고를 보낸 것이다. 작금의 권세를 믿고 설치면 설칠수록 그만큼 더 빨리 저승 구경을 하게 될 거라는. 그리고 포도청 관원이 몰려오기를 기다렸던 것은 세상 사람이 다 알도록 소문을 내기 위함이다."

"저는 도무지 모르겠습니다, 스승님. 누가 경고를 보내고, 누가 이런 일이 세상 사람들에게 알려지기를 원한다는 겁니까?"

"민암 대감에게 그리할 수 있는 자가 누구겠느냐? 그들같이 무공이 뛰어난 자들을 수족마냥 부릴 수 있는 자가 누구겠느냐?"

치운은 천천히 하늘을 올려다보았다.

"…설마…."

서아의 머릿속에 한 단어가 떠올랐다. 왕.

"바로 그러하다. 네 아버님을 죽인, 바로 그자다."

그 시각, 무갑은 임금의 침전에 들어 있었다.

"신, 무갑 하명하신 임무를 마치고 주상 전하를 뵈옵니다."

무갑이 공손히 엎드려 아뢰었다.

"그래, 민암은 좀 반성하는 것 같더냐?"

왕 이순이 부복하고 있는 무갑에게 편히 앉으라 이르고 물었다.

"아직은 잘 모르겠사옵니다, 전하."

무갑이 자세를 바꿔 무릎을 꿇고 앉았다.

"내게 새로이 알릴 거리는 있느냐?"

"예, 전하."

무갑은 그간 예인들과 함께 대감들 자택을 돌아다니며 얻은 정보를 임금에게 소상히 전했다. 무갑이 보고하는 내내 고개를 주억이며 듣기만 하던 이순이 무겁게 입을 열었다.

"네가 고생이 많구나. 이렇게 기회를 주었는데도 알아차리지 못하고 분수를 지키지 않는다면 과인으로서도 어쩔 수 없지."

"아뢰옵기 황공하오나 성심을 흐리는 자가 많사옵니다. 당장 그들을 잡아들여 벌하심이 어떠하신지요."

"아직은 아니다. 곧 때가 올 게야."

이순의 눈이 먹잇감을 노려보는 야수의 그것마냥 무섭게 번뜩였다.

"무갑아, 너는 그만 가 보거라."

이윽고 이순이 무갑을 내려다보며 일렀다. 번뜩이던 이순의 눈은 어느새 평온을 되찾았다.

"예, 전하. 편히 침수 드시옵소서."

무갑은 임금에게 예를 올리고 뒷걸음으로 침전을 나왔다.

"금아. 전 도승지 이세벽의 서자라는 아이, 네가 보기엔 어떠하더냐?"

무갑이 나가기를 기다려 이순이 혼잣말하듯 물었다. 곧이어 방향을 알 수 없는 곳에서 묵직한 음성이 들려왔다.

"골격이 훌륭하고 영민해 보였습니다, 전하. 소신이 직접 칼을 맞대 보았는데 나이에 비해 무예도 뛰어난 편이었습니다. 곁에 두고 쓰시면 제 몫은 충분히 해내리라 사료되옵니다."

금은 왕세자 시절 부왕이 이순에게 내려 준 다섯 명의 호위 가운데 하나였다. 호위들은 당시부터 현재까지 철저하게 사람들에게 모습을 감춘 채 이순을 지켰다. 이순도 그들이 어디서 지내는지는 정확히 몰랐다. 부모 형제의 존재 여부는 물론 나이가 몇인지도 몰랐다. 아는 건 다만 얼굴과 이름뿐이었다. 그들에게 각각 '월, 화, 수, 목, 금'이라는 이름을 지어 하사한 사람이 바로 이순이었다. 그들은 어디에 자리하고 있든 이순이 부르면 즉시 기척을 보였다.

"그거 잘됐구나. 기사년에 이세벽을 내친 일이 체증같이 걸렸는데…. 실은 나도 그 아이가 마음에 들었다."

이순이 껄껄껄 웃으며 말했다. 어쩐지 공허한 웃음이었다.

예인서당을 세울 터를 구하다

 우의정 민암의 모친 고희연에서 벌어진 일은 금방 입소문을 타고 퍼져 사흘이 채 지나기도 전에 적어도 도성 안에서는 모르는 사람이 없을 정도가 되었다. 그로 인해 애꿎은 예인들만 피해를 입었다. 대감들이 어지간해서는 예인들을 집으로 불러들이지 않아 일거리가 급격히 줄어든 것이다. 당연히 다솜도 예전만큼 바쁘지 않았다. 낮에나 가끔 양반들 연회에 불려 가서 날이 저물기 전에 돌아오곤 했다. 평소 같았다면 분명 반겼을 상황이었다. 그러나 수민은 기쁘지 않았다. 그날 이후 다솜은 일정한 거리를 두고 수민을 대했다. 수민이 한 발짝 다가가려 하면 다솜은 두 발짝 물러섰다.

 수민은 답답했다. 다솜을 붙잡고 대체 왜 나를 멀리하는 거냐, 속 시원히 물어보고 싶었다. 한데 다솜은 좀체 수민에게 곁을 내주지 않았다. 그러는 동안 둘 사이는 점점 더 서먹해졌다.

…내가 싫어진 거야. 틀림없어. 자기 몸 하나 지키지 못하는 사내를 어떤 여인이 좋아하겠어. …아니야. 그렇지 않아. 뭔가 다른 사정이 있을 거야. …무슨?

수민은 불안했다. 그 다른 사정이 더 참담한 내용일 수 있어서였다. 그래도 알고 싶었다. 차라리 모르는 편이 더 나았다고 후회하는 한이 있더라도.

그래야 설득을 하든 애원을 하든 해서 다솜의 마음을 돌릴 것 아닌가!

수민은 고민 끝에 결단을 내리고 다솜을 찾아갔다. 다솜은 안채 뒤뜰에서 검무를 연습하고 있었다. 수민이 처음으로 다솜을 봤던 곳이었다. 수민은 천천히 다솜에게로 다가갔다. 가까이 갈수록 다솜의 모습은 커졌고, 그에 따라 수민의 심장도 빠르게 뛰었다.

"이제 부는 바람이 제법 선선하구려."

수민은 크게 심호흡을 하고 검무 연습을 끝마친 다솜에게 말을 걸었다. 다솜은 수민을 향해 고갯짓만 짧게 했다. 대꾸는 하지 않았다.

"그대와 대화를 나누고 싶어서 왔소."

수민은 몸을 돌리는 다솜 앞에 섰다. 다솜은 여전히 입을 열지 않았다.

"내가 싫어진 연유를 알고 싶소. 아니, 알아야겠소."

수민은 그간 두려워서 감춰 두었던 속내를 내보였다. 이번에도 대답은 없었다. 그러나 다솜이 약간 멈칫하는 기색이 느껴졌다. 순간 움츠리고 있던 용기가 불쑥 솟아올랐다.

"알려 주지 않으면 그대를 업고 지붕 위로 뛰어오를 거요. 어쩌면 아무도 모르는 곳으로, 아무도 찾지 못하는 곳으로 데려갈지 모르오."

"참으로 딱하십니다."

그제야 다솜이 수민을 올려다보았다.

"나라의 녹을 먹는 분이 어찌 이리 철이 없으세요."

"그게 문제라면 철을 만들겠소. 또 말해 보시오. 나를 피하는 까닭을."

수민은 애원하듯 다솜을 바라보았다. 그새 다솜의 눈망울에 슬픔이 깃들었다. 수민은 가슴이 저려 옴을 느꼈다. 저 눈을 기쁨으로 가득 채울 거라고 다짐하지 않았던가.

"…미안하오."

수민이 풀 죽은 소리로 말했다.

"무엇이요? 어째서요?"

"그대에게 못난 모습을 보여서, 그대를 실망시켜서…."

"이러지 마세요, 도련님. 저를 보호하려다 다치지 않으셨습니까."

"그깟 게 뭐 대수겠소. 중요한 건 그대도, 나도 지키지 못했다는 거요."

"싫습니다."

다솜이 단호하게 내뱉었다.

"그러하겠지. 나도 내가 싫으니 그대야 오죽하겠소."

"도련님이 아니라 제가 싫습니다. 저만 없었다면 도련님은 다치지 않으셨을 거예요. 다칠 일이 아예 없었을 테니까요."

"그런 말 마시오! 차라리 나를 탓하시오!"

"도련님, 저는 몹시 혼란스러워요. 제가 너무 큰 욕심을 부리는 바람에 하늘이 벌을 내렸다는 생각이 자꾸만 들어서 무섭고 두려워요."

"너무 큰 욕심이라니요?"

"저는 기녀입니다. 손님들 옆에 앉아 술 시중을 들지는 않아도 기녀는 기녀입니다."

"그만하시오. 듣기 싫소!"

왈칵 화가 난 수민이 소리쳤다.

"그래도 들으셔야 해요. 기녀 주제에 도련님 곁에 있으려 했던 것, 그게 저의 지나친 욕심이었어요."

"대체 왜 이러는 거요? 나에게 상처 주지 않으려 이러는 것이오? 허면 그대가 틀렸소. 그대의 언사가 나를 더 고통스럽게 한다는 걸 어찌 모르시오. 난 괜찮으니 솔직히 털어놔 보시오. 내가 싫어진 까닭을."

수민이 다그쳤다. 다솜은 대화가 통하지 않아 갑갑하다는 표정으로 먼 곳을 바라보았다. 수민은 다솜이 자꾸만 자신에게서 멀어지려 하는 듯해 조바심이 났다.

"다솜…."

수민은 나지막이 자신이 지어 준, 연모하는 여인의 이름을 불러 보았다. 다솜은 못 들은 척 답을 하지 않았다.

"다솜…."

수민은 다시 한번 불러 보았다. 다솜은 여전히 아무런 반응을 보이지 않았다. 수민을 쳐다보지도 않았다. 수민은 다솜의 눈길이 머무는 곳에 시선을 주었다. 거기에는 담이 있었고, 푸른 소나무가 있었다. 수민은 문득 궁금해졌다. 다솜이 보고 있는 건 무엇일까. 담일까, 소나무일까.

이윽고 다솜이 입을 열었다.

"…제가 도련님께 제안 하나 드려도 되겠어요?"

"하시오. 듣고 싶소."

"전에 저에게 예인들이 편히 살 수 있는 마을을 만들고 싶다는 말씀을 하신 적이 있지요. 기억하시나요?"

"물론이오."

수민은 예인들의 처지가 자신과 별반 다르지 않다고 여겼다. 수민 역시 서자라는 연유로 알게 모르게 무시당하며 살아왔다.

"저에게 재능 있는 아이들을 찾아내서 그 아이들에게 검무를 가르쳐 보는 게 어떻겠느냐, 권하셨던 것도 기억하시나요?"

"그러하오. 그대뿐만 아니라 다른 예인들도 편히 제자들을 키울 수 있는 공간을 만들고 싶소. 글을 가르치고 배우는 서당 같은 곳 말이오."

수민은 전 별감처럼 예인들을 보듬어 안고 싶었다. 아니, 전 별감보다 더 많은 것을 예인들에게 베풀어 주고 싶었다. 단단한 울타리를 만들어 그들을 보호하고 싶었고, 그들에게 자신들이 지닌 재주를 마음껏 펼칠 수 있는 기회를 제공하고 싶었다.

"이제부터 도련님께서 그 일을 하시면 아니 되겠습니까?"

"그렇지 않아도 할 작정이었소. 당장 시작할 것이오. 먼저 예인서당을 만들어 예인들이 그 무엇에도, 어디에도 구애받지 않고 제자를 키울 수 있도록 할 거요. 그다음에는 예인촌을 세워 더는 예인들이 양반이나 상민常民들에게 천대받으며 살지 않도록 할 거요. 자신이 지닌 재주에 자부심을 갖고 당당하게 살아갈 수 있도록 할 거요. 그런 연후에 가난하고 힘없는 백성은 누구나 돈 한 푼 내지 않고도 들어와서 예인들의 재주를 구경할 수 있는 공연장을 설치하고 주기적으로 공연을 개최해 팍팍한 백성들의 삶을 위로할 것이오."

"저도 돕고 싶어요. 저도 예인서당에서 제자들을 키우고 싶어요. 예인촌에서 예인들과 서로 정을 나누며 살고 싶어요. 고단하게 살아가는 이들에게 위로가 된다면 기꺼이 보잘것없는 재주를 펼쳐 보이고 싶어요."

"고맙소. 그대가 도와준다면 난 더 바랄 게 없소. 그대와 함께 하는 것만으로도 나는 진정으로 행복할 것이오."

"하여 당분간은 저에게 거리를 두시고 그 일에 전념하셨으면 좋겠어요. 오해는 마세요. 도련님께서 혼란스러운 제 생각이 정리될 때까지 말미를 주셨으면 한다는 뜻이니. 그리 오래 걸리지는 않을 거예요."

"알겠소. 허면 그대에게 마지막으로 물어보겠소. 내가 싫어지진 않은 것이오?"

"예, 도련님."

"하늘에 맹서할 수 있겠소?"

수민의 물음에 다솜은 대답 대신 미소를 지어 보였다. 수민은 다솜의 눈을 들여다보았다. 어느새 슬픈 빛이 가셔져 있었다. 그렇다고 기쁨이 담겨 있는 것도 아니었다.

수민은 다솜과 헤어지고 나서 곧바로 정인석을 찾아갔다. 예인서당을 지을 자금을 마련하기 위해서였다. 정인석은 수민의 예측대로 집무실에 있었다.

"점입가경이로구나."

수민의 설명을 들은 정인석이 한숨을 내쉬었다.

"죄송해요, 외삼촌. 어려운 부탁만 드려서."

"나는 네가 왜 그런 일을 하려는지 도무지 모르겠다."

"도와주세요, 외삼촌. 아까운 기예를 두고두고 남길 수 있는 묘책입니다. 가난한 예인과 백성, 모두를 위한 길입니다. 돌아가신 어머니께서는 목숨이 위태로운 병자를 구하기 위해 죽음을 두려워하지 않고 역병이 돈 마을을 찾아갔다 하지 않으셨습니까? 어머니에게는 미치지 못하나 저도 간난한 백성을 돕고 싶습니다."

수민은 슬쩍 어머니를 끌어들였다. 정인석은 죽은 누이 얘기만 나오면 평정심을 잃었다.

"고얀 놈. 모친을 입에 올리다니 네가 아주 작정을 한 모양이로구나."

"다른 의도는 없습니다. 그저 어머니의 유지를 받들고 싶은 마음에 드린 말씀이에요."

"허언도 참 고상하게 한다."

"진심이에요, 외삼촌. 어째서 저를 믿지 못하시는 겁니까."

수민은 억울함을 나타내는 표정을 지었다.

"예인들과 같이 다니더니 그자들에게 배운 건지 물든 건지 연기도 제법 솜씨 있게 하는구나. 알았다. 한번 검토해 보마."

"언제까지 기다리면 답을 주시겠어요?"

수민이 재촉했다.

"언제까지 기다릴 수 있는지 보고!"

정인석이 신경질적으로 쏘아붙였다.

"명일까지는 알려 주십시오. 정 안 되면 제집을 서당으로 만들겠습니다."

그래도 수민은 기죽지 않았다.

"어찌 이리 서두르는 것이냐? 운향이라는 아이가 시키더냐?"

"실망입니다, 외삼촌. 저를 그토록 한심한 놈으로 여기고 계신 줄은 몰랐네요."

수민은 벌떡 일어섰다.

"제 얘기, 못 들은 걸로 해 주세요. 저는 이만 가 보겠습니다."

"녀석도 참. 예민하기는. 한번 웃어 보자고 농을 던진 것이다. 성내지 말고 게 앉거라."

"아닙니다, 외삼촌. 외삼촌이 아니라 저 자신에게 화가 난 거예요. 신경 쓰지 마세요."

"그래. 그 고집이 어디 가겠느냐. 금일은 이만 가고 명일은 쉬는 날이니 미시未時(오후 1~3시)쯤 다시 오너라. 너에게 줄 것이 있다."

수민은 의아한 눈으로 정인석을 바라보았다. 정인석이 주려는 게 무엇인지 전혀 감이 잡히질 않았다.

"곧 알게 될 터, 그리 궁금해할 거 없다."

정인석이 담담하게 말했다.

다음 날 오후, 수민은 오반午飯(점심)을 먹자마자 정인석을 찾아갔다. 정인석은 집무실 의자에 앉아 책상에 놓인 비단보를 물끄러미 바라보고 있었다. 수민은 정인석이 주려는 물건이 바로 그 안에 들어 있음을 눈치챘다.

"받거라."

정인석이 옆자리에 앉는 수민 앞으로 비단보를 밀어 놓았다.

"이것이 무엇입니까?"

"나에게 묻지 말고 네 눈으로 직접 확인해 보거라."

수민은 조심스럽게 비단보를 풀었다. 그 안에는 수민이 소유자로 명기된 가옥문기家屋文記*가 있었다. 번지를 보니 소재지가 안국방(지금의 안국동)이었다. 어디에 위치한 집인지 감이 잡혔다.

"네 어미가 너에게 남긴 것이다. 혼약을 맺게 되면 그때 줘서 신접살림을 꾸밀 수 있도록 하라 했는데 미리 주는 거다. 네 것이니 예인서당을 만드는 데 쓰든 팔아 버리든 너의 원대로 하거라. 나는 이제 관여치 않으마."

"고맙습니다, 외삼촌. 하늘에 계신 어머니께서도 예인들이 제자들에게 기예를 가르치는 모습을 보시면 무척 흐뭇해하실 거예요."

"그곳에서 너와 며느리가 행복하게 사는 걸 보면 더할 나위 없이 기뻐하겠지."

---

* 주택거래 계약문서. 오늘날의 부동산 매매 계약서와 유사한 역할을 했다.

정인석이 일침을 놓았다.

"말씀대로 하죠, 뭐. 내 건데 함께 살지 못할 것도 없지요."

수민이 태연하게 받아넘겼다.

"뭐라? 진심으로 하는 소리냐?"

정인석이 정색하며 물었다.

"예. 외삼촌. 그럼 전 이만 나가서 집 구경 좀 하겠습니다."

수민은 정인석에게 잡힐세라 서둘러 비단보를 챙겨 들고 집무실을 나왔다. 어머니가 물려준 가옥까지 한달음에 달려가 대문을 밀었다. 문은 쉽게 열렸다. 외삼촌이 미리 손을 봐 놓은 듯했다.

수민은 성큼 안으로 들어갔다. 동네 초입에 있는 가옥은 어림짐작했던 것보다 훨씬 컸다. 수민은 방 하나하나 문을 열고 들여다보며 어디에서 무엇을 가르치면 좋을지 헤아려 보았다. 행랑채에서는 북을, 사랑채에서는 거문고를, 안채에서는 가야금을, 안채 뒷마당에서는 춤을, 곳간채에서는 장고를, 별당채에서는 소리와 가곡창을 가르치면 맞춤할 듯했다. 별당채 뒤쪽에 있는 넓은 뜰의 주인은 당연히 다솜이었다. 다솜이 거기서 검무를 연습하고, 또 제자에게 전수할 터였다.

수민은 다솜이 아이들에게 검무를 알려 주고, 자신은 대여섯 보 떨어진 곳에 서서 그들을 지켜보는 광경을 머릿속에 그려 보았다. 참으로 흐뭇했다.

팔도재주자랑대회를 열고자 한다

 이듬해 정월, 수민은 대전별감으로 발탁되어 근무처를 옮겼다. 무예별감이 된 지 여섯 달 만이었다. 그로 인해 별감들 사이에서 수민을 봐주는 뒷배가 육판서 가운데 하나라는 엉뚱한 소문까지 돌았다. 수민은 주변 사람들 입에 오르내리는 말 따위는 개의치 않았다. 수민이 신경 쓰는 건 오직 하나였다.

 수민은 쉬는 날에는 아침 일찍 안국방으로 갔다. 수민이 솜씨 좋기로 이름난 대목수를 고용해 안국방 가옥을 개축하기 시작한 것이 지난가을이었다. 대목수는 오래 손발을 맞춰 온 목수와 돌장이, 미장이, 기와장이, 톱장이, 막일꾼 등을 두 패로 나뉘어 한 패에게는 행랑채 등을 수리하도록 했고, 다른 한 패에게는 별당채 뒤뜰에 예인들이 거처할 건물을 짓도록 했다.

 수민은 이미 수리가 끝난 행랑채 등을 둘러보고 별당채 뒤로 갔다. 뒤뜰에서는 목수와 인부들이 대패질과 못질을 하거나 목재를 들어 옮기고 있었다. 부지런한 사람들이었다. 그들 사이에 남두진도 끼어 있었다. 허름한 옷차림으로 작업하는 본새를 보면 영락없는 막일꾼이었다. 수민은 천천히 그들에게 다가갔다.

두진은 수민에게 안국방 가옥을 예인서당으로 만들려 한다는 말을 전해 듣고 자신도 그 일에 동참하고 싶다는 뜻을 밝혔다. 수민이 바라던 바였다.

두진은 여인같이 예쁘장한 외모와는 달리 무에 솜씨가 뛰어났다. 친구들 가운데에서 굳이 우열을 따지자면 수민 다음이라 할 수 있었다. 두뇌 또한 수민에게 뒤지지 않을 만큼 명석했다. 그러나 두진은 얼자인 탓에 서자인 친구들과는 달리 무과조차 응시할 수 없었다. 하여 두진은 갑갑한 현실을 혼자 삭이며 외톨이 마냥 방구석에 틀어박혀 서책만 들여다보면서 지냈다.

그 사실을 안 수민은 곧바로 두진을 찾아갔고, 내색하지는 않아도 풀이 죽어 있는 두진에게 자신의 계획을 알렸다. 두진을 집 밖으로 끌어내기 위해서였다. 두진은 수민의 의중을 알아채고 흔쾌히 응했다. 두 사람은 어린 시절부터 속내를 주고받은 오랜 동무였다. 그래서 의지가 되었다.

"수고 많으시오."

수민이 목수와 인부들에게 아는 체를 했다. 일꾼들은 하던 작업을 멈추고 일제히 허리 숙여 수민에게 인사했다.

"나오셨습니까, 별감 나리."

그 속에 두진의 음성도 섞여 있었다. 수민은 '나리'라는 소리가 듣기 거북했으나 달리 부르게 할 호칭이 떠오르지 않아 모른 척했다.

"중려가 지나기 전에 문을 열었으면 하니 애써 주시오."

수민은 대목수를 불러 동화 서른 닢을 묶은 꾸러미 두 개를 건네며 말했다. 목수를 비롯한 여러 분야의 장이와 막일꾼들이 게으름 피우지 않고 작업해도 해는 짧고, 눈은 자주 내리고, 날씨는 추운 겨울이라 건물 짓는 속도가 더뎠다. 행랑채 등의 수리를 마친 패가 합세한 이후로 진척이 보다 빨라지긴 했으나 완공을 보려면 두세 달은 더 기다려야 할 듯했다.

"매번 감사합니다, 나리. 그 전에 공사를 마치도록 해 보겠습니다."

돈을 받아 챙긴 대목수가 미안한 표정으로 답했다.

"그렇다고 너무 무리하진 마시오. 몸이라도 상하면 큰일 아니오."

"네, 나리. 잘 알겠습니다."

"허면 난 이만 가 보겠소."

수민은 대목수와 헤어져 두진에게로 갔다. 두진의 옆구리를 쿡 찌르고 걸음을 옮겼다. 두진이 말없이 수민을 따라왔다. 수민은 사람들 눈에 띄지 않는 곳으로 두진을 데려갔다.

"자네까지 왜 그러나?"

수민은 자신을 따라 걸음을 멈추는 두진에게 물었다.

"뭘 말씀이십니까요?"

두진이 능청스럽게, 상전에게 하듯 공손히 되물었다.

"정말 이럴 텐가? 여긴 자네와 나 둘밖에 없지 않나."

"알았네. 성난 겐가?"

"거참, 자네만이라도 제발 좀 나리라고 부르지 말게. 심히 민망하고 어색하네."

"뭘 아직도 그러는가. 이제는 편히 받아들이시게. 변함 없을 호칭과 상황일세."

"자네는 벌써 숙련된 듯하이. 제법 막일꾼 태가 나는 걸 보니."

수민은 두진이 대견했다. 두진은 수민이 아무리 만류해도 막일부터 하겠다고 고집을 부렸다. 수민은 엄연한 윗사람이고, 참모 역할을 제대로 하려면 부리는 자가 아니라 부림을 받는 자의 생리에 익숙해져야 한다고 했다.

"바람이 차네. 춥진 않은가?"

"왜 안 춥겠나. 허나 견딜 만하네. 버티다 보면 겨울도 지나가지 않겠나."

두진이 의미심장한 말을 던졌다.

"겨울이 가면 따뜻한 봄이 오겠지. 그때 예인서당에 봄바람과 함께 사람들이 밀려오겠지."

수민이 맞장구쳤다. 수민은 예인서당 문을 여는 날 얼마큼 틈이 생긴 두진의 마음이 활짝 열렸으면 좋겠다고 생각했다.

"난 그만 일하러 가야겠네. 사람들이 꾀부린다고 욕하겠어."

"몸조심하게."

수민은 목수와 인부들이 있는 곳으로 걸어가는 두진과 바쁘게 움직이는 사람들을 잠시 지켜보다 별당채 앞으로 나왔다. 그곳에 반가운 얼굴이 있었다. 수민에게 별당채 뒤뜰에 예인들이 거처할 건물을 지으면 어떻겠느냐 제안한 여인, 바로 다솜이었다. 다솜 옆에는 깜찍하게 생긴 여자아이가 서 있었다.

"날도 차가운데 어찌 나오셨소?"

수민은 자신도 모르게 미소를 지으며 물었다. 다솜만 보면 팔푼이같이 자꾸 웃음이 새어 나왔다.

"주희가 예인서당을 구경하고 싶다 해서 같이 왔어요."

다솜이 옆에 있는 아이를 내려다보았다. 다솜 역시 수민을 만나 기쁜지 표정이 밝았다.

"그래요? 잘 오셨소. 잘 왔다, 주희야."

수민도 주희를 바라보며 살갑게 말했다. 주희는 다솜이 첫 제자로 택한 아이였다. 예쁘다기보다는 귀여웠고, 다솜이 말벗으로 여길 만큼 영특했다.

"참. 다른 예인들도 가르침 받을 아이를 다 정한 것이오?"

수민이 물었다.

"계속 물색하고 있어요. 일부는 점찍어 놓은 아이 몇을 놓고 누굴 뽑을지 저울질하는 모양이에요."

"웬만하면 다 거두라 하시오. 학동이 많으면 많을수록 좋지 않겠소. 그래야 서로 경쟁심을 느끼고, 더 열심히 배우려 할 테니까."

순간 다솜의 얼굴빛이 살짝 어두워졌다.

"도련님한테 큰 짐을 지웠습니다."

"무슨 그런… 당치 않소."

"서당 짓는 데만 해도 만만치 않은 자금이 소요될 터인데 앞으로 예인들 생활비며, 아이들 먹이고 입히고 재우고, 또 가르치는 데 들어가는 비용까지 다 부담해야 하시질 않습니까."

"이거 왜 이러시오? 내 외삼촌이 누군지나 알고 하시는 말씀이오?"

수민은 부러 목소리를 높였다. 다솜이 자신을 걱정하지 않았으면 했다. 싫었다.

"잘 알지요. 한데 언제까지나 외삼촌 도움을 받으실 수는 없지 않나요."

"내 염려는 마시오. 그보다 나를 믿어 주면, 믿고 따라와 주면 고맙겠소."

"죄송해요, 도련님. 제가 주제넘은 소리를 해서 도련님 심기를 불편하게 해 드렸나 봅니다. 저는 당연히 도련님을 믿어요. 믿고 따를 거예요."

다솜이 수민의 속내를 헤아리고 다소곳이 말했다.

"감사하오. 그 얘기는 이제 그만합시다."

"뒤뜰에 건물을 올리고 있다 들었사옵니다. 완공은 언제 되는 것이옵니까?"

두 사람의 대화를 엿들으며 주위를 둘러보던 주희가 대뜸 수민에게 물었다. 주희의 청아한 목소리와 똑 부러지는 어투가 어색해진 분위기를 보드랍게 바꾸었다.

"늦어도 중려 안으로는 완공이 될 게다. 한창 공사 중인데 보고 싶으냐?"

수민은 주희의 머리를 쓰다듬으며 되물었다. 문득 주희 같은 딸이 있었으면 좋겠다는 생각이 들었다.

"네. 제가 운향 언니에게 검무를 배울 곳이니까요."

"그래. 맞다. 그러니 궁금할 만도 하지."

수민이 웃으며 말하고 다솜을 쳐다보았다. 다솜도 미소를 짓고 있었다.

"어서 걸음 하십시오. 따르겠습니다."

주희가 재촉했다.

"방금 가려고 했다. 참말이다."

수민은 다솜에게 눈을 찡긋해 보이고 돌아서서 좀 전에 둘러본 뒤뜰을 향해 걸어갔다.

"두진 도련님께서도 열심이시군요."

다솜이 다른 인부들에 뒤질세라 부지런히 몸을 놀리고 있는

팔도재주자랑대회를 열고자 한다 · 223

두진을 발견하고는 수민에게 속삭였다.

"너무 애써서 탈이오."

"그래도 안색이 많이 밝아지셨어요."

수민은 잠자코 고개를 주억였다. 예전에는 늘 표정이 어두웠는데 언제부터인지 달라졌다. 대화를 나눌 때 들리는 목소리가, 사람 대하는 얼굴이 맑고 환했다.

"운향 언니, 여기입니까? 참 넓습니다."

어수선한 공사 현장을 지나 한적한 곳에 이르자 주희가 주위를 둘러보며 말했다.

"길이가 100보, 너비는 80보 정도 된단다."

수민이 자랑하듯 알려 주었다.

"예인서당을 연 후에는 조선 팔도의 재주꾼들을 이곳으로 불러 모을 작정이다."

"어떻게요? 어째서요?"

주희가 눈을 동그랗게 뜨고 수민을 바라보았다.

"먼저 '어떻게'에 대한 답부터 하마. 실은 나도 조선 땅에 존재하는 재주꾼의 수가 어느 정도인지는 알지 못해. 하여 모월 모일 모시에 '팔도재주자랑대회'를 열 예정이니 무엇 하나라도 자신에게 재주가 있다고 여기는 이는 누구든 이곳으로 오라는 내용의 방을 써서 전국 곳곳에 붙일 거야. 설마 참가자가 아예 없기야 하겠니. 최소한 이만큼은 오지 않겠나 싶어."

수민은 두 손을 활짝 펴서 주희에게 보여 주었다.

"물론 대여섯 명만 와도 대회는 진행할 생각이야. 예상보다 많이 오면 올수록 더 좋겠지만. 참가자들이 정말 특출한 재주를 지녔는지 아닌지는 그날 구경꾼들의 반응을 보고 판단할 거란다. 환호와 박수를 많이 받은 순서대로 장원과 차석 등을 정해서 입상자들에게는 포상금을 주고, 그들이 원한다면 이곳에서 생활할 수 있도록 할 거야. 그들에게 다달이 얼마간의 삯(임금)을 줄 의향도 있어. 아쉽게 떨어진 이들에게는 대회에 참가하느라 쓴 경비에 수고비를 보태 내줄 거란다."

"나는 방에 명시한 그날 반드시 여기서 대회가 열리고, 참여한 모두에게 즐거운 하루가 될 거라 믿어."

다솜이 거들었다. 수민은 흐뭇한 표정으로 다솜을 쳐다보고 이어 다시 주희를 내려다보았다. 주희는 또랑또랑한 눈동자를 수민의 입에 붙박고 있었다.

"이제 '어째서'에 대한 답을 해야겠지? 아직 어린 너에게 이런 얘기를 해도 되나 모르겠다만 세상에는 천대받는 사람이 많단다. 양반 집안의 사노비며 승려와 백정, 무당, 광대, 상여꾼, 물건을 만드는 기술자들…."

그러다 수민은 말을 멈추고 다솜의 눈치를 살폈다.

"우리 같은 기녀도 천대받기는 마찬가지지요."

다솜이 태연하게, 솔직하게 털어놓았다. 그 소리가 가시가 되어 수민의 가슴을 찔렀다. 아팠다.

"그 많은 사람을 나 혼자 보살필 수는 없어. 내게는 아직 그럴 만한 능력이 없단다. 적절한 방안도 찾지 못했어. 그중에는 살면서 한 번도 마주치지 않은 이도 있으니 당연지사지. 하여 일단 내가 아는, 내가 아끼는 사람들을 위해 할 수 있는 걸 하려는 거야."

수민은 다솜을 쳐다보았다. 다솜으로 인해 비롯한 일이었다. 다솜을 만나지 않았다면 여기까지 오지도 않았을 터였다.

"내가 재주꾼을 모으는 건 그들에게 울타리를 만들어 주기 위해서야. 예인들이 한곳에 모여 즐겁게 살아간다면 그 모습을 보고 누군가는 백정들의 마을, 무당들의 마을, 기술자들의 마을을 만들 수도 있겠지."

"저는 커서 꼭 도련님 같은 분을 만날 거예요. 운향 언니처럼요."

주희가 뜬금없이 고백했다. 수민은 다솜의 얼굴이 빨갛게 달아오르는 것을 보았다. 서먹해졌던 다솜과의 관계는 수민이 예인서당 건립에 착수하고 공사를 진행하면서 차츰 예전의 좋았던 때로 돌아가고 있었다.

수민은 중려가 되면 예인서당의 문을 열 수 있을 테고, 그 후로는 다솜과 더 가깝게 지낼 수 있을 거라 여겼다. 기분 좋은 추측이었다.

수민은 전혀 몰랐다. 머지않아 조정에 또다시 피바람이 몰아치리라는 것을.

서아야, 너를 살리고 싶어졌다

서아는 호흡을 가다듬고 볏짚으로 만든 인형을 향해 검을 날렸다. 검은 일직선으로 날아가 목표한 곳에 그대로 꽂혔다.

"훌륭한 솜씨다. 집중해서 몇 개월만 더 연습하면 나조차 따를 수 없겠구나."

치운이 인형 목에 꽂혀 있는 검을 빼 들고 서아에게 다가갔다.

"과찬이십니다, 스승님. 가까스로 요령을 익혔을 뿐입니다."

서아는 치운이 내미는 검을 공손히 받아 들었다. 어느덧 천지에 봄이 싹트고 있었다. 밤에는 아직 서늘한 기운이 남아 있었으나 낮에는 포근했다. 따사로운 볕을 쬐고 있노라면 기분이 저절로 좋아졌다.

"예인서당은 어찌 되어 가느냐."

"거의 다 지었습니다. 익월에는 문을 열 수 있을 듯합니다."

서아는 의아한 눈으로 치운을 쳐다보았다. 치운이 예인서당에 관심을 보인 건 처음이었다. 치운은 머뭇머뭇하다 더 묻지 않고 입을 닫았다. 서아는 불안했다. 치운이 어려운 얘기를 꺼내려 한다는 것을 직감한 까닭이었다.

"…서아야. 잠깐 내 방에 들어가지 않겠느냐?"

한참 후에야 치운이 물었다.

"여기서 듣겠습니다. 이르십시오."

서아는 마음의 준비를 단단히 했다.

"그래. …그토록 춥고 길었던 겨울도 급기야 물러나는구나. …내가 많이 원망스럽지?"

"당치 않으십니다. 제가 어찌…."

"그렇다 해도 어쩔 수 없구나. 아무래도 방도를 바꿔야 할 것 같다."

"네? 갑자기 왜…?"

"임금이 마지막으로 진연을 베푼 지도 벌써 열한 해나 지났다. 하여 금년에는 틀림없이 진연을 열 거라 여겼는데 내 예상이 빗나갈 듯하구나."

"그럴 만한 까닭이라도 있습니까?"

"임금에게 경고를 받은 남인이 숨을 고르고 있는 상황이라 겉으로는 평온해 보일지 몰라도 실상은 그렇지 않다. 이제 곧 정국이 요동칠 터. 서인의 움직임이 심상치 않아. 노론계의 김춘택과 소론계의 한중혁이 돈 많은 상인과 중인들을 찾아다니며 폐비 민씨 복위에 쓸 자금을 모으고 있다 한다."

"그런 얘기를 어디서…."

"사람이 말을 하면 누군가는 듣게 되어 있고, 행동을 하면 누군가는 보게 되어 있다. 인적 드문 밤에는 말소리가 더 잘 들리고, 수상한 움직임은 더 잘 눈에 띄는 법이지. 민암 대감은 왕이 서인으로 하여금 남인에게 경고를 보낸 것으로 오해하고 있다. 하여 틈새만 생기면, 아니 없는 기회를 만들어서라도 서인을 모조리 없애려 하고 있어."

그제야 서아는 치운이 왜 우의정 자택에 다녀온 이후로 속병이 든 환자 행세를 했는지 알 수 있었다. 치운은 의원에게 진료를 받으러 간다는 핑계를 대고 바깥나들이를 자주 했다. 물론 서아는 치운이 일부러 병자 흉내를 낸다는 것쯤은 눈치채고 있었다. 다만 그 연유를 모를 따름이었다. 치운은 속병을 앓을 만큼 허약하지 않았다. 서아가 본 누구보다 강건했다.

"이제 곧 누군가가 등장해 김춘택과 한중혁의 근황을 떠들썩하게 알릴 것이다. 허면 민암 대감은 즉시 김춘택 일당을 잡아들여 심문하고 나서 밝혀낸 진상을 왕에게 고하겠지. 허나 왕은 민암 뜻대로 움직이지 않을 터. 기사년에는 왕비가 폐위되고 희빈이 그 자리를 차지하였으나 이번에는 정반대가 될 공산이 크다. 그러니 생각해 보거라, 서아야. 한동안 찬밥 신세였던 서인 아니냐. 그들은 권력을 잡으면 정사부터 관여하려 들 것이다. 자연히 한동안 진연 따위는 거들떠보지도 않겠지."

치운은 말을 멈추고 서아를 쳐다보았다. 서아는 스승의 시선을 피했다. 심장이 두근거렸다. 마음의 준비를 단단히 했다 여겼는데 아닌 모양이었다.

"우리가 대궐 안으로 들어갈 수 없다면 어쩌겠느냐. 임금을 밖으로 끌어낼 수밖에!"

치운이 단호하게 내뱉었다.

"그게 가능합니까?"

서아는 조심스레 물었다. 내심 짚이는 바가 있었다.

"수민이 대전별감으로 발탁되었다지. 예인서당에 조선 팔도의 재주꾼을 불러 모으려 한다더구나. 수민에게 예인과 재주꾼을 총동원하여 대규모 연회를 벌이도록 하고, 그 자리에 왕이 거둥하게끔 만들면 되지 않겠느냐."

결국 수민을 이용하라는 소리였다. 서아는 지그시 입술을 깨물었다. 불길한 예감은 언제나 비껴가지 않았다.

"꼭 그렇게까지 해야 합니까?"

서아가 치운에 대한, 치밀어 오르는 적개심을 억누르고 물었다.

"다른 방책이 없지 않느냐. 지금 많은 백성이 스스로 집 안에 갇혀 궁색하게 지내는 민씨를 가엾어하고 있어. 항간에 떠도는 '미나리는 사철이요 장다리는 한철'이라는 노래 가사에 담긴 뜻을 네가 모르진 않을 게다. 사철 푸른 미나리, 즉 민씨가 한철인

장다리, 즉 장씨를 이기고 다시 왕후에 올랐으면 하는 게 민심이야. 왕은 이미 민심의 흐름을 읽고 있을 터. 하여 민씨를 복위하고, 백성들에게 왕비와 다정하게 지내는 모습을 보여 주고자 하겠지. 그 욕구를 이용하면 충분히 임금을 궐에서 나오게 할 수 있을 것이다. 난 수민이 그 일을 잘해 낼 거라 믿는다."

치운이 확신에 찬 어조로 떠벌렸다. 서아는 귀를 틀어막고 싶었다. 더는 치운의 계획을 듣고 싶지 않았다. 그러나 치운은 아랑곳하지 않았다.

"수민에게 청하거라."

치운의 음성이 잘 벼린 칼끝마냥 서아의 귓속을 파고들었다.

"예인들이 왕 앞에서 원껏 기예를 펼쳐 보일 수 있는 무대를 마련해 달라고. 너 또한 임금이 친견하는 자리에서 검무를 상연하길 간원한다고 압력을 넣거라."

서아는 아무런 대꾸도 하지 않았다. 아예 못 들은 척했다. 그러자 치운이 살기가 담긴 말을 강하게 날렸다.

"내 지시에 따라야 한다. 수민을 잃고 싶지 않다면!"

"방금 뭐라 하셨습니까?"

서아는 너무 놀라 큰 눈을 더 크게 떴다. 몸이 파르르 떨렸다. 피할 도리가 없는 수였다. 치운의 말은 자신의 명을 따르지 않으면 수민을 죽이겠다는 선언이나 다름없었다.

"나를 증오해도 좋다."

치운이 쐐기를 박았다. 파랗게 질린 서아는 불구대천의 원수를 마주한 양 치운을 노려보았다. 치운은 무표정한 얼굴로 허공을 바라보며 나무토막같이 서 있었다.

 서아는 묻고 싶었다. 대체 나한테 왜 이러느냐고. 하지만 묻지 않았다. 치운은 한 번 뱉은 말을 주워 담을 사람이 아니었다. 아무리 애원해도 눈썹 하나 까닥하지 않을 사람이었다. 서아는 치운의 결정을 되돌릴 수 있는, 되돌릴 수 있도록 자신을 도와줄 누군가를 찾았다. 그러나 아무리 헤아려 봐도 딱히 떠오르는 인물이 없었다.

 치운은 힐긋 서아를 쳐다보았다. 서아는 무언가를 찾는 듯 주위를 두리번거리며 앞으로 나아갔다. 치운은 넋 나간 사람마냥 허허로이 걸어가는 서아의 뒤태를 물끄러미 바라보았다.

 …서아야. 당초엔 왕을 죽이려 너를 이용하는 데 한 올의 거리낌도 없었다. 내 복수가 곧 너의 복수라 치부했다. 허나 너와 지내는 동안 차츰 생각이 달라지더구나. 내 의지에 균열이 일어날 줄은 나도 몰랐다. 서아야, 너를, 그래, 너를 살리고 싶어졌다.

 서아의 모습은 이제 더는 보이지 않았다. 그래도 치운은 시선을 거두지 않았다.

 네가 진연에 불려 갈 때 전 별감에게 청하여 나도 따라 대궐에 들어갈 작정이었다. 네가 왕에게 검을 날리는 순간 너에게로 가서 함께 대궐을 빠져나갈 작정이었다. 너와 힘을 합하면 충분히 가능하리라 여겼다. 아니, 확신했다. 한데 우의정 자택에서 자객들을 본 뒤에야 알았다. 왕을 살해하기 전에 서아, 네가 먼저 죽음을 맞이할 수 있다는 것을. 호위들이 버티고 있는 한 왕을 시해하려는 시도조차 불가할 수 있음을. 나는 여태 허황한 꿈을 꾸고 있었던 모양이다. 허나 서아야. 여기까지 와서 포기할 수는 없는 노릇 아니냐. 되돌아가기엔 너무 멀리 와 버렸구나.

"가라!"

치운은 빠르게 품속의 암기를 꺼내 볏짚 인형을 향해 던졌다. 화살촉 모양의 얇은 뺌창들이 눈 깜박할 사이에 일직선으로 뻗쳐 인형 목 주위에 꽂혔다. 아무리 궁리해 봐도 암기를 써서 기습하는 것만이 사형 격인 자객들에게 상해를 입힐 수 있는 유일한 방책이었다. 그 수가 먹힌다면 충분히 그들과의 싸움에서 우위를 점할 수 있을 터였다.

치운은 검을 빼 들고 자신이 던진 뺌창처럼 비행해 인형을 반으로 갈랐다.

…아니, 멀리 온 게 아니라 제자리걸음을 하고 있었을 따름이다. 죽음은 애초부터 내 몫이었으니까. 왕을 척살하지 못하면 나는 숨 쉬고 있어도 살아 있는 게 아니다, 서아야. 네가 세상에 없으면 나 역시 죽은 것이나 마찬가지다.

저는 도련님에게 다솜입니다

 서아는 치운이 무섭고 두려웠다. 어쩌다 마주치는 것조차 몹시 거북했다. 조정의 상황은 치운이 예측한 그대로 돌아가고 있었다. 계춘季春(음력 3월) 하순에 이르러 김춘택과 한중혁 등이 폐비 민씨를 복위하려는 음모를 꾸미고, 자금을 모아 요직에 있는 인사들을 매수하려 했음이 밝혀졌다. 우의정 민암이 모의에 가담했던 함이완을 자기편으로 끌어들여 세부 계획을 폭로하도록 사주한 결과였다.

 민암은 이번 사건을 계기로 서인 세력을 뿌리 뽑고자 김춘택 등 관련자를 모두 붙잡아 옥에 가두었다. 이때까지만 해도 남인의 기세가 하늘을 찌를 듯했다. 한데 중려에 들어서면서 상황이 급변했다. 민암을 못마땅해하던 왕이 폐비 민씨 복위 사건과 관련한 보고를 받기도 전에 그를 귀양 보낸 뒤 사약을 내려 죽이고, 민암 패거리를 조정에서 내쫓아버린 것이다. 이 일 역시 치운이 예측한 바 있었다.

"운향 언니, 무슨 생각을 그리하시는 것이어요?"

뒤뜰에서 검무를 익히던 주희가 멍하니 서 있는 서아에게 다가와 물었다.

"응? 왜 더 하지 않고?"

"힘들어서요."

"그래? 그럼 잠시 쉬었다 하렴. 바람이 다사로워 좋구나."

서아는 슬쩍 화제를 돌렸다.

"누가 아니래요. 이렇듯 화창한 날 검무 연습만 하고 있으려니 억울해요."

주희가 뾰로통한 표정으로 서아를 흘겨보았다.

"제가 하는 거 보지도 않으시니 서운하기도 하고요."

"아, 아니다. 쭉 지켜보고 있었다."

"그러셨나요. 아무런 언질이 없으셔서 전 몰랐네요."

"스승을 놀리면 못써!"

서아가 엄히 일렀다. 그래도 주희는 아랑곳하지 않고 당돌하게 물었다.

"근자에는 왜 예인서당에 가지 않는 것이어요? 별감 나리와 다투기라도 하셨나요?"

"아니다. 그런 적 없다."

"허면 금일 저를 데리고 가 주세요. 얼마큼 지어졌는지 보고 싶어요."

주희가 간청했다.

"알았다. 내 너를 당할 재간이 없구나. 천천히 채비하고 나오너라."

서아는 못 이기는 척 받아들였다. 실은 서아도 궁금하기는 매한가지였다.

"네. 운향 언니. 잠시만 기다리셔요."

주희는 뛸 듯이 기뻐하며 서둘러 방에 들어갔다. 검을 원래 있던 자리에 두고 옷을 갈아입었다.

서아는 주희가 나오기를 기다려 안국방으로 향했다. 주희가 종종거리며 서아를 따라왔다. 뒤에서 불어오는 따스한 바람이 손이 되어 두 사람의 등을 밀어 주었다.

저잣거리를 지나 예인서당 앞에 다다른 서아와 주희는 곧장 열린 대문 안으로 들어갔다. 행랑채와 사랑채, 안채와 곳간채, 별당채 등을 두루 살펴보고 뒤뜰로 갔다. 예인들이 거주할 건물은 어느새 다 지어져 있었다.

서아는 우뚝 멈춰 서서 건물을 바라보았다. 한동안 권세를 누리던 자들이 죽임을 당하거나 벼슬자리에서 쫓겨나는 와중에도 예인서당은 완공을 보았고, 저잣거리의 백성들은 전날과 다르지 않은 삶을 살아가고 있었다.

"그간 평안하셨지요, 별감 나리."

서아는 주희의 목소리를 듣고 뒤를 돌아보았다. 거기 수민이 서 있었다.

"오냐. 너도 잘 지냈느냐? 그간 왜 들르지 않았느냐?"

"저는 오고 싶었는데 운향 언니께서 도통 이쪽으로 발걸음을 하시지 않아 못 왔어요."

"그랬구나. 주희 데리고 자주 좀 오시지 그러셨소."

수민이 서아를 보며 나무라듯 말했다.

"새로운 검무를 짜느라 여유가 없었습니다."

서아가 웃는 얼굴로 말을 받았다. 물론 핑계였다. 그러나 전혀 거짓은 아니었다.

"새로운 검무라. 기대되는구려."

"도련님은 별일 없으셨지요?"

"그거야 높으신 양반들에게 있었지. 잘 아시잖소."

"예. 들어서 알고 있어요. 하여 번잡하진 않으셨는지요."

"나 같은 말단 관리가 번잡할 게 무에 있겠소. 골치 아픈 정도도 직급 따라 다르더이다. 아마도 제일 번다하신 분은 주상 전하이신 듯하오. 여간해서는 왕후 자리에서 내려오지 않으려 버티시는 분을 빈으로 끌어내리려니 얼마나 힘드시겠소. 말하는 나까지 다 머릿골이 쑤시는구려. 그 얘긴 이쯤 하고 좀 걸읍시다."

수민이 천천히 앞으로 나아갔다. 서아도 답답함을 느끼고 수민을 따라갔다.

"서당 문은 언제 여실 요량이세요?"

"금월 중순쯤 열 것이오. 예인들한테도 그리 전해 주시오."

"너무 이른 거 아닌가요?"

"보다시피 건물도 다 지어졌는데 뭘 더 기다리겠소."

"제 얘기는….''

"염려 마시오. 조정 대신들이야 또 언제 갈릴지 모르고, 그것과 우리는 아무런 상관도 없지 않소."

서아는 공감의 표시로 고개를 끄덕였다.

"다만 방을 붙이는 일은 익월 초로 미룰 것이오. 아무래도 언문으로 써서 붙여야 재주꾼들이 보고 찾아올 테지. 아니 그렇소?"

"네. 맞습니다."

"멀쩡하게 일상을 영위하던 이들이 갑자기 옥에 갇히고, 귀양 가는 광경을 보면서 내가 무슨 생각을 했는지 아시오?"

"잘 모르겠어요."

"부질없는 짓을 하다 허망하게 생을 마감하는구나, 싶었소. 왜 일부 서인은 영어의 몸이 되고 남인은 유배를 가거나 사약을 받았겠소? 당파가 다른 자들을 금수마냥 물어뜯어 죽이려다 그리된 것 아니겠소. 그네들에 비하면 나는 정말 알차게, 즐겁게 살고 있다는 자부심이 드오. 모두 그대 덕분이오."

"당치 않으세요."

서아가 정색했다.

"진심이오. 그대가 아니었다면 나는 예인들과 어울리지 못했을 테고, 민초들의 시름을 달래 주는 그들이 얼마나 귀한 존재인지 알지 못했을 것이오. 그들에게 도움을 줄 수 있어서 기쁘고, 또 그대가 내 곁에 있어 행복하오."

수민의 말이 서아를 기쁘게 했다. 그러나 이내 감당하기 힘든 죄책감이 솟구쳐 서아는 수민을 제대로 볼 수 없었다. 서아는 수민을 훔쳐보며 속삭였다.

…도련님의 과분한 배려 세상 어디에 있어도, 아니 죽어서도 잊지 않을 겁니다.

시키는 대로 하지 않으면 스승님은 분명 수민 도련님을 해코지할 것이다. 시키는 대로 하면 나로 인해 도련님이 역모 죄인으로 몰려 참담한 봉변을 당할 수도 있다. 차라리 내가 목숨을 버리는 게 어떨까? 어차피 살날이 정해져 있는 처지 아닌가? 내가 죽어 없어져도 스승님은 수민 도련님을 해칠까?…모르겠다. 어쨌든 그 전에, 생을 끝내기 전에 해야 할 일이 있다. 당장 해야 한다.

"제 손을 좀 잡아 주시겠어요."

서아는 마음을 단단히 하고 마주 선 수민에게 왼손을 내밀었다. 수민이 오른손을 뻗어 서아의 왼손을 잡았다.

"참 따스합니다."

서아가 이번엔 오른손을 내밀었다. 수민이 왼손을 뻗어 부드럽게 서아의 오른손을 잡았다.

"저를 안아 주시겠어요."

서아가 떨리는 목소리로 말했다. 수민은 잠자코 서아를 끌어안았다.

"…금일 밤 저와 함께 있어 주시겠어요?"

서아가 수민을 올려다보았다.

"무슨 근심거리라도 있는 것이오?"

수민은 턱 밑에 있는 서아의 얼굴을 뚫어져라 쳐다보았다. 서아의 언행이 평상시와 사뭇 달랐다.

"아니에요. 도련님과 함께 있고 싶은 욕심이 저도 모르게 커져서 소리가 되어 나왔나 봅니다. 개의치 마십시오."

서아는 수민의 품에서 빠져나오려 몸을 틀었다.

"함께 있고 싶소. 함께 있을 것이오."

수민은 자신으로부터 벗어나려는 서아를 더욱 힘주어 당겨 안았다.

서아는 주희와 나란히 어둠이 내리기 시작하는 길을 걸어 상천루로 돌아왔다. 그들의 뒤를 수민이 호위 무사처럼 따랐다. 기루에 들어선 서아는 주희를 매월에게 보내고 수민을 자신의 방으로 이끌었다. 여인의 처소에 처음 발을 디딘 수민은 낯선 표정으로 엉거주춤 서서 주위를 둘러보았다. 서아가 촛대의 초에 불을 밝히자 안이 이내 밝아졌다. 화사하리라 짐작했던 서아의 침소는 소박했다. 수민의 방과 다른 점이 있다면 반닫이 위에 작은 경대鏡臺(화장대)가 올려져 있다는 것뿐이었다. 내부를 맴도는 향기도 진하지 않고 은은했다.

"예서 잠시만 기다려 주세요."

서아는 수민 혼자 남겨 놓고 밖으로 나왔다. 부엌에 들어가 옷을 모두 벗고 물독의 물을 퍼서 몸을 씻었다. 평생 오직 한 사람, 수민에게만 허락할 육신이었다. 삶을 끝내기 전에 수민을 받아들이고 싶었다.

다 씻은 서아는 수건으로 물기를 닦았다. 벗어 놓은 옷을 입고 방으로 돌아왔다. 수민은 여전히 어색한 표정으로 앉아 있었다. 서아는 반닫이에서 야명주를 꺼내 경대 옆에 놓고 촛불을 껐다. 작은 야명주는 내부를 환히 밝히지는 못했으나 어둠을 더 짙게 하지는 않았다. 수민과 서아는 말없이 야명주를 바라보았다. 침묵은 생각보다 길게 이어졌다.

서아는 서먹한 분위기를 깨려고 수민과 마주 앉았다.

"오래 기다리셨지요."

"아, 아, 아니요."

수민이 당황해서 말을 더듬었다. 서아의 이마에는 땀인지 모를 물기가 배어 있었다.

"금일은 저에게 특별한 날이에요, 도련님. 부디 저를 거두어 주세요."

 서아가 이제 시작하라는 뜻으로 수민을 쳐다보았다. 수민이 심상치 않은 서아의 태도에 어렴풋이 짐작했던 상황이 현실이 되는 순간이었다. 수민은 서아의 의도를 분명히 알 수 있었다. 심장이 두근거렸다.

 "…다솜…."

 수민은 탄식하듯 내뱉고 서아를 향해 부들거리는 손을 뻗었다. 서아도 떨렸으나 내색하지 않으려 애썼다. 수민은 서아의 몸을 감싸고 있는 옷을 하나하나, 남김없이 벗기고 스스로 옷을 벗었다.

 처음이었다. 수민도, 서아도. 그래서 서툴렀다. 그래서 더 행복했다. 수민은 새삼스럽게 서아에게서 풍기는 시원한 향내를 인식했다. 예전에 겉옷에 묻혀 왔던 바로 그 향이었다.

 …이제야 그걸 알아채다니. 나는 참으로 무딘 놈이로구나.

 수민은 서아의 반듯한 이마에 입을 맞추었다. 서아가 살며시 눈을 감았다. 수민의 입술이 서아의 이마에서 눈썹으로 내려와 귀와 코와 입술과 목덜미를 스쳐 어깨와 가슴을 향해 긴 금을 그었다. 그러다 수렁에 빠진 양 수민의 몸이 서아의 몸속으로 스르르 빨려 들어갔다. 아, 하고 서아가 짧은 비명을 질렀다. 그 소리가 수민의 동작을 멈춰 세웠다. 의식도 덩달아 흐름을 멈추었다. 수민은 무아의 상태로 얼마간 있었다.

"내년 대추 익을 때까지, 사시지도 못할 텐데."

이윽고 수민은 느닷없이 머릿속에 떠오른 문장을 자신도 모르게 중얼거렸다. 왜 하필 그 시구가 생각났는지 알 수 없었다. 여하튼 정신을 차린 수민은 끊긴 동작을 이어 나갔다. 움직임은 갈수록 격렬해졌고, 마침내 아찔한 쾌감이 느껴졌다.

수민은 호흡을 가다듬고 서아를 내려다보았다. 빠르게 뛰는 서아의 맥박 소리가 들렸다.

"도련님은 누구십니까?"

서아가 희뿌연 어둠 속에서 수민을 마주 보며 물었다.

"민수. 그대에게 나는 민수요."

수민은 진지하게 답했다.

"그걸 다 기억하고 계십니까?"

서아가 빙긋이 미소를 지었다. 수민은 도톰한 서아의 입술을 손끝으로 매만졌다.

"어찌 잊을 수 있겠소. 그러는 그대는 누구요?"

"다솜. 저는 도련님에게 다솜입니다."

서아가 말했다. 수민은 서아의 목소리를 귀로 듣고, 손으로 느꼈다.

"고맙소. 이 세상에 태어나 줘서. 고맙소. 내 앞에 나타나 줘서. 고맙소. 내 옆에 있어 줘서."

수민이 진심을 전했다.

"감사합니다. 이 세상에 태어나 주셔서. 감사합니다. 저에게 와 주셔서. 감사합니다. 저를 받아 주셔서."

서아가 나직하게 화답했다. 수민은 문득 이상한 느낌이 들어 서아의 얼굴을 유심히 들여다보았다. 역시나 서아는 울고 있었다. 수민은 혀를 내밀어 볼을 타고 흐르는 서아의 눈물을 닦아 주었다.

서아는 수민을 보내고 마당에 서서 하늘을 올려다보았다. 새벽하늘에 먹구름이 드리워져 있었다. 아무래도 비가 내릴 모양이었다.

…아버님, 어머님 죄송합니다. 소녀 곧 그곳에서 두 분을 뵙고 사죄 올리겠습니다.

서아는 계속 하늘을 보고 있으면 굳게 다진 마음이 느슨해질 듯해 얼른 방으로 들어왔다. 경대 옆에 놓인 야명주가 녹색 빛을 발하고 있었다.

서아는 반닫이를 열고 안에 넣어 둔 단도短刀를 꺼냈다. 칼끝이 심장을 향하도록 두 손으로 손잡이를 잡았다. 크게 심호흡하고 힘주어 끌어당기려 했다.

순간 방문이 벌컥 열리고 돌멩이가 날아들어 서아의 손등을 쳤다. 서아는 예기치 못한 타격에 의해 칼을 놓치고 말았다.

"이게 무슨 짓이냐!"

누군가가 방에 들어와 낮고 굵은 음성으로 꾸짖었다. 치운이었다. 서아는 재빨리 떨어진 단도를 집었다. 그러나 어느새 다가온 치운에게 오른 손목이 잡히고 말았다.

"대체 왜 이러는 게냐?"

"놓으십시오, 스승님!"

서아는 왼손으로 치운의 손을 쳐냈다.

"안 된다."

 치운이 슬쩍 손목을 비틀어 피하고 단도를 낚아챘다. 칼을 빼앗긴 서아는 원망 어린 눈빛으로 치운을 노려보았다. 치운이 깊은 한숨을 내쉬었다.

"까닭을 물어봐도 되겠느냐?"

"어째서 그걸 제게 하문하시는 겁니까? 스승님께서도 아시지 않습니까. 제가 성공하든 실패하든 도련님은 역모 죄인으로 몰려 목숨이 위태로운 지경에 처할 것입니다."

"아니다. 그렇지 않다."

 치운은 지난밤 서아가 수민을 자신의 처서로 들이는 광경을 보았다. 몹시 실망스러웠다. 그래도 뭐 별일이야 있겠느냐, 애써 낙관했다. 물론 짐작은 하고 있었다. 서아의 속내를. 그러다 목욕을 마친 서아가 방 안으로 들어가는 것을 보고서야 별일이, 끔찍한 상상이 현실에서 벌어지고 있음을 인정했다. 인정하지 않을 수 없었다. 이내 두 사람을 향한 질투심과 적개심이 무섭게

타올랐다. 치운은 치사한 짓임을 모르지 않으면서도 문설주 뒤에 숨어 내부의 동정을 살폈다. 들리는 소리만으로도 두 사람의 행동이 또렷이 그려졌다. 숨이 턱 막히고 애가 탔다.

치운은 새벽하늘이 밝아 오고 서아가 수민을 보낼 때까지 한 자리에 서 있었다. 질투심과 적개심을 이기지 못해서만은 아니었다. 불현듯 불길한 예감이 사납게 뒤통수를 후려친 탓이었다. 치운은 서아가 수민을 위해 자진할지도 모른다는 생각에 사로잡혔다. 치운의 예측은 정확히 들어맞았다.

"그렇지 않다니요?"

서아가 미심쩍은 표정으로 물었다.

"내가 살릴 것이다. 잡히기 전에 수민을 빼내서 아무도 찾을 수 없는 곳으로 보낼 것이다."

치운은 서아의 마음을 돌리기 위해서는 이 방도밖에 없다고 판단했다. 수민의 안전이 보장되면 서아도 더는 고집을 피우지 않을 터였다.

"정말이십니까?"

"내가 왜 너한테 허언을 하겠느냐. 내가 직접 나서서 수민을 구할 것이다. 그러니 안심하거라. 나를… 믿어야 한다."

치운은 자신이 무슨 말을 내뱉고 있는지 알았다. 그러나 그것이 거짓인지 참인지는 몰랐다. 알고 싶지도 않았다.

성황리에 대회를 마치다

 어느새 봄이 물러나고 여름이 왔다. 중려에 문을 연 예인서당은 늘 예인들과 학동들로 북적였다. 수민은 휴일에는 아침 일찍 예인서당으로 가서 밤늦게 집에 돌아오곤 했다. 폐비 민씨를 다시 왕비로 삼은 왕 이순은 송시열과 김수항 등을 복관하고 이세벽을 조정으로 불러들였다. 그러나 이세벽은 신병을 핑계로 왕의 부름에 응하지 않았다. 수민은 아버지가 관직을 받지 않아 다행이라 여겼다. 아버지와 궐 안에서 마주치기 싫었다.
 예인들은 오전에 한 차례 아이들을 가르치고 오후에는 예약된 장소로 일하러 갔다. 그들과 더불어 생활하는 두진은 손님이 찾아와 언제 어떤 잔치를 열고자 하는지 설명하고 예인들을 보내달라는 요청을 하면 수민과 의논하여 잔치의 성격에 맞게 악공과 가인, 무희 등을 뽑아서 조를 꾸려 보냈다. 차츰 정국이 안정을 찾고, 예인서당에 대한 입소문이 도성 안에 퍼지면서 찾는 손님이 늘어나 늦어도 닷새 전에는 예약을 해야 간신히 원하는 날짜에 예인들을 보낼 수 있었다.

  수민은 휴일을 맞아 예인서당을 찾았다. 이레 만이었다. 날이 더워지면서 악공과 가인들은 방문을 활짝 열어 놓고 경쟁하듯 아이들을 가르쳤다. 그로 인해 악기와 노랫소리, 아이들 꾸짖는 소리가 이 방 저 방에서 끊이지 않고 흘러나왔다. 예인들은 어지간해서는 학동들을 칭찬하지 않았다. 당일도 마찬가지였다.
  마당에서는 무희들이 열 살 언저리의 여자애들에게 춤을 가르치고 있었다. 여동들이 군무를 추는 모습은 깨물어 주고 싶을 만큼 앙증맞았다.
  뒤뜰에서는 다솜이, 역시 여아들에게 검무를 가르치고 있었다. 그들 틈에 다솜보다 더 키가 큰 여인이 섞여 있었다. 상천루 연실이었다. 뜻밖의 상황이라 속사정이 궁금해진 수민은 검무 교습이 끝나기를 기다려 다솜에게 물었다.
  "나이 든 연실은 왜 받아들인 것이오?"
  "실은 예전부터 두 사람이 함께 추는 쌍검대무를 구상하고 있었어요. 한데 아이들이 아직 어려서 고심하던 차에 마침 연실 언니가 검무를 배우고 싶다잖아요."
  다솜이 웃으며 답했다.
  "해서 허락한 거요? 내 보기엔 두 사람 사이가 그리 좋은 것 같지 않더구만."

  수민의 말은 사실이었다. 연실은 다솜을 처음 마주했을 때부터 못마땅한 기색을 내비쳤다. 여태까지는 자신이 상천루에서 으뜸으로 인기가 많았는데 차후로는 손님들의 관심이 모두 다솜에게 쏠릴까 봐 불안해서였다. 연실은 별거 아닌 일에도 트집을 잡아 다솜을 구박했고, 다솜이 검무로 명성을 날리면서 수민은 물론 전 별감의 귀애마저 독차지하자 노골적으로 시기와 질투 섞인 불평불만을 쏟아 냈다.

  "저도 염려되어 몇 번이나 거절했는데 그래도 계속 가르쳐 달라 조르고 매달리지 뭐예요. 하여 제 지시에 잘 따르겠다는 확답을 받고 받아들였지요."

  다솜이 쌍검대무를 구상한 까닭은 두 사람이 함께 검무를 추면 사람들의 시선이 분산될 테고, 따라서 좀 더 수월하게 왕을 향해 검을 날릴 수 있으리라는 판단에서였다. 하지만 어느덧 혼자 추었을 때보다 더 멋지고, 더 화려한 검무를 사람들에게 보여 주고 싶은 다솜에게 욕심이 생겼다.

  수민은 다솜이 짠 쌍검대무를 되도록 빨리 감상하고 싶었다. 다솜이 이르기를 연실이 의외로 검무에 소질이 있고, 배움에도 열심히 임한다 하니 가까운 시일 내에 구경할 수 있을 듯했다.

  "팔도재주자랑대회가 앞으로 사흘 남았구려. 하루하루가 참 빨리 지나갑니다."

수민이 화제를 돌렸다. 서아가 고갯짓으로 공감을 표했다. 수민이 금전으로 사람들의 손을 빌려 전국 곳곳에 방을 붙인 것이 벌써 달포 전이었다.

"방에 대회 날짜와 시각, 장소 등을 언문으로 자세히 적어 놓았으니 알아서들 잘 찾아오겠지."

수민이 혼잣말하듯 중얼거렸다.

"참가자가 많지 않을까 심려되세요?"

다솜이 물었다. 정곡을 찔린 수민은 사레들린 양 헛기침을 두어 번 했다. 조선에서는 처음 열리는 대회였다. 청나라에서도 이런 대회가 열렸다는 얘기는 들어 본 적이 없었다. 또한 수민은 전국에 재주꾼이 얼마나 있는지 알지 못했다. 과연 몇이나 올지, 한 명도 안 오는 건 아닌지, 맞춤한 인원이 온다면 대회를 제대로 치러 낼 수 있을지 두루 걱정되었다.

"염려 놓으세요. 제 짐작엔 그날 이곳이 사람들로 넘쳐날 듯해요."

수민의 속내를 헤아린 다솜이 말했다.

"정말 그리 여기시오?"

"여부가 있겠어요. 설혹 이번에 기대에 못 미치는 성과가 나온다 해도 실망할 필요는 없지 않나요. 한 번 해 봤으니 그 경험을 바탕으로 다음에는 훨씬 더 잘할 수 있잖아요."

"하긴 첫술에 배부를 리 없지."

수민이 맞장구쳤다. 한데 다솜의 말투에서 뭔가 모를 쓸쓸함과 공허함이 느껴졌다.

"혹 무슨 고민이라도 있는 것이오?"

수민은 다솜의 눈을 뚫어져라 쳐다보았다.

"아니에요. 사흘 뒤면 열릴 대회가 사뭇 기대되어서 그래요."

다솜이 밝게 웃어 보였다.

"나 역시 마찬가지요."

수민도 따라 웃었다. 다솜의 목소리가 애잔하게 들린 것은 자신이 대회 걱정으로 인해 지나치게 예민해진 탓이라 여겼다.

마침내 미월未月(음력 6월) 중순, 공지한 날이 밝았다. 예정대로 당일 예인서당 뒤뜰에서 팔도재주자랑대회가 열렸다. 경연장에 제일 먼저 나타난 외부인은 박준영과 양현성이었다. 수민과 두진은 두 사람을 반갑게 맞이했다.

"어서들 오시게. 바쁠 텐데 와 주어서 고맙네. 과거 준비는 잘하고 있는가?"

수민이 두 사람을 번갈아 쳐다보며 물었다.

"여부가 있겠나. 언제 무과를 치른다는 고시가 나붙을지 오리무중이네만."

양현성이 비꼬는 말투로 답했다. 수민은 그들이 하루빨리 무과가 열리기를 바란다는 것을 알았다. 당연히 답답할 터였다.

"정국이 안정을 찾아가고 있으니 곧 고시할 걸세. 길어야 서너 달 안팎이지 싶네."

"그 얘긴 그만하고 우리가 뭐 도와줄 건 없는가?"

두 친구의 대화가 무의미하게 느껴졌는지 박준영이 끼어들었다.

"왜 없겠나."

두진이 어깨에 멘 자그마한 망태기에서 숫자가 적힌 패를 하나 꺼내 박준영과 양현성에게 보여 주었다.

"나와 함께 입구에 서서 이 패를 대회에 참가하러 온 재주꾼들에게 나누어 주면 되네. 도착한 순서대로 경연장에 나와 재주를 펼칠 수 있도록 하기 위한 방편이라네."

"알았네. 그리하지."

박준영과 양현성이 동시에 답했다. 곧이어 괴나리봇짐을 짊어진 재주꾼이 하나둘 예인서당에 발을 들여놓았다. 구경꾼들도 음식물이 들어 있는 듯한 보자기를 들고 줄지어 입장했다. 그 얼마 후에는 전 별감과 무갑, 매월과 연실, 어깨가 구부정한 하인 등이 예인들과 함께 왔다. 다솜은 그들 곁에 있었다. 그제야 걱정을 덜어 낸 수민이 전 별감에게 다가갔다.

"어서 오십시오, 어르신."

"수고가 많네. 일찍부터 사람들이 몰려드는 걸로 보아 성황을 이룰 모양일세."

"말씀만으로도 감사합니다, 어르신."

"빈말이 아닐세. 대회 준비하느라 바쁠 텐데 우리는 신경 쓰지 말고 일 보게. 다들 가세나."

전 별감이 상천루 식구를 돌아보며 말했다.

"허면 나중에 뵙겠습니다. 구경 잘 하십시오."

수민은 전 별감에게 인사하고 다솜을 쳐다보았다.

대회 끝난 뒤 봅시다.

수민이 눈짓으로 속엣말을 전했다. 다솜이 알았다는 표시로 콧망울을 찡긋해 보였다. 수민은 이내 돌아서서 참가자들에게 나누어 줄 주먹밥이 왔는지 보러 갔다. 마침 지게를 등에 진 강쇠가 을녀와 나란히 대문 안으로 들어오고 있었다.

"시키신 대로 만들어서 가져오긴 했는데 너무 많은 건 아닌지 모르겠습니다요."

을녀가 수민을 보고는 고개를 갸웃했다. 수민은 정확히 몇 명이 올지 가늠하기 어려워 을녀와 강쇠에게 50인분을 준비해 오라 일렀다.

"걱정 말게. 남는 건 우리가 먹으면 되네. 강쇠는 나를 따라오고, 을녀는 좋은 자리 잡고 앉아서 서방님이나 기다리시게."

"쇤네는 집안일이 밀려서 돌아가야 해요."

"어허, 가긴 어딜 간다고 그러나. 금일은 재주 구경 실컷 하면서 재미나게 보내도록 하게."

수민은 을녀에게 단단히 이른 뒤 강쇠를 데리고 두진에게로 갔다. 두진은 경연장에 서서 공연 순서를 점검하고 있었다. 경연은 미시 초에 시작할 예정이었다. 패를 받은 참가자들은 수민이 사람들을 시켜 설치한 장막 안에 들어가 휴식을 취하며 재주를 선보일 준비를 하고 있었다. 구경꾼들은 일찍 온 순서대로 관중석과 경연장을 구분하기 위해 쳐 놓은 새끼줄 바로 앞에서부터 차례로 자리를 잡았다.

"주먹밥은 어디 두는 게 좋겠는가?"

　수민이 두진에게 물었다.

"여기 놓고 다른 일 보시게. 준영이와 현성이 참가자들을 장막 안으로 안내하고 있으니 두 사람에게 맡기면 될 듯하네."

"그럼 되겠군. 자네는 그만 을녀에게 가 보게."

　수민은 두진이 가리킨 곳에 지게를 풀어 내려놓은 강쇠에게 말하고 관중석과 장막 안을 둘러보았다. 관중석에는 예상했던 것보다 훨씬 많은 사람이 와 있었다. 장막 안에도 서른 명이 넘는 참가자가 모여 있었다. 다행이었다.

　구경꾼의 발길이 끊길 즈음에는 정인석이 행수는 물론 상공원上公員과 하공원下公員도 모두 이끌고 왔다. 아무래도 오지 않으려나 싶어 섭섭해했던 수민의 마음이 스르르 풀렸다.

"바쁘실 텐데 와 주셔서 감사합니다."

　수민이 반갑게 인사했다.

"너 보러 온 게 아니다. 재주 구경하러 왔지."

정인석은 퉁명하게 내뱉고 육의전 식구들에게 서둘러 앉을 곳을 마련하라 일렀다.

"여부가 있겠습니까."

수민은 웃는 얼굴로 정인석에게 말하고 다시 두진에게로 갔다.

"이제 올 사람 다 왔고, 고지한 시간도 다 되었으니 시작하세."

"알겠네."

잠시 주위를 둘러본 두진이 경연장 한가운데로 걸어 나가 크게 외쳤다.

"지금부터 팔도재주경연대회를 개최하겠습니다. 패에 적힌 순서대로 한 분씩 나와 본인의 재주를 신명 나게 펼쳐 주십시오."

두진이 전언을 마치자 一자 패를 든 다부지게 생긴 사내가 장막 안에서 나왔다. 사내는 구경꾼들 앞에 서서 자신을 소개했다.

"지는 천안에서 온 박구만이라고 하는구먼유."

사내가 구경꾼들에게 꾸벅 고개를 숙여 보였다. 그러고는 다짜고짜 봇짐을 풀어 나무와 못을 꺼냈다.

"이것도 재주인지는 지도 잘 모르겠시유."

사내는 땅바닥에 털썩 주저앉아 손으로 못을 들어 나무에 대고 눌렀다. 못은 그대로 나무에 박혔다. 사내는 빠른 속도로 나무에 못을 박아 나갔다. 그럴 때마다 관중석에서는 "재주 맞네" 하는 소리와 탄성이 터져 나왔다.

두 번째 사내는 아예 장막 안에서부터 물구나무선 채 나왔다. 경연장에 들어선 사내는 두 손으로 걷기도 하고, 제자리에서 통통 튀어 오르기도 했다. 튀어 오르며 두 손뼉을 마주치기도 하고, 오른손으로만 땅을 짚은 채 서 있기도 했다. 재주를 모두 선보인 사내는 "원주에서 온 거꾸로"라고 자신을 소개했다.

재주꾼들의 묘기는 계속 이어졌다. 닭과 개, 소와 돼지 울음 따위를 똑같이 흉내 내는 사내도 있었고, 주먹으로 단단한 차돌을 쳐서 부수는 사내도 있었다. 쉴 새 없이 땅재주를 넘다 지쳐 쓰러진 사내도 있었고, 막대 끝에 접시를 올리고 돌리다 실수로 깨뜨린 사내도 있었다.

스무 번째에는 예쁘장하게 생긴 사내와 우락부락하게 생긴 사내가 짝을 이뤄 나왔다. 예쁘장하게 생긴 사내가 10보쯤 떨어진 곳에 서서 정수리에 봇짐을 올려놓자 우락부락하게 생긴 사내가 품에서 단검을 꺼내 봇짐을 향해 던지려 했다. 순간 예쁘장하게 생긴 사내가 "나 살려!" 소리치며 봇짐을 내던지고 냅다 줄행랑을 놓는 바람에 경연장은 웃음바다가 되고 말았다.

금번 대회에서 가장 박수를 많이 받은 사람은 아들과 함께 나온 함아재였다. 아들이 네모난 함을 지고 등장할 때까지만 해도 아기 반닫이보다 작은 그 나무 상자 속에 사람이 들어 있으리라 생각한 구경꾼은 아무도 없었다.

아들은 함을 바닥에 내려놓고 덮개를 벗겼다. 네 모서리에 각각 두 개씩 달아 놓은 경첩을 모두 풀어 나무판을 제거했다. 그러자 둥글고 길쭉한 물체가 모습을 드러냈다. 자세히 보니 사람이었다. 사내였다. 양손으로 무릎을 감싼 사내는 얼굴을 허벅지에 묻고 있었다. 아들이 작대기로 툭 치자 사내가 기다렸다는 듯 일어서서 기지개를 켰다. 사내의 체구는 그닥 작지 않았다. 구경꾼들은 믿기 힘들다는 표정으로 사내를 쳐다보았다.

"내는 상주에서 온 함아재라 하미다. 사람들이 내 보고 함에서 산다고 함아재라 부르데여. 함이 제 집이라여."

사내가 말했다. 그제야 구경꾼들 사이에서 떠들썩한 웃음과 박수가 터져 나왔다.

"인제 고마 본론으로 들어갈랍니더."

함아재가 종종걸음으로 아들에게 갔다. 덩치가 아버지보다 두 배는 큰 아들이 함아재에게 팔을 뻗었다. 함아재는 아들이 내민 팔을 잡고 나무 타듯이 기어 올라가 두 발로 아들의 양어깨를 밟고 섰다. 아들이 성큼성큼 걸음을 옮겨도 함아재는 나무에 붙은 매미마냥 떨어질 줄 몰랐다. 아들이 기습하듯 허리를 숙이자 함아재의 몸이 앞으로 기울어졌다. 그래도 떨어지지는 않았다. 그 광경을 본 구경꾼들이 일제히 환호성을 지르며 손뼉을 쳐 댔다.

함아재 다음으로 많은 박수를 받은 사람은 점중남이었다.

"저는 수원에 사는 점중남입니다. 보다시피 요기에 점이 박혀 있어서 그렇게들 부릅니다."

사내는 손가락으로 자신의 이마 한가운데 있는 큰 점을 짚었다. 또다시 함성 같은 웃음소리가 경연장을 뒤흔들었다.

"자, 여길 보십시오."

점중남은 허리춤에서 돌멩이 하나를 꺼내 오른쪽 콧속에 집어넣었다. 왼손 엄지로 왼쪽 콧구멍을 틀어막고 코를 세게 풀었다. 그러자 콧속에 있던 돌멩이가 튀어나와 빠른 속도로 구경꾼들을 향해 날아갔다. 점중남은 같은 동작을 여러 번 되풀이했다. 돌멩이는 번번이 새끼줄 못 미쳐서 떨어졌다. 그래도 구경꾼들은 매번 비명을 지르며 상체를 좌우로 바삐 움직였다.

"이번에는 이빨로 사람을 들어 올리겠습니다."

점중남은 구경꾼들에게 다가가 이 사람, 저 사람 살펴보더니 중간 체격의 사내를 데리고 나왔다. 사내는 무엇엔가 홀린 양 점중남을 따라 나왔다. 점중남은 허리춤에서 노끈을 꺼내 사내의 허리를 묶고 이로 끈을 물어서 사내를 들어 올렸다.

"어, 어…."

사내가 동그래진 눈으로 공중에 떠 있는 자신의 두 발을 내려다보았다. 구경꾼들이 황당해하는 사내의 얼굴을 보고 크게 웃었다.

미시에 시작한 경연은 유시 말이 되어서야 끝이 났다. 수민은 두진과 상의해 제일 박수를 많이 받은 함아재를 장원으로 뽑고,

그다음으로 많이 받은 점중남을 차석으로 뽑았다. 삼등과 장려상 수상자로는 거꾸로와 박구만을 선정했다.

수민은 입상자들에게 약조한 상금을 나눠 주었다. 등수에 들지 못한 사람들에게는 여비를 넉넉히 챙겨 주었다.

그날 저녁 수민은 입상자들과 더불어 상천루에서 술을 마셨다. 두진과 대회 진행을 도와준 친구들도 자리를 같이했다.

"모두 고생 많으셨소. 부족한 게 있으면 말씀하시고 원껏 드시오."

수민이 입상자들의 잔에 술을 따르며 말했다.

"예. 별감 나리. 보잘것없는 저희에게 상금을 내리고 술상도 푸짐하게 봐 주셔서 감사드립니다요."

입상자 가운데 제일 연장자인 점중남이 대표 격으로 나섰다.

"감사는 내가 드려야지. 덕분에 즐거웠소. 경연장에 온 사람들도 많이 웃고, 난생처음 좋은 구경했다고 즐거워하면서 돌아갔소. 해서 말인데 대회를 열었던 곳에 머무르며 우리 예인들과 합동 공연 한번 해 보지 않겠소?"

수민이 그들에게 제안했다.

"삯은 섭섭지 않게 드릴 터이니 그 부분은 염려 마시오."

"저희야 좋습니다만 공연을 자주 할 수 있겠습니까요?"

"그건 나한테 맡기시오. 일이 없더라도 보상은 할 것이오."

수민은 다부지게 말했다. 점중남이 네 사람을 한 명 한 명 쳐

성황리에 대회를 마치다 · 259

다보며 눈짓으로 의향을 물었다. 네 사람 다 동의의 표시로 고개를 주억거렸다.

"허면 저희는 별감 나리만 믿고 따르겠습니다요."

점중남이 큰 소리로 말했다. 다른 이들도 입을 모아 외쳤다.

"믿고 따르겠습니다요."

"좋소. 앞으로 잘해 봅시다. 다들 내 술 한 잔 더 받으시오."

수민이 다시 입상자들에게 술을 따라 주었다.

"한번은 이런 적이 있었습죠. 금일같이 돌멩이를 콧속에 집어넣고 날리는데 고것이 그만 앞에 앉아 있던 젊은 아낙네 입안으로 쏙 들어가 버리지 뭡니까요. 그놈의 돌멩이가 목에 걸렸는지 아낙네가 숨도 제대로 못 쉬고 컥컥거리는데, 하, 눈앞이 캄캄해집디다. 다행히 아낙네가 용을 쓰다 돌멩이를 뱉어냈기에 망정이지 하마터면 인생 종 칠 뻔했습죠. 그대로 세상을 하직했다면 포도청에 끌려가 사정없이 치도곤을 당했을 테니까요. 그 뒤로는 돌멩이가 사람들에게 날아가지 않도록 조심 또 조심합니다."

점중남이 술잔을 비우고 아찔했던 경험담을 들려주었다. 그 얘기를 듣고 모두가 배를 쥐며 웃었다. 뒤이어 함아재와 거꾸로, 박구만이 경쟁하듯 실수담을 풀어 놓았다. 하나같이 기막힌 이야기들이라 웃음소리가 끊이지 않았다.

"자네가 부럽군."

술자리를 마치고 귀가하는 길에 박준영이 수민에게 말을 건넸다.

"음악에, 노래에, 춤에, 그것도 모자라 세상 유쾌한 사람들과 더불어 지내게 되었으니 얼마나 흥겹겠는가."

"누가 아니래. 인복이 터진 게지."

양현성이 거들었다.

"허면 자네들도 나와 같이 지내게나."

수민은 가볍게 받아넘겼다.

"그러고 싶네. 진심일세."

양현성이 정색을 하고 수민을 쳐다보았다. 내심 당황한 수민은 두진을 바라보았다. 두진은 시선을 허공에 둔 채 뜻 모를 미소만 짓고 있었다.

"곧 그리될 걸세."

수민은 걸음을 멈추고 진중하게 말했다. 세 사람도 멈춰 섰다. 수민은 확신했다. 별시 무과가 열리는 날 양현성과 박준영은 당연히 응시해서 급제할 테고, 하여 별감이 되면 자신과 같은 삶을 살 수 있을 거라고.

"예인촌을 만드는 데 자네들 도움이 절실하네. 나에게 힘을 보태 주었으면 하네."

수민은 천천히 세 사람을 둘러보았다. 세 사람도 수민을 바라보았다. 오랜 벗이었다. 굳이 입 밖에 내지 않아도 서로의 속내를 알 수 있었다. 그래서 든든했다. 그래서 위로가 되었다.

성황리에 대회를 마치다

나를 위해 슬퍼하지 마라

 가을이 깊어 갈 무렵 수민은 임금의 부름을 받아 편전에 들었다. 신하들이 양옆으로 도열한 자리에서 임금과 마주하기는 처음이었다. 임금 앞에 선 수민은 공손히 머리를 조아리고 아뢰었다.
"별감 이수민, 주상 전하를 뵈옵니다."
"과인을 지키느라 고생이 많구나."
 임금이 온화한 표정으로 말했다. 수민은 즉시 허리를 더 숙였다.
"미천한 신에게 당치도 않으신 말씀이옵니다."
"들자 하니 지난여름에 재주자랑대회를 열었다더구나."
"예, 전하."
"백성들이 아주 즐거워했다지. 과인도 그들의 재주를 구경해 보고 싶구나."

"언제든 명만 내리십시오. 받잡겠습니다."

"참. 이 별감이 직접 예인서당이란 곳을 세워 예인들을 키우고 있다는 소리를 들었다. 사실이냐?"

"예, 전하. 천대받는 자들에게 조금이나마 도움을 주고 싶어 그리하였습니다."

"장악원에서 할 일을 이 별감이 대신하고 있구나."

"황공하옵니다, 전하. 소신이 주제넘은 짓을 하는 건 아닌가 항시 염려되옵니다."

"너를 탓하려는 게 아니다. 내 너를 부른 까닭은 긴한 부탁이 있어서다."

"부탁이라니 당치도 않사옵니다. 하명하옵소서."

"너도 알다시피 금년에 대풍이 든 것은 하늘이 농부들의 수고를 알고 도와준 덕분 아니겠느냐. 하여 하늘에 감사를 올리고, 농부들의 노고도 치하할 겸 연회를 열었으면 한다. 네가 데리고 있는 예인과 재주꾼들의 기예를 보며 대풍의 기쁨을 만백성과 함께하고 싶구나."

"성은이 망극하옵니다."

"날짜는 과인이 조정 대신들과 의논하여 정할 터이니 연회를 열 장소는 네가 정하거라. 행사 준비도 네가 맡아서 하거라. 그리할 수 있겠느냐?"

"예, 전하. 소신 성심을 다해 전하의 명을 받들겠사옵니다."

"다들 들으시었소? 과인뿐만 아니라 여기 있는 중신들과 만백성이 함께하는 자리니 영상은 관상감에 일러 좋은 날을 받아서 올리도록 하시오."

임금이 신하들을 둘러보다 영의정에게 시선을 멈추고 일렀다.

"예. 전하. 분부대로 하겠사옵니다."

영의정이 큰 소리로 아뢰며 허리를 숙였다. 나머지 신하들이 일제히 영의정을 따라 했다.

편전에서 물러난 수민은 궐을 나와 곧장 상천루로 갔다. 활짝 웃는 다솜의 얼굴이 맑은 물에 비친 꽃마냥 선명하게 떠올랐다. 이 사실을 알게 되면 다솜은 분명 뛸 듯이 기뻐할 터였다. 수민은 언젠가 다솜이 한 얘기를 가슴에 새기고 있었다.

"도련님이 청을 넣어 예인과 재주꾼들이 주상 전하 앞에서 마음껏 기예를 선보일 수 있는 자리를 마련해 주실 수 없나요? 저도 전하 앞에서 검무를 상연해 보이고 싶어요. 전하께서 흡족해하시면 상은 물론 여러 혜택도 받을 수 있을 거예요. 어쩌면 예인들의 마을이 더 빨리 지어질 수도 있고요."

수민도 다솜의 말이 옳다고 여겨 임금에게 청을 넣을 기회를 엿보던 참이었다. 한데 임금이 먼저 수민에게 연회를 준비하라는 명을 하달한 것이었다.

"궐에서 무슨 일이 있었는지 아시오?"

수민은 다솜을 보자마자 물었다.

"좋은 일이 있었지요. 도련님 표정만 봐도 알 수 있답니다."

다솜이 밝게 답했다.

"그러하오? 맞소. 그대의 바람이 조만간 이루어질 것 같소."

수민은 당연히 다솜이 반색할 줄 알았다. 그러나 예상과는 달리 다솜의 안색은 급격히 어두워졌다. 뭔가 오해하고 있는 모양이었다. 수민은 서둘러 말을 이었다.

"주상 전하 앞에서 검무를 추고 싶다 하지 않으셨소? 예인과 재주꾼들이 전하 앞에서 공연을 펼칠 수 있도록 주선해 달라 하지 않으셨소?"

"아, 네. 그 말씀이셨군요."

다솜이 살며시 미소를 지었다. 수민의 눈에는 마지못해 웃는 듯 보였다.

"어찌 이러는 게요? 별로 탐탁지 않소? 아니면 무슨 근심거리라도 생긴 거요?"

"제가 간원한 일인데 왜 아니 기쁘겠습니까. 다만 전하 앞에서 검무를 잘 출 수 있을지 염려되어…"

"별걱정을 다 하시오. 평소같이 하면 될 것을. 그래도 긴장되면 나를 보시오. 그대 가까운 곳에 있을 터이니 나에게 기대시오. 그럼 한결 마음이 놓일 거요."

"예, 도련님. 그리하겠습니다."

"예인과 재주꾼들에게도 이 소식을 전해야겠소. 나와 함께 갑시다."

"저는 여기 남겨 두시지요. 전하께 선보일 새로운 검무를 짜고 싶습니다."

"허면 할 수 없지. 나 혼자 다녀오리다."

수민은 자신도 따라 나서겠다는 답을 기대하며 다솜을 쳐다보았다. 다솜은 기대와는 달리 짧게 고개를 끄덕였다. 얼굴에 웃음을 띠고는 있으나 어딘가 불편해 보였다. 수민은 막상 바라던 바가 이루어지자 부담을 느껴서 그러는 거라 여기고 뒤돌아섰다.

"서아야, 드디어 때가 온 것 같구나."

어느새 나타난 치운이 마당을 쓰는 척하며 서아에게 다가왔다. 서아는 치운이 상천루 어딘가에서 기척을 숨긴 채 수민과 자신이 나누는 대화를 엿듣고 있음을 알고 있었다. 몹시 언짢았다. 치운은 언제나, 어디서나 끊임없이 서아를 감시했다.

"약조는 꼭 지켜 주십시오."

서아는 치운을 보지도 않고 차갑게 내뱉었다.

"나를 믿지 못하겠느냐?"

치운이 허리를 펴고 서아를 노려보았다.

"제 입에서 무슨 말이 나오길 바라십니까?"

서아도 야멸치게 치운을 쏘아보았다.

"아니다. 되었다. 내 목숨을 걸고 한 약조다. 반드시 지킬 터이니 안심하거라."

"저는 고단해서 이만 들어가 보겠습니다."

서아는 서둘러 자신의 처소로 갔다. 치운은 설빙마냥 냉랭한 서아의 뒷모습을 바라보다 길게 한숨을 내쉬었다.

…서아야. 네가 왕 앞에서 검무를 추는 그날, 내 진심을 알게 될 것이다. 그래도 나를 위해 슬퍼하지 마라. 눈물 흘리지 마라.

치운은 죽음의 사신이 자신을 향해 저벅저벅 걸어오는 환영을 보았다. 사신은 그날 치운의 목을 사정없이 벨 터였다.

"무갑아. 꼭 이렇게까지 해야 하는 게냐?"

왕 이순이 자신 앞에 공손히 무릎 꿇고 앉아 있는 무갑에게 못마땅한 어조로 물었다.

"감히 소신의 생각을 아뢰어도 되겠나이까?"

무갑이 이순의 눈치를 살피며 조심스레 입을 열었다.

"그래, 어디 해 보아라."

"소신, 전하의 뜻이 옳다고 보옵니다. 예기치 못한 변고가 일어나지 않는다면 참으로 다행이나 아직도 불충한 무리가 남아 있을 수 있사옵니다. 하여 신이 직접 나서서 날짜와 장소가 정해지는 즉시 만약의 사태에 대비해 준비를 철저히 해 두겠나이다. 만에 하나 그들이 전하의 목숨을 노리고 달려든다 해도 심려치 마시옵소서. 신과 오성이 사력을 다해 막을 것이옵니다."

"꼭 오성을 보여야 하는지 모르겠구나."

"이번에 어쩔 수 없이 오성이 모습을 드러낸다 해도 나쁜 일은 아니옵니다. 오성에 대한 소문이 퍼진다면 이후 다시는 전하를 노리는 자가 나타나지 않으리라 사료되옵니다."

"어쨌든 썩 내키지 않는구나."

"황공하옵니다, 전하. 성심에 걱정이 깃든 것은 모두 소신이 부족한 탓이옵니다. 진즉에 불충한 무리를 모조리 찾아내 남김없이 쓸어 버렸어야 마땅하거늘 그리하지 못한 소신의 죄가 크옵니다. 분란의 싹을 뿌리째 뽑아 버리지 못한 소신을 벌하여 주시옵소서."

"아니다. 너에게 무슨 잘못이 있느냐. 죄가 있다면 정사를 제대로 돌보지 못한 과인에게 있겠지."

"천부당만부당하신 말씀이시옵니다. 부디 거두어 주시옵소서."

"되었다. 그만 나가 보거라. 쉬고 싶구나."

"예, 전하. 소신 물러가겠사옵니다. 편히 쉬시옵소서."

무갑은 엎드려 이순에게 절을 하고 뒷걸음으로 침전을 나왔다.

"너희 의중은 어떠하냐?"

잠시 후 이순이 혼잣말하듯 물었다.

"전하와 같사옵니다."

순간 방향을 알 수 없는 곳에서 묵직한 음성이 새어 나왔다.

오성 가운데 가장 무공이 뛰어난 월성의 목소리였다.

"그래도 정 위급한 상황이 아니면 절대로 나서지 말거라. 알겠느냐?"

"예. 전하. 분부 받잡겠사옵니다."

"그날 아무런 사고도 일어나지 않았으면 한다. 과인으로 인해 고생한 왕비와 만백성과 더불어 예인과 재주꾼들의 기예를 실컷 즐길 수 있었으면 좋겠구나."

말을 마친 이순이 허허롭게 웃었다. 왠지 섬뜩한 웃음이었다.

네 곁에 수민이 있어 든든하다

 닷새 후 연회 날짜가 잡혔다. 장소도 정해졌다. 세종 대왕의 형인 효령대군의 별서別墅(별장)였던 망원정 앞 백사장이었다. 수민은 전 별감의 천거로 망원정을 둘러보고 나서 바로 결정했다. 일단 공간이 넓어 많은 사람이 공연을 관람할 수 있다는 점이 마음에 들었다. 더군다나 앞에 아리수(한강)가 흐르고 있어 경치가 뛰어났고, 정자가 있어 왕과 왕비를 비롯해 왕실의 친척과 대소 신료가 앉을 자리를 따로 마련하지 않아도 되었다.

 수민은 한양에서 대규모 잔치를 치르기에 이보다 더 나은 곳은 없다고 판단했다. 임금 또한 수민이 행사를 개최할 장소를 망원정 앞으로 했으면 한다는 청을 올리자 두말없이 윤허했다.

 그날 저녁 수민은 두진과 함께 박준영과 양현성을 찾아갔다. 두 사람은 수민의 외삼촌이 얻어 준 집에서 기숙하며 무과를 준비하고 있었다. 수민은 서슴없이 그들에게 손을 내밀었다.

"이번에도 자네들이 힘을 보태 주어야겠어. 부탁하네."

"부탁은 무슨. 우리가 필요하다는데 기꺼이 거들어야지."

준영과 현성이 흔쾌히 수락했다.

"고맙네. 역시 자네들밖에 없어."

"이번 기회에 우리도 아예 두진이같이 자네 밑으로 들어가는 게 어떻겠는가?"

준영이 심각한 표정으로 물었다.

"이 사람, 뜬금없이 뭔 소리야? 농이라도 그런 말 말게."

수민이 헛웃음을 쳤다.

"진담일세. 아니, 자네가 아니라 두진이 휘하에 들어야겠지."

현성이 거들었다.

"그 문제는 연회가 끝난 뒤에 따로 논의하도록 하세."

수민이 얼른 대화를 매듭지었다. 이어 놀이판을 어떻게 구성하면 좋을지 친구들에게 묻고 의견을 구했다. 네 사람은 임금이 친견하는 자리에서 여태껏 볼 수 없었던 새롭고 다채로운 공연을 펼쳐 보이기 위해 밤이 이슥하도록 머리를 맞대고 떠오르는 생각들을 나누었다. 그들의 회의는 연회가 열리기 전날 저녁까지 계속되었다. 네 사람 다 행사 당일 무슨 일이 벌어질지 짐작조차 하지 못하고 있었다.

마침내 잔칫날이 밝았다. 임금은 진시 초에 왕비와 내관, 대소 신료를 대동하고 대궐을 나와 망원정으로 향했다. 내금위 군사와 무예청 별감들이 왕과 왕비가 탄 가마를 전후좌우에서 호위하며 나아갔고, 그 뒤를 내관과 대소 신려가 따랐다.

그 무렵 수민 일행은 이미 망원정에 이르러 있었다. 수민이 직접 장악원에서 가려 뽑은 악공과 여기들도 와 있었다. 곧이어 포도청 군관과 포졸들이 도착해 경계에 들어갔다. 수민의 친구들은 망원정으로 올라가 왕과 왕비 등이 앉을 자리를 점검하며 정리했고, 수민은 장악원 악공과 여기, 예인서당의 예인과 재주꾼을 비롯해 이번 공연을 위해 특별히 초빙한 광대 패와 마당놀이 재인들을 한데 모아 놓고 공연이 어떤 순서로 진행되는지 다시 한번 알려 주었다.

"주상 전하의 시선을 의식하지 마시오. 너무 긴장 마시고, 돋보이려 애쓰지도 말라는 얘기요. 그러다 보면 실수하기 마련이니 그저 평소대로만 하시오."

수민이 마지막으로 당부하고 다솜을 쳐다보았다. 다솜은 수민 옆에 있었다.

"안색이 썩 좋지 않소. 어디 불편한 거요?"

수민은 다솜의 표정이 그리 밝지 않음에 걱정이 되어 물었다.

"아닙니다, 아니어요. 제가 잘 해낼 수 있을지 염려되어서…."

다솜이 말끝을 흐렸다.

"또 그러신다. 그대는 훌륭히, 썩 잘해 낼 것이오. 누가 뭐라 해도 조선 최고의 춤꾼이잖소."

"칭찬이 넘치십니다."

"오히려 부족하오. 전에도 얘기했듯 나를 믿고 자신 있게 검무를 펼쳐 보이시오. 분명 전하께서도 흡족해하실 거요."

"네. 도련님 말씀대로 하겠습니다."

다솜이 마지못해 답했다.

잠시 후 구경꾼들이 망원정 앞 백사장으로 몰려오기 시작했다. 전 별감과 정인석도 상천루와 육의전 식구를 이끌고 왔다. 수민은 반갑게 그들을 맞이하고 나서 또다시 공연 순서를 점검했다.

이각쯤 지나자 어가 행렬이 모습을 나타냈다. 수민은 서둘러 망원정으로 올라갔다. 남두진 등은 준비를 마치고 임금의 행차가 도착하기만을 기다리고 있었다.

"수고들 했네. 자네들이 없었으면 큰일 날 뻔했어."

"아니 다행일세. 다 친구들 잘 둔 덕이지 뭐겠나."

수민과 남두진 등은 서로 농을 주고받으며 긴장을 풀었다. 이윽고 왕과 왕비가 무관들에게 둘러싸여 망원정으로 올라왔다. 천리경(망원경)을 든 내관과 대소 신료도 뒤따라 올라왔다.

"납시었습니까, 전하. 납시었습니까, 중전마마."

수민 일행은 왕과 왕비에게 차례로 허리 굽혀 인사를 올렸다.

"이곳 경치가 아주 좋군. 금일 연회 기대하겠네."

임금이 수민을 보고 말했다.

"성심을 다해 모시겠사옵니다, 전하."
"공연은 언제 볼 수 있는가?"
"준비는 다 되었나이다. 하명만 하시옵소서."
"더 기다릴 거 없지 않나. 시작하게."
"명 받들겠사옵니다, 전하."

수민은 친구들과 더불어 왕과 왕비에게 공손히 예를 올리고 망원정을 내려왔다.

드디어 공연이 시작되었다. 그러나 서아는 아무것도 들을 수 없었다. 악공들이 악기를 연주하는 소리가 전혀 귀에 들어오지 않았다.

서아는 아무것도 볼 수 없었다. 광대들도, 여기들도, 재주꾼들도, 가기들도, 가객들도, 마당놀이 재인들도 전혀 눈에 들어오지 않았다. 갑자기 의식이 세찬 바람을 맞은 등잔불마냥 툭 끊겨 버린 듯했다. 어디 다른 세계에 홀로 있는 것 같았다. 시간의 흐름조차 느껴지지 않았다.

닫혀 있던 서아의 눈과 귀는 수민이 가까이 다가온 뒤에야 비로소 열렸다. 끊긴 줄 알았던 의식도 돌아왔다. 서아는 자신이 어디에 있는지 분명하게 인식했다.

서아는 시선을 돌려 수민을 쳐다보았다. 수민의 입에서 아, 하는 탄성이 새어 나왔다. 수민은 자신도 모르게 서아에게 고개를 끄덕여 보였다. 서아는 마음속으로 수민에게 말했다.

어서 저를 데리고 이곳에서 도망쳐 주세요. 부탁이에요.

그러나 수민은 서아의 속엣말을 듣지 못했다.

"운향아, 뭐 하고 있어? 우리 차례야."

옆에 서 있던 연실이 서아를 재촉했다. 마당놀이를 마친 재인들이 들어오고 있었다.

"빨리 와!"

"아, 알았어요. 언니."

서아는 연실을 따라 공연장 한가운데로 나아갔다. 서아는 금일 연실과 짝을 이뤄 쌍검대무를 펼치기로 되어 있었다. 서아가 마지막으로 들어줄 수 있는 수민의 청이었다. 공연이 끝나면 더는 수민을 볼 수 없을 터였다.

서아와 연실은 검을 내려놓고 임금을 향해 절을 올렸다. 빙 돌아 서로 마주 본 채 천천히 일어섰다. 두 사람은 거의 동시에 귀밑머리를 쓸어 올리고 옷깃을 여미었다. 곧이어 북소리와 저 소리가 들렸다. 두 사람은 검을 집어 들고 몇 차례 상대를 공격했다. 날카롭게 찌른 검이 상대의 육신에 닿을락 말락 했다. 그러다 훌쩍 떨어져 서아는 동쪽에, 연실은 서쪽에 섰다.

서아는 검을 땅에 꽂고 팔을 늘어뜨린 채 서 있는 연실에게 달려들어 칼로 연실의 옷을 찌르고, 턱을 치켜세우고, 뺨을 훑기도 했다. 연실은 미동도 없이 서 있었다. 얼굴빛도 변하지 않았다.

서아는 반응 없는 상대에게 흥미를 잃은 양 제자리로 돌아왔다. 그러자 연실이 몸을 부르르 떨더니 성난 멧돼지마냥 목을 숙이고 사납게 서아에게 달려들었다. 하지만 쉽사리 서아에게 칼을 뻗지 못하고 머뭇거렸다. 그러다 두 사람은 서로 어깨를 살짝 부딪치고는 팽이같이 발꿈치를 회전시켰다. 이번에는 연실이 동쪽에, 서아가 서쪽에 섰다.

두 사람은 잠시 상대를 노려보다 본격적으로 싸움을 벌였다. 서아가 공격하면 연실이 막고, 연실이 공격하면 서아가 막았다. 서아와 연실은 땅을 구르며 밑에서 세차게 상대에게 칼을 들이밀기도 했고, 허공으로 날아올라 위에서 상대를 찌르기도 했다.

서아는 마지막으로 연실과 검을 부딪쳤다. 서아가 구성한 쌍검대무는 여기까지였다. 이제 검을 던지고 관중에게 절을 하면 끝이었다. 그러나 서아에게는 본격적인 임무의 시작점이기도 했다.

서아는 검을 든 채 임금을 향하여 돌아섰다. 검을 날리기에는 임금과의 거리가 너무 멀었다. 서아는 임금 가까이 가기 위해 땅을 박차고 뛰어올랐다. 그것은 단지 생각일 뿐이었다. 서아가 두 발에 힘을 주기도 전에 그녀 목뒤 뼈 셋째와 넷째 마디 사이에 날카로운 무언가가 꽂혔다. 서아는 이내 정신을 잃고 말았다.

치운은 검무가 끝날 즈음 기척 없이 서아에게 다가가 그녀의 아문癌門에 침을 꽂았다. 공연을 마치고 관중에게 인사하려던 연실은 난데없이 등장한 치운을 당혹스러운 표정으로 바라보았다.

치운은 연실에게서 검을 빼앗아 들고 빠른 속도로 내달리다 임금이 있는 망원정 근처에 이르러 땅을 박차고 날아올랐다. 정자 밑에 서 있던 무갑이 곧장 공중으로 치솟아 치운을 막았다. 치운과 무갑의 검이 허공에서 연거푸 세 번 부딪쳤다. 두 사람은 검을 맞댄 채 땅으로 내려왔다.

"비켜라!"

치운이 검을 쥔 손에 힘을 주었다. 무갑이 무기력하게 뒤로 밀려났다. 치운은 지체 없이 칼끝으로 무갑의 목을 찔렀다. 무갑이 검을 휘둘러 간신히 방어했다. 새빨갛게 달아오른 무갑의 얼굴에 경악과 공포의 기색이 떠올랐다.

치운은 무갑이 주춤하는 사이 몸을 솟구쳐 망원정에 올랐다. 그새 임금은 어디론가 사라지고 없었다. 대신 민암 대감댁에서 본 듯한 흑의인이 서 있었다. 사내는 묵묵히 치운에게 칼을 뻗었다. 익숙한 검로劍路였다. 치운은 칼을 맞대지 않고 발돋움하여 지붕을 뚫고 올라갔다. 지붕에도 흑의인이 서 있었다. 정자에 있던 흑의인도 곧 지붕으로 올라왔다. 치운이 머릿속에 그리고 또 그렸던 기습을 위한 최적의 상황이 만들어지는 순간이었다. 다시 오지 않을 기회였다. 치운은 그대로 검을 바닥에 꽂고 양 소매를 흔들어 두 흑의인에게 수십 개의 암기를 날렸다. 허를 찔린 두 사내가 황급히 칼을 휘둘러 암기를 쳐냈다. 그러나 미처 다 막지는 못했다. 둘 다 오른팔 거골巨骨과 견갑肩胛, 곡지曲池 등에 암기가 꽂혀 제대로 칼을 쓸 수 없게 되었다.

 치운은 검을 뽑아 들고 먼저 왼편에 있는 흑의인을 공격했다. 아쉽게도 치운의 검은 사내에게 닿지 못했다. 다른 사내가 나타나 치운을 막아선 탓이었다. 치운은 오른편의 흑의인을 돌아보았다. 그 앞에도 다른 흑의인이 서 있었다.

 "너희는 가서 상처를 치료하고 주상을 모셔라."

 치운 오른편에 나타난 흑의인이 말했다. 치운의 암기에 당한 사내들이 즉각 현장을 벗어났다. 이어 그들과 자리 바꿈을 한 두 흑의인이 양쪽에서 치운을 공격해 왔다. 치운은 그들의 기세에 밀리지 않고 거침없이 칼을 휘둘렀다. 두 사내가 동시에 두어 발짝 물러섰다.

 "스승께서 대단한 놈을 키웠구나!"

 오른편 흑의인이 감탄을 토했다.

 "거기 숨어 있는 작자, 이제 그만 나오시지."

 치운은 검으로 두 흑의인의 움직임을 경계하며 묵직하게 내뱉었다.

 "역시 알고 있었군."

 또 다른 흑의인이 곧바로 모습을 나타냈다.

 "훙!"

치운은 비웃음을 날리며 땅으로 내려갔다. 평지가 싸우기 편했다. 세 흑의인도 치운을 따라 내려왔다.

"너희가 다냐?"

치운이 마지막에 나타난 흑의인에게 물었다.

"건방진 놈!"

흑의인이 싸늘하게 외쳤다.

"뭐, 상관없다."

치운은 기롱하듯 어깨를 으쓱해 보였다.

"죽엇!"

흑의인이 목청껏 고함을 내질렀다. 그 소리가 신호가 되어 세 흑의인이 각기 다른 방위에서 치운에게 칼을 뻗어 왔다. 세 사람의 합공은 두 사람의 합공보다 위력이 적어도 두 배는 더 강했다. 마치 거세게 이는 소용돌이 속으로 들어온 느낌이었다. 치운은 정신없이 사방에서 날아오는 검을 피하고 막았다. 문득 천광대사가 떠올랐다.

…스승님이 지금의 내 몰골을 보셨다면 주저 없이 말씀하셨을 테지. 도망치거라. 상대가 나보다 강하다고 판단되면 달아나는 게 상수이니라. 허나 그럴 수 없습니다, 스승님. 어차피 죽으러 온 길입니다. 제가 사라져야 모두가 평온해집니다.

흑의인들의 공세는 갈수록 거세졌고, 치운은 점점 더 지쳐 갔다. 치운은 자신이 일다경도 채 버티지 못하리라는 것을 알았다.

그러나 혼자 죽기는 싫었다. 치운은 서둘러 저승길을 함께 걸을 대상을 찾았다. 적적해서는 아니었다.

저들 가운데 한 명이라도 데려가야 저승에서 아버지를 만나면 여쭤볼 것 아닌가. 임금의 호위인 이자가 아버님을 살해했냐고. 아니면 이자의 패거리에게 당했냐고. 만약 그렇다고 한다면 아버지에게 자식으로서의 체면은 설 것 아니겠는가.

치운은 심호흡을 하며 남은 내력을 모두 끌어올렸다. 검과 하나가 되어 미리 점찍은 한 사내에게 날아갔다.

"미친놈!"

사내는 치운의 공격을 피할 수 없음을 알고 크게 소리치며 일직선으로 팔을 뻗었다. 치운과 사내의 검이 서로의 심장을 파고들었다.

무갑은 정자 근처에 있다가 부랴부랴 포졸들을 이끌고 달려오는 포도종사관을 막아섰다. 무갑의 신분을 알고 있는 포도종사관은 순순히 그의 지시에 따랐다. 포졸들이 나서면 치운이 몸을 피해 훗날을 도모할 우려가 있었다. 혹여 있을지 모르는 시해의 위험을 뿌리 뽑는 것이 이번 임무의 핵심이었다.

포졸들을 대기시킨 채 치운과 오성의 싸움을 지켜보던 무갑은 처음에는 그들의 검로가 흡사하다는 것에 놀랐다. 오성 가운데 삼성을 상대하면서 일방적으로 밀리지 않은 광경을 보고는 더욱 놀랐고, 동귀어진하는 장면을 마주 하고는 경악을 금치 못했다. 치운이 이 정도로 엄청난 무력을 갖추고 있을 줄은 꿈에도 몰랐던 것이다. 조선 천지에 삼성의 합공을 세 수 이상 받아넘길 수 있는 자도 드물 터였다. 한데 치운은 수십 합을 버틴 것은 물론 자신도 목숨을 잃긴 했으나 수성을 저승길 동무로 삼았다. 화성, 수성, 목성, 금성의 무공은 엇비슷하고 월성이 그들보다 한 수 위라고 했다. 한데 무갑이 보기엔 월성보다 치운의 실력이 훨씬 더 윗길일 듯했다. 월성도 삼성의 합공에 맞서 치운만큼 오래 검을 휘두르지는 못할 터였다.

치운은 간신히 고개를 치올렸다. 구름 한 점 없이 맑은 하늘이 시야에 들어왔다. 높고 푸른 그 하늘에 김수항 대감이 떠올랐다. 서아가 떠올랐다. 그들과 함께했던 날들이 빠르게 스쳐 지나갔다. 서아의 고운 자태는, 숨이 멎는 마지막 순간까지 지워지지 않았다.

서아야. 미안하구나. 너를 끌어들여서, 너를 연모하게 되어서. 그래도 네 곁에 수민이 있어 든든하다. 네가 수민을 만난 것이 얼마나 다행한 일이냐.

다솜도 기억하고 있었구나, 나를!

"저자, 혹 자네가 부리는 하인 아닌가?"

정인석이 옆에 서 있는 전 별감에게 물었다. 그는 느닷없이 쓰러진 운향을 들어 안는 수민에게 다가가려다 치운이 연실에게서 칼을 빼앗는 모습을 목도했다. 뜻밖이었다. 눈으로 직접 봤음에도 믿기 힘들었다.

"맞습니다, 형님."

전 별감이 심각한 표정으로 답했다. 치운은 내처 왕이 있는 곳으로 달려가고 있었다. 그때까지만 해도 두 사람은 몰랐다. 치운이 그토록 고강한 무공을 지니고 있을 줄은. 무갑을 가볍게 물리치고 망원정으로 날아오르는 것을 보고 나서야 알았다. 치운이 그저 그런 고수가 아니라 초절정의 반열에 올려놓아도 전혀 부족함이 없는 실력자라는 사실을.

행사장은 치운의 갑작스러운 난입으로 순식간에 아수라장이 되었다. 포도종사관과 포졸 일부는 서둘러 망원정으로 올라갔고, 일부는 구경꾼들을 행사장에서 몰아냈다.

"이거 큰일이로군."

정인석은 자신도 모르게 내뱉었다. 수민과 운향은 그새 어디로 갔는지 보이지 않았다. 그는 수민이 몹시 걱정되었다. 이번 행사를 기획하고 실행한 이가 바로 수민이었다. 정인석은 치운이 임금이 있는 곳으로 향한 까닭은 정확히 알지 못했다. 어렴풋이 짐작만 했고, 그 짐작이 빗나가기를 바랄 뿐이었다.

"일단 상천루로 가시지요, 형님."

전 별감이 주위를 둘러보는 정인석의 팔을 잡아끌었다.

"아니, 아니야. 이보게, 두진이."

정인석은 전 별감의 손을 뿌리치고 두진을 불렀다.

"네, 어르신. 말씀하십시오."

두진이 빠르게 정인석 앞으로 왔다.

"수민이는 아마도 운향과 함께 전에 치료받았던 의원댁으로 향한 듯하네. 공연을 마친 운향이 긴장이 풀렸는지 몸을 제대로 가누지 못하더군. 허니 자네도 그리로 가서 두 사람을 만나거든 내 집무실로 데려오게."

"형님, 너무 서두르지 마십시오."

전 별감이 끼어들어 곤혹스러워하는 정인석을 다독였다.

"그 무슨 태평한 소린가? 먼저 몸을 숨기고 나서 돌아가는 판세를 살피며 움직여야 할 거 아닌가? 자네도 추포 당하기 전에 어서 피하게. 난동을 부려 주상께서 마련한 연회를 망친 자가 상천루 하인임이 밝혀지면 전하께서 아무리 신임한다 해도 자네 역시 무사하진 못할 걸세."

"실은 며칠 전에 금일 이와 비슷한 일이 벌어질지도 모른다는 언질을 받았습니다."

전 별감이 나직이 말했다.

"뭐라? 누가 자네한테 그런 언질을 주었단 말인가?"

정인석은 깜짝 놀라 전 별감을 쳐다보았다.

"자세한 얘기는 상천루에 가서 하시지요."

전 별감이 다시 정인석의 팔을 잡았다. 이번에는 정인석도 뿌리치지 않았다.

"저는 어찌할까요?"

두진이 정인석에게 물었다.

"자네도 일단 따라오게."

전 별감이 대신 답했다. 두진은 정인석을 쳐다보았다. 정인석은 두진에게 전 별감 말대로 하라는 눈짓을 보냈다.

"매월아, 넌 뭐 하는 게냐? 내내 그러고 있을 테냐?"

정인석과 나란히 앞서 가던 전 별감이 문득 걸음을 멈추고 돌아서서 망원정 쪽에 시선을 둔 채 멍하니 서 있는 매월을 다그쳤다.

"아, 네… 갑니다."

매월이 파랗게 질린 얼굴로 힘없이 대꾸하고 허정허정 걸음을 옮겼다. 그러면서 계속 망원정 쪽을 힐끔거렸다.

"너는 여기 있다가 무갑을 보는 즉시 나에게 데려오거라. 매월이는 차를 준비해서 가져오고."

전 별감은 상천루 앞에 다다르자 뒤에 오는 종복과 매월에게 이르고 정인석을 자신의 방으로 모셨다. 두진 등도 그들을 따라 움직였다.

"앉으십시오, 형님."

전 별감이 정인석에게 상석을 내주었다.

"아까 하던 얘기, 마저 해 보게. 자네에게 언질을 준 사람이 대체 누군가?"

정인석이 자리에 앉자마자 물었다.

"무갑입니다, 형님. 무갑은 전하의 밀명으로 상천루 식객이 된 자입니다. 그간 기녀들 호위로 신분을 위장한 채 조정 대신들의 동태를 감시하고 있었지요."

전 별감이 차분히 답했다.

"그 사실을 자네는 알고 있었단 말인가?"

"예, 형님. 한때는 무갑도 대전에 소속된 별감이었으니까요."

"허면 금일 연회는 전하께서 일부러…?"

"그리 짐작됩니다."

다솜도 기억하고 있었구나, 나를! · 285

"무엇을 근거로?"

"저도 잘… 무갑이 와야 자세한 내막을 알 수 있겠지요."

"한데 아까 그 하인은 어쩌다 여기 있게 되었는가?"

"일손이 모자라 사람을 구하던 차에 매월이 소개하여 받아들였습니다. 운향과는 예전부터 아는 사이로 보이더군요."

"운향이와?"

그때 매월이 찻상을 들고 방에 들어왔다.

"매월아. 치운이라는 자와 운향은 어떤 인연이냐?"

전 별감이 물었다.

"저에게는 운향과 먼 친척뻘 된다 하였습니다. 피붙이 하나 없는 아이라 불쌍히 여겨 거두었는데 본인도 먹고살 길이 막막하다며 일자리를 간청하기에 제가 루주 어르신께 다리를 놓아 이곳에 들어오게 되었지요."

매월이 떨리는 목소리로 답했다. 찻상을 내려놓는 손도 심하게 흔들렸다.

"운향이에게 검무를 가르친 사람은 서도에 있는 네 동무라 하지 않았느냐?"

전 별감이 다그쳤다. 당황한 매월이 전 별감 앞에 납작 엎드려 머리를 조아렸다.

"제가 죽을죄를 지었습니다. 처지가 하도 딱해 보여서 그만 거짓을 아뢰었습니다."

전 별감이 잔뜩 몸을 움츠리고 있는 매월을 잠시 쳐다보더니 탄식하며 말했다.

"…이미 지난 일이다. 그 아이 덕분에 상천루의 명성도 높아졌으니 그걸로 되었다."

"고맙습니다, 루주 어르신."

"넌 그만 가 보거라."

"네, 어르신."

매월은 서둘러 일어서서 밖으로 나갔다. 그 즉시 정인석이 두진에게 일렀다.

"자네는 바깥 동정 좀 살펴보고 오게."

"네, 알겠습니다."

두진이 기다렸다는 듯 훌쩍 일어섰다.

정인석은 무갑과 칼을 맞대던 치운을 떠올렸다. 그제야 망원정으로 올라간 치운이 어찌 되었는지 궁금해졌다.

도무지 알 수가 없구나. 그토록 무공이 고강한 자가 왜 여지껏 기루의 하인으로 지낸 걸까? 무엇을 위해?

순간 소름 끼치는 생각 하나가 솟구쳤다. 애써 외면했던 것이었다.

혹 운향에게 검술과 검무를 가르쳐 자기 대신 그 아이로 하여금 주상을 시해하도록 도모한 건 아니었을까? 그러다 상황이 여의치 않자 본인이 직접 나선 것은? …설마 …아니겠지 … 아닐 거야.

정인석은 세차게 고개를 흔들었다.

"형님, 무슨 생각을 그리하십니까?"

전 별감이 물었다.

"아닐세. 아무것도. 무갑이 오려면 한참 더 있어야겠지?"

"마냥 기다리기 지루하시면 저와 술 한잔하시지요."

"술은 됐고 차나 마시세."

또다시 침묵이 흘렀다. 모두 굳은 표정으로 무갑이 나타나기를 고대했다. 임금에게 달려갔을 무갑이 와야 적확한 정황을 알 수 있고, 대책을 세울 수 있었다.

두진은 한 시진쯤 지난 뒤에 돌아와 바깥 상황을 전했다.

"주막에 모인 사람들이 떠드는 얘기를 들으니 그 하인은 주상 전하의 호위 무사들에게 죽임을 당한 듯합니다. 백성들에게 본을 보이고자 포도군사들이 그자의 시체를 갈기갈기 찢어 거리에 버렸다 합니다."

숨을 죽인 채 방문 옆에 서 있던 매월이 안에서 흘러나오는 말을 듣고 소스라치게 놀라 상천루를 뛰쳐나갔다. 모두 매월이 엿듣고 있음을 알았으나 치운과 매월의 관계를 눈치채고 모른 척 내버려 두었다. 매월이 어디로 향할지는 충분히 짐작할 수 있었다.

"수고스럽겠다만 의원댁에 가 줘야겠다. 수민은 틀림없이 거기 있을 게다. 가서 네가 들은 바를 수민에게 전하거라."

한참 대책을 궁리하던 정인석이 생각을 정리하고 두진에게 말했다.

"그리고 별도의 지시가 있을 때까지 방에서 한 발짝도 나오지 말라 이르거라."

"예, 알겠습니다."

두진은 이번에도 곧바로 일어섰다.

서아는 불현듯 눈을 떴다. 느낌이 아주 좋지 않았다. 아무래도 치운의 신상에 변고가 생긴 듯했다.

"스승님!"

서아는 서둘러 자리에서 일어났다.

"진정하시오."

수민이 서아를 붙잡아 앉혔다. 서아는 수민을 쳐다보고, 주변을 둘러보았다. 수민이 기절한 날 누워 있던 의원댁 방이었다.

"어찌 된 겁니까? 제가 왜 여기에…?"

"의원 말로는 누군가 일부러 그대의 아문에 침을 꽂아서 정신을 잃게 만든 모양이라 하더이다."

아, 하고 서아는 짧은 탄성을 토했다. 짚이는 바가 있었다. 자신에게 침을 놓은 자는 치운이 틀림없었다.

"다른 일은 없었습니까?"

서아가 창백한 얼굴로 물었다. 수민은 쓰러진 다솜을 들어 안는 순간 상천루 하인이 연실에게서 칼을 빼앗는 것을 보았다. 그러나 다솜을 구해야 한다는 생각이 앞서 내처 의원댁으로 달려온 터라 추후 상황이 어떻게 전개되었는지 알 수 없었다.

　수민이 다솜을 안고 들어서자 환자를 돌보던 의원이 말없이 자리에서 일어났다. 수민에게 아무것도 묻지 않았다. 의원은 두 사람을 전에 수민이 묵었던 방으로 데려갔다. 요를 펴서 다솜을 그 위에 눕히게 하고 진료를 했다. 벙어리인가 싶을 만큼 입이 무거운 사람이었다. 정말 필요한 얘기 외에는 하지 않았다. 수민은 어쩌면 예전에 의원이 외삼촌에게 큰 신세를 졌을지도 모른다고 생각했다. 허면 자신들은 비교적 안전한 장소에 있는 셈이었다.

　"그것이… 나도 그대만큼 궁금하오. 무슨 일이 벌어졌는지. 우리, 조금만 더 참고 기다려 봅시다. 조만간 친구들이 나를 찾아올 테고, 그럼 자세한 사정을 들을 수 있을 거요."

　수민이 안절부절못하는 다솜을 달랬다. 그는 외삼촌이나 친구들 가운데 한 명이라도 다솜을 안은 채 달려가는 자신을 봤다면 분명히 이곳에 올 거라 믿었다.

　"아니에요. 제가 직접 알아봐야겠어요."

　서아는 기어이 몸을 일으켰다. 수민도 더는 말리지 못하고 함께 일어섰다. 그때 마침 밖에서 귀에 익은 음성이 들렸다.

　"수민이, 나 두진일세. 안에 있는가."

　수민은 다솜에게 다시 앉으라는 눈짓을 하고 답했다.

　"기다리고 있었네. 들어오시게."

"알았네."

두진이 조심스레 방문을 열었다. 수민은 방에 들어오는 두진의 표정이 지극히 어두운 것을 보고 뭔가 심상치 않은 사태가 벌어졌음을 직감하며 물었다.

"내가 떠난 뒤에 별일 없었는가?"

"변고가 있었네."

두진이 헛기침을 두어 번 한 끝에 답했다. 순간 서아의 얼굴이 새파랗게 질렸다. 좋지 않은 예감은 빗나가는 법이 없었다.

"변고라니? 무슨?"

수민이 재차 물었다.

"상천루 하인이 전하를 시해하려다 주검이 되었어."

서아는 두진의 말이 채 끝나기도 전에 벌떡 일어섰다. 수민은 재빨리 다솜을 붙잡았다.

"어딜 가려는 것이오? 아니 되오!"

"가야 해요. 가서 시신이라도 거두어야 해요."

"이미 늦었습니다. 포도군사들이 하인의 시신을 갈기갈기 찢어 거리에 버렸습니다. 위에서 백성들에게 본을 보인다는 구실로 그리하라는 명을 내렸겠지요."

두진이 말했다. 서아는 썩은 짚단 무너지듯 풀썩 주저앉았다. 이후 한동안 아무도 입을 열지 않았다.

"무슨 사연인지 얘기해 줄 수 있겠소?"

다솜도 기억하고 있었구나, 나를! · 291

침묵을 깬 사람은 수민이었다. 서아가 방바닥에 붙박여 있던 시선을 수민에게로 돌렸다.

"그 하인, 대체 누구요?"

수민의 연이은 물음에도 다솜은 넋 나간 얼굴로 수민을 쳐다보기만 할 뿐 답을 하지 않았다.

"난 이만 가 봐야겠네."

두 사람의 눈치를 살피던 두진이 슬그머니 일어섰다. 두진은 운향의 반응을 보고서야 정인석이 수민에게 상천루 하인의 죽음에 대해 알려 주라고 한 까닭을 알았다. 상천루 하인과 운향은 특별한 사이였다. 어쩌면 부녀지간인지도 몰랐다.

"가다니? 어디로 가는가?"

수민이 두진을 올려다보았다.

"새로운 소식 듣는 대로 찾아와 전하겠네. 자네는 여기서 한 발짝도 나오지 마시게."

두진은 애써 담담하게 말했다.

"알았네. 그럼 부탁함세."

"혹 내가 다소 늦더라도 참고, 믿고 기다려 주게."

"당연하지. 고마우이."

"또 보세."

두진이 뒤돌아서서 방을 나갔다. 수민의 눈이 다시 다솜을 향했다.

"대답하기 싫으면 하지 않아도 좋소. 나, 다섯 해쯤 전에 어느 마을을 지나다 그대를 본 기억이 있소. 당시 그대가 따라갔던 사람이 바로 그 하인 아니요?"

서아의 몸이 움찔했다.

"저를 보셨다고요? …아 …그래요 …다섯 해쯤 전이시라니 언젠지 알겠어요. 허면 그때 저를 뒤쫓던 도령이…?"

서아가 동그래진 눈으로 수민을 올려다보았다. 수민은 뛸 듯이 기뻤다.

다솜도 기억하고 있었구나, 나를!

"그날 눈물이 자꾸 나와서 도령의 얼굴은 자세히 보지 못하였습니다. 한데 언제부터인가 어쩜 그날 마주쳤던 도령이 도련님일지도 모른다는 생각이 들더군요. …제 짐작이 맞았네요."

"그러하오. 허, 참. 우린 이미 다섯 해 전에 만났었군."

"도련님이 낯설게 느껴지지 않는 까닭이 무엇일까 궁금했는데 이제야 의문이 풀렸네요."

"한데 그 사람, 정말 당신 집안 사노비였소?"

수민이 용기를 내어 물었다. 서아는 대답 대신 침묵을 택했다.

"난 괜찮소. 그 사람이 누구든, 혹여 그대의 오라비라 해도 나는 개의치 않을 것이오."

"…제 스승님이십니다."

한참 후에야 서아가 어렵게 입을 뗐다.

"도련님을 처음 봤던 당시 부모님을 모두 잃고 혼자 된 저를 거두어 주신 분입니다."

서아는 치운과의 만남에서부터 작금에 이르기까지의 과정을 거짓 없이 수민에게 털어놓았다. 수민은 적잖이 놀랐으나 내색하지 않으려 애썼다. 다솜이 무슨 연유로 자신에게 다가올 듯 다가오지 않았는지, 왜 행복해하면서도 불안해했는지, 왜 웃음을 보이는데도 표정에 슬픔이 깃들어 있었는지 비로소 알 수 있었.

"다 제 탓이에요. 스승님께서 상천루 하인이었다는 사실이 밝혀지면 루주 어르신은 물론 매월 행수도 의금부로 끌려가실 테고, 저를 추포하라는 명도 곧 떨어질 거예요. 저야 어찌 되든 상관없으나 연회를 기획한 도련님마저 잡아들일지 몰라요. 저로 인해 도련님께서 고초를 겪으신다면 전…."

수민은 살며시 다솜을 끌어안았다.

"더는 말하지 마시오. 나는 무사할 것이오. 혹여 잘못된다 한들 뭐 그리 대수겠소. 그대가 살아 있지 않소. 난 그걸로 되었소. 그대가 목숨을 잃었다면 나도 여기 없었을 거요. 우리는 어디서나, 언제까지나 함께할 것이오. 그렇지 않소?"

서아가 고개를 끄덕였다. 물방울이 서아의 눈에서 떨어져 수민의 가슴을 적셨다. 수민은 손을 뻗어 다솜의 눈물을 닦아 주었다. 그러면서 다솜이 우는 모습을 두 번 다시 보지 않았으면 좋겠다고 생각했다. 수민의 간절한 바람이었다.

또 다른 인연을 향해

정인석을 비롯한 모두가 애타게 기다리던 무갑이 드디어 상천루에 나타났다. 해가 기울어 어둑해질 무렵이었다.

"어서 오시게."

전 별감이 종복의 안내를 받아 방으로 들어서는 무갑을 반갑게 맞이했다. 안에는 전 별감과 정인석 둘만 있었다. 두진과 준영, 현성은 옆 객실에 있었다.

"전하께서는 어떠하신가?"

전 별감이 조심스럽게 물었다.

"염려 놓으십시오. 무탈하십니다."

무갑이 거침없이 답했다.

"참으로 다행입니다. 자객의 무예가 범상치 않아 보여 많이 걱정했습니다."

정인석이 말을 마치고 힐끔 무갑의 눈치를 살폈다. 무갑은 못

들은 척했다. 수성이 치운의 동귀어진에 당했다는 소리는 차마 할 수 없었다. 세간에 알려지기를 숨진 사람은 치운뿐이어야 했다. 연회에 참석했다가 치운이 무갑을 물리치고 망원정으로 날아오르는 장면을 목격한 이들은 그의 무위가 얼마나 대단한지 잘 알 터였다. 그토록 막강한 자도 임금의 호위 무사에게 죽임을 당했다는 사실이 중요했다. 이에 대한 소문은 이내 조선 천지에 퍼질 테고, 앞으로 더는 임금을 시해하려는 자가 나타나지 않을 것이었다.

"어쨌든 한시름 놓았네그려. 조정의 상황은 어찌 돌아가는가?"

전 별감이 물었다.

"의금부에서 곧 조사에 착수할 겁니다."

"허면 행사 책임자인 이 별감과 자객의 주인인 나부터 잡아가겠군."

"그렇지 않습니다. 형님 신변에는 아무런 변화가 없을 겁니다. 제가 발설치 않는 한 의금부 관원 누구도 그자가 상천루 하인임을 모를 테니까요."

"그럼 모든 책임은 이 별감 혼자 지는 것이오?"

전 별감과 무갑의 대화를 묵묵히 듣고 있던 정인석이 퉁명스럽게 질문을 던졌다.

"그럴 리가 있나요."

무갑이 웃으며 답했다.

"이번 일을 도모한 사람은 바로 접니다. 혹여 남아 있을지도 모르는 불충한 무리를 참초제근斬草除根하기 위해서였지요. 제가 계속 주청을 올리니 전하께서 마지못해 윤허하여 주셨습니다. …실은 전하께서 이 별감이 기획한 공연을 보며 매우 즐거워하셨습니다. 하여 자객만 나타나지 않았다면 이 별감에게 큰 상을 내리셨을 겝니다. 그리고 전하께서는 이 별감 부친을 내치셨던 기사년의 행사를 많이 후회하고 계십니다. 비록 이 별감이 서자라고는 해도 전 도승지의 자제임은 분명하지 않습니까? 허나 이 별감을 대놓고 면책하면 처벌을 요구하는 대소 신료의 상소가 빗발칠 게 뻔하니 이번 사건이 사람들 기억에서 멀어져 방정맞은 입들이 잠잠해질 때까지 은신하라 하셨습니다."

"고맙소이다."

정인석은 무갑에게 고개를 숙여 보이고 다시 물었다.

"한데 방정맞은 입들은 언제쯤 잠잠해지겠소?"

수민을 언제 사면해 주겠느냐는 뜻이었다.

"때를 봐서 전하께 주청을 올리겠습니다. 그리 오래 걸리지는 않을 터이니 너무 염려 마십시오."

정인석이 무엇을 묻는지 알아챈 무갑이 시원하게 답했다.

"후의에 진심으로 감사드리오."

정인석은 절을 올리듯 무갑에게 깊숙이 허리를 수그렸다.

전 별감의 방을 나온 정인석은 수민의 친구들을 자신의 집무실로 데려가 자리에 앉히고 일렀다.

"내 말 잘 듣게. 수민과 운향에게는 전 별감과 매월이 이미 잡혀 들어갔고, 수민을 추포하라는 명도 진즉에 떨어졌다고 전하게. 전 별감에게 들은 대로 무갑의 실체를 밝히면 믿을 걸세."

"허나 무갑에 대한 것 말고는 전부 사실이 아니지 않습니까? 꼭 그리해야 하는 연유가 무엇입니까?"

준영이 물었다.

"자네들은 수민을 혼자 보낼 참인가? 나는 수민과 운향을 함께 청나라로 보내려 하네. 운향의 얼굴을 아는 자가 많은 이곳, 조선에 있으면 두 사람 모두 위험한 까닭일세."

정인석은 임금이 또 언제 변덕을 부려 수민을 잡아들이라 명할지 모른다는 얘기는 차마 하지 못했다. 운향이 살수일지 모른다는 소리도 할 수 없었다.

"그래도 언젠가는 알게 되지 않겠습니까."

"짚이는 데가 있어서 그러니 나를 믿고 따라와 주게. 나중에 다 설명해 주겠네. 두 사람에게 해가 되는 일은 아니지 않은가."

정인석이 강하게 밀어붙였다. 두진은 그에게 말했었다. 치운의 시신이 갈기갈기 찢겨 거리에 버려졌다는 전언을 듣는 순간 운향의 얼굴이 새파랗게 질렸다고. 한참 괴로워하는 운향을 보며 두 사람이 부녀지간일지도 모른다는 생각을 했다고. 정인석은 두진의 말을 듣고 자신의 짐작이 맞으리라 여겼다. 하지만 당분간은 모른 척 덮어 두기로 했다. 그것이 수민을 위한 길이었다.

"나는 삼개나루(마포나루)에 가서 서도로 가는 배편을 알아보고 잡아 두겠네. 자네들은 의원댁으로 가서 수민과 같이 있다가 인경이 치기를 기다려 두 사람을 데리고 삼개나루로 오게."

"금일 밤 떠나보내실 작정이십니까?"

"머뭇거리다 자칫 잘못해서 잡혀 들어가기라도 하면 나중에 어찌어찌 손을 써서 빼낸다 해도 한동안은 심한 고초를 당할 것 아니겠는가."

"그도 그렇군요."

"배를 잡으려면 서둘러야 하니 나 먼저 가 보겠네."

정인석은 벌떡 일어서서 집무실을 나갔다.

어차피 수민은 당분간 조선을 떠나 있어야 한다. 낯선 곳에서, 생경한 언어를 쓰는 사람들 틈에서 살아가야 한다. 그러니 운향이라도 곁에 있어야 수민이 기운을 내지 않겠는가. …물론 운이 따르면 수민은 머지않은 시기에 조선으로 돌아와 관직에 복귀할 수도 있다. 허나 그리된다 하더라도 임금에게 중용되긴 힘들다. 임금의 신임을 얻는다 해도 좋을 건 없다. 몇몇 신하는 수민을 눈엣가시로 여겨 어떻게든 꼬투리를 잡으려 할 테고, 언젠가는 반드시 작일 벌어진 사태에 대한 책임을 물으려 할 터이기에. …한데 매제에게는 뭐라 한다? 매제와 머리를 맞대고 논의하기에는 돌아가는 판세가 너무 급박하지 않은가. 그래… 매제에게는 후일 여유가 생겼을 때 알리자. 지금은 수민의 안위만 염두에 두고 행동해야 한다. 하늘에 있는 누이의 판단 또한 나와 다르지 않을 터. 욕심을 버리고 수민과 운향을 맺어 주어야 수민이 허튼 생각 없이 생을 살아갈 수 있다. 운향을 위해서라도.

"우리도 가야 하지 않겠나."

두진이 성큼성큼 걸어가는 정인석을 보며 말했다.

"당연하지."

준영이 답했다. 세 사람은 일제히 일어서서 정인석의 집무실을 나와 수민에게로 갔다.

"상황은 좀 어떤가?"

수민이 방에 들어서는 두진에게 물었다.

"썩 좋지 않네. 아마도 그 사람 혼자 저지른 짓 같은데 상천루 하인이라는 사실이 밝혀지는 바람에 골치 아프게 됐어."

두진은 정인석이 하라는 대로 거짓을 말했다.

"상천루 하인이라는 건 어찌 알았다는가?"

이번에도 두진이 나서서 무갑의 실체를 전하고 덧붙였다.

"무갑이 전하를 보호하고자 그 사람과 칼을 섞었다는군. 서로 모르는 사이가 아니라는 건 자네도 잘 알 테지. 해서 말인데 자네 아무래도 잠시 피해 있는 게 낫겠어. 외삼촌께서 삼개나루에 배를 마련해 놓을 테니 두 사람을 그리로 데려오라 하셨네."

수민은 고개를 주억이며 다솜을 쳐다보았다. 다솜도 수긍하는 표정이었다.

"자네들에게 부탁이 있네."

수민이 세 사람을 둘러보았다.

"나를 대신하여 예인서당을 지켜 주시게. 그리고 별감이 되시거든 예인촌도 꼭 만들어 주시게."

"알았네. 자네만큼이야 못 하겠으나 힘닿는 데까지 해 보겠네."

두진이 대표로 나섰다.

"고맙네. 자네들은 나보다 더 잘할 거야. 자네들을 친구로 둬서 든든하이."

수민은 긴장을 풀려고 친구들과 이런저런 대화를 나누었다. 어린 시절 이야기도 나왔다. 우스꽝스러운 경험부터 뿌듯했던 기억, 서글펐던 일, 안타까웠던 장면까지 주고받았다.

수민이 친구들과 오랜 추억담을 풀어놓는 동안 어둠이 깊어졌다. 다섯 명은 말수를 줄이고 파루의 종이 울리기를 기다렸다.

수민은 슬쩍 다솜을 쳐다보았다. 다솜은 무슨 생각을 하는지 내내 입을 다물고 있었다. 수민은 다솜을 감싸안고 위로해 주고 싶었다. 그러나 친구들이 지켜보고 있어서 차마 실행하지 못했다. 다만 눈짓으로, 몸짓으로 다솜에게 마음을 편히 하라는 신호를 보낼 따름이었다. 그때마다 다솜 역시 수민에게 고갯짓으로,

손짓으로 자신은 괜찮으니 염려 말라는 신호를 보냈다.

그러는 사이에 종이 울렸다.

"그만 가세나. 외삼촌께서 기다리시겠네."

"그래야지."

수민이 몸을 일으켰다. 다솜도 따라서 일어섰다. 수민은 방문을 열다 말고 친구들을 돌아보았다.

"다시 한번 부탁하네만 예인서당은 자네들이 지켜 주어야 하네. 별감이 되시거든 예인촌도 꼭 만들어 주시고."

"사람, 참. 알았다고 하지 않았나. 벌써 몇 번이나 약조하지 않았는가."

두진과 현성이 수민의 어깨를 밀면서 나갔다.

"이러지 말게. 넘어지겠네."

마당에 내려선 수민이 술 취한 사람마냥 비틀거렸다. 뒤이어 나온 다솜이 그 모습을 보고 살며시 웃었다. 자신에게 웃음을 주려고 부러 익살스러운 행동을 취하는 수민이 고마웠다.

"순라군들에게 들켜서는 안 되니 소리 내지 말고 가세."

두진이 앞장섰다. 수민은 두진을 따라 한참 걸어가다 우뚝 걸음을 멈추었다.

"아무래도 안 되겠네. 잠깐 집에 들렀다 가세."

수민은 자택이 있는 쪽으로 돌아섰다. 지금 떠나면 언제 돌아올지 몰랐다. 을녀와 강쇠에게 잘 있으라는 인사 정도는 하고 싶었다. 수민의 속내를 알아차린 친구들은 순순히 그를 따랐다.

집에 들어선 수민은 조용히 을녀와 강쇠를 불렀다.

"아이고, 도련님 대체 이게 무슨 난리랍니까요?"

수민의 부름을 듣자마자 방을 뛰쳐나온 을녀가 그의 손을 부여잡고 울음 섞인 목소리로 물었다. 뒤이어 나온 강쇠도 울먹이며 수민을 쳐다보았다.

"음성 낮추시게. 눈물도 거두시고. 나는 금일 한양을 떠나네. 언제라 못 박을 수는 없어도 내 필히 돌아올 터이니 그리 알고 강건하게 잘 지내시게."

"저희한테 마음 쓰지 마시고 도련님 걱정이나 하세요."

을녀가 퉁명하게 쏘아붙였다.

"알겠네. 그리하겠네."

수민이 웃으며 을녀의 어깨를 토닥여 주었다. 을녀가 투정 부리는 것은 수민을 누구보다 아껴서였다.

"그보다 인사들 하게. 이쪽은 장차 이곳 안주인 되실 분이네."

수민이 다솜을 을녀와 강쇠에게 소개했다. 을녀와 강쇠는 달빛에 비친 다솜의 얼굴을 뚫어져라 쳐다보았다. 그러다 한순간 소스라치게 놀랐다.

"인애 아씨…"

을녀가 성큼 다솜의 손을 부여잡았다.

"난데없이 무슨 소린가?"

수민이 물었다. 인애는 수민의 모친 존함이었다.

"너무도 닮으셔서… 하늘에 계신 아씨께서 수민 도련님을 위해 내려 주신 분 같습니다요."

강쇠가 말했다.

"이보게 수민이. 이제 가야 하네. 외삼촌께서 기다리고 계셔."

두진이 더는 참지 못하고 재촉했다. 이렇듯 길게 인사를 나눌 겨를이 없었다.

"아, 알았네. 을녀, 그 손 좀 놓아 주게. 이만 가 봐야 하네."

"네, 도련님. 편히 다녀오세요."

을녀와 강쇠가 건성으로 수민을 향해 고개를 숙여 보이고 다솜에게 말했다.

"우리 도련님 잘 부탁드려요, 아씨."

"그 손 좀 놓으래도!"

수민은 강제로 을녀를 다솜에게서 떼어 냈다.

"어서 갑시다."

수민은 다솜의 팔을 잡은 채 서둘러 집을 나섰다. 두 사람은 곧장 삼개나루로 갔다.

"이제들 오는가."

삼개나루에 이르자 정인석이 빠른 걸음으로 수민에게 다가왔다. 수민 일행을 초조하게 기다리고 있었던 듯했다.

"죄송합니다, 외삼촌. 저로 인해 고생 많으셨지요."

"괜한 말 말고 이거나 받거라."

정인석이 봇짐과 함께 서찰을 내밀었다.

"주먹밥과 떡을 좀 넣었다. 출출할 때 꺼내 먹도록 하고, 서찰은 배가 대동강에 도착하거든 펴 보아라. 서도 어디로, 누구를 찾아가야 하는지 적어 놓았다."

"고맙습니다, 외삼촌."

"급한 용무만 처리하고 나서 뒤따를 터이니 자세한 얘긴 만나서 하자꾸나. 어서 배에 오르거라."

"네. 외삼촌."

수민이 다솜을 이끌고 배 있는 쪽으로 걸어갔다. 두 사람을 기다리는 건 수민이 언젠가 다솜에게 말했던 하늘을 나는 상상의 배가 아니라 강물을 헤쳐 나가는 현실의 배였다.

"잠시만요, 도련님."

다솜이 걸음을 멈추고 정인석을 향해 돌아섰다.

"제 청 하나만 들어주시겠습니까?"

"무엇이냐? 해 보거라."

"저의 스승님이 능지처참 당했다 들었습니다. 세월이 지나 이번에 벌어진 사태가 사람들 기억에서 멀어지면 여기저기 버려진 스승님 시신을 거두어 땅에 묻어 주십시오."

다솜은 자신을 살려 준 치운이 고마웠다. 치운의 죽음이 못 견디게 슬픈 건 아니었으나 가슴 한 켠이 아리는 건 사실이었다.

또 다른 인연을 향해 · 305

치운이 가여웠고 애처로웠다. 어쨌든 지난 다섯 해 동안 살뜰히 자신을 보살피고 가르친 보호자이며 스승이었던 사람이었다. 더구나 치운이 상천루에 기녀로 들여보내지 않았다면 다솜은 수민을 만날 수 없었다. 평생 감사해도 모자랄 은혜였다.

"오냐. 그리하마. 대신 이곳에서 있었던 일은 모두 잊거라."

정인석이 망설임 없이 답했다.

그러나 훗날 치운의 시신을 거둔 이는 정인석이 아니라 매월이었다. 치운의 죽음을 가슴 깊이 애통해한 유일한 사람도 그녀였다. 매월은 그간 모아 놓은 돈으로 일꾼을 사서 거리에 버려져 있는 치운의 시신을 남몰래 거둬 인근 야산의 양지바른 곳에 묻고 이따금 술과 안주를 들고 찾아가 서글픈 주검을 위로했다.

"네, 어르신. 감사합니다."

다솜은 정인석에게 허리 숙여 인사하고 수민을 쳐다보았다.

"저도 여기서 인사드리겠습니다, 외삼촌. 내내 무탈하십시오. 두진이, 준영이, 현성이 자네들도 잘 지내게."

수민이 모두에게 작별을 고했다.

"겁먹지도, 기죽지도 말거라. 조만간 찾아가마."

정인석이 화답했다.

"또 보세, 친구."

남두진이 화답했다.

"부르면 즉시 와야 하네."

박준영이 화답했다.

"안 오면 우리가 찾아가겠네."

양현성이 화답했다.

수민과 다솜은 그들을 뒤로하고 배에 올랐다. 곧 삿갓 쓴 뱃사공이 노를 젓기 시작했다. 수민은 행여나 떨어질세라 다솜의 손을 꼭 붙잡았다. 다솜도 수민의 손을 놓칠세라 꼭 잡았다. 이윽고 유성 하나가 하늘에서 긴 금을 그으며 떨어져 내렸다.

"소원을 빌었소?"

수민이 다솜의 얼굴을 내려다보았다.

"소원을 비셨나요?"

다솜은 수민을 올려다보았다.

"내 소원은 하나요. 다솜, 그대뿐이요."

"제 소원도 하나입니다."

"무엇이오?"

"제 앞에 계신 분이지요."

수민과 다솜은 하염없이 서로를 바라보았다. 두 사람을 태운 배가 어둠을 뚫고, 물살을 헤치며 또 다른 인연을 향해 앞으로, 앞으로 나아갔다.

수민은 다솜의 눈 속에서 자신의 앞날을 보았다. 다솜도 수민의 눈 속에서 자신의 앞날을 보았다. 두 사람의 미래는 그렇게 서로의 눈 속에 있었다.

작가의 말

"별감을 아는가? 예인들을 휘하에 두고 연회를 기획하고, 놀이판을 짰던 별감을. 별감은 아시아를 넘어 팝의 본고장 미국과 유럽을 석권하고 전 세계에 K-POP 열풍을 불러일으킨 대한민국 연예기획자의 원조라 할 수 있다."

오랜 친구와 함께 '조선시대 사람들은 어떻게 살았을까'를 주제로 이런저런 이야기를 나누다 무심코 내 입에서 튀어나온 말이다. 그러자 친구가 권했다.

"별감을 주인공으로 소설을 써 보지 그래."

그것이 시작이었다. 줄거리는 친구와 더 많은 대화를 나누면서 탑처럼 쌓여 갔다. 나는 차츰 흥분되었다. 예전부터 조선시대에 살았던, 아웃사이더이면서 프로페셔널한 사람들의 삶을 다루고 싶었는데 비로소 그 가닥이 잡히는 듯했다. 나는 그동안 모아 놓은 사료와 새로이 찾은 관련 자료를 바탕으로 별감을 비롯해 노래 실력이 빼어난 가기와 가객, 가야금을 잘 타는 금기, 거문고의 명인 금객을 포함한 예인들과 광대, 재주꾼을 소설에 담았다.

소설의 배경을 숙종 대로 잡은 까닭은 재위 기간에 무려 다섯 번의 환국이 일어나서다. 조선 왕조 500년 동안 이렇게 환국이 많이 일어난 시기는 없었다. 더군다나 갑인환국(숙종 즉위년)을 제외하고 경신환국(숙종 6년)과 기사환국(숙종 15년), 갑술환국(숙종 20년), 병신환국(숙종 42년)은 모두 임금이 일으킨 것이다. 따라서 당시 왕의 변덕으로 인해 가장이 목숨을 잃은 집안의 누군가는 왕을 죽이고 싶어 했을 테고, 살수의 등장이 부자연스럽지는 않을 거라 판단했다.

소설을 쓰면서 가장 묘사하기 힘들었던 부분은 예인들이 악기를 연주하거나 노래 부르는 모습, 기녀들이 춤을 추는 모습이었다. 재주꾼들이 재주를 펼치는 대목도 묘사하기 힘들었다. 별감이 오늘날의 연예기획자처럼 예인을 뽑아서 가르치고, 훈련해서 스타로 만드는 과정과 더불어 예인이 되기 위해 예인서당에 들어온 연습생들의 꿈과 희망, 그들끼리의 보이지 않는 경쟁의식, 때로는 좌절과 고통과 기쁨을 맛보며 성장하는 과정도 그리고 싶었다. 한데 '수민과 다솜의 인연과 사랑'에 집중하느라 미처 손을 대지 못했다. 이 부분에 대한 아쉬움이 커서 다음 책에 풀고자 한다.

2025년 여름
김찬웅

참고 문헌

강명관, 『조선의 뒷골목 풍경』, 푸른역사, 2003
서울문화사학회, 『조선시대 서울 사람들1·2』, 어진이, 2003
신명호, 『궁 : 조선의 궁궐에서 일했던 사람들』, 고래실, 2006
안대회, 『조선의 프로페셔널』, 휴머니스트, 2007
안석경 원작, 조혜란 글, 『조선의 위풍당당 여검객』, 생각의나무, 2008

연緣, 모慕

초판 1쇄 인쇄 | 2025년 07월 21일
초판 1쇄 발행 | 2025년 07월 27일

지은이 | 김찬웅
펴낸이 | 전병인
펴낸곳 | OBJ Media
편집위원 | 장지웅
디자인 | 미래

등록번호 | 제703-92-00399
등록일자 | 2017.11.17
주소 | 서울시 은평구 불광로 153, 3층 307호
전화 | 070-7744-7141 팩스 | 02-6455-2226
이메일 objmedia@naver.com

ISBN 979-11-965144-6-4 03810

* 이 책의 판권은 지은이와 OBJ Media에 있습니다.
* 책 내용의 전부 또는 일부를 이용하려면
  지은이와 OBJ Media의 허락을 얻어야 합니다.